月无啼

江祖 ／ 著

文汇出版社

我喜欢月亮

它静谧、明亮

可如果月亮奔我而来

那还算什么月亮

我想要它永远清冷皎洁

永远天穹高悬

序：一代人的心和路

王晓玉

　　很多人认为，纸质传媒的式微，网络阅读的普及，新媒体的无孔不入，AI 的突飞猛进，已经将传统意义上的文学创作逼到了前所未有的死角：起始于 20 世纪 80 年代的那股文学浪潮，如今已是一丈大水退下了八尺，只余下了见不着洪波大潮的涓涓细流，混杂着只只小小鱼虾。有甚者，还发出了文学已死的哀叹。

　　读一读这本《月无啼》，可以让我们抵御并消淡这种悲观主义。

　　小说描写了一个追求着实现梦想的女孩，在新世纪初从外乡来到国际级大都市上海，经历了为生存而努力挣扎，为立足而殚精竭虑，为发展而克艰涉难的历程，一路前行，最终不但完善了自身的心境和品格，也终于初抵了理想的彼岸。

　　这是一部真实描摹当代生活的厚实作品，作者借主人公岳默坚守初心、努力奋斗、成就自我的励志故事，展示了以她为代表的这一代年轻人的心，他们所走过的路，以及他们所处时代的真实状貌。正如莎士比亚所说："自有戏剧以来，它的目的始终是反映自然，显示善恶的本来面目，给它的时代看一看它自己演变发展的模型。"在我看来，《月无啼》的最终价值，正在于它给我们记录了一个时代。

　　值得称许的是，二十余万字，凝聚了作者痴心于文学的心血。作者显然已经熟练掌握了长篇小说在构架故事时应有的统筹内容、设立主线、理顺明暗、合理开阖等一系列写作方法，使整部小说具有了去除阅读障碍、一气呵成的文学特性。小说着力于展现主人公的心路历程，却又将大笔勾勒和精雕细刻有机结合起来，不吝于细致刻画各式人物的性格、肖像、心理及相关事件，由此而形成饶有情趣的情景画面。最可资鉴赏的是，小说的文笔细腻清新准确，在描述大上海的物欲横流、光怪陆离、青年人梦想被现实无情击碎时的种种场景时，生动、自然、诙谐，极有表现力，毫无时下某些作品为追求与众不同而刻意制作的怪诞造作。我们从作者对文字的驾驭中，看到了文学语言应有的本真特质。

读这部作品，我们可以体味到，文学创作会有高潮喷发期，也会有清冷萧索阶段。但总有坚守者、有志之人、有才之人，所以文学不会亡。

这是江祖的第二部长篇小说了。此前约三年，她的首部小说《红颜祭》由上海文汇出版社出版，那时她已确立了以四部系列长篇形成一组初定名为"悲情四部曲"的煌煌大作的宏图大志。她在锲而不舍地努力着。她是个具有锲而不舍品性的人。我认识她已有十余年。那时候的她是个刚刚步入社会的小女孩。她有很让人羡慕的好职位，捧着公务员编制的铁饭碗，可是为了实现她追求的文学梦，她把那一份舒适和安宁全都放弃了。她重新进入大学，读了研究生。她写了不少影视剧本，完成并出版了主要反映上一代人生活的首部长篇小说。她还获得了国家认证的心理咨询师的资格。她是她所倾心展示的那一代人中的一个。她在现实与虚构相互交融的文学世界里遨游着，其实她就是她自己笔下的岳默。

2024 年春节于上海

（王晓玉：华东师范大学终身教授、博导，著名作家）

第一章

对于岳默来说，莫羽心理咨询工作室大厅的落地钟在下午5点30分准时敲响的那一刻，便是她一天中最愉快的时光。这个时候，她会和冯朗教授整理好各自案边的资料，在互相礼貌性的微笑中告别。

莫羽心理咨询工作室位于一栋叫作"靳家花园"的私家别墅内，这栋别墅是上海滩上为数不多的哥特式的花园建筑，建筑整体的风格朴实浑厚，远观就像是卡萨罗马古堡的缩小改良版。

高耸的塔楼与秀美的城垛俯瞰着栽植了鲜花的院子，两者交相辉映、美轮美奂。院子的面积不大，但归置得当，边边角角都被冯朗种上了粉红色系的鲜花，蔷薇、杜鹃、蜀葵、牡丹与矮雪轮，品种不一，争奇斗艳着，与爬满了墙体的飘香藤浑然一体。

靳家花园的原主人叫作靳明杰，是旧上海著名爱国实业家靳成杰的胞弟。由于靳家父母离世得早，靳成杰长兄如父，对这个小十几岁的弟弟格外宠溺。据说靳明杰当时为了向夫人阮小茹表达爱意，耗资近30万的银圆，用了整整三年时间才将这个"花园"打造完成。后来，阮小茹在新"花园"

里诞下了小儿子靳落英，靳落英长到 25 岁时，又在"花园"里迎娶了沪上塑料大王孙家的长孙女孙梅梅。孙梅梅自小体弱多病，在婚后的第五年才生下独子靳莫羽，由此，一家人平平安安地在这里度过了近 20 年的好时光。再后来，靳落英和孙梅梅的生意做到了海外，等到靳莫羽高考结束后，全家人便移民到了美国。

冯朗教授是在十几年前将这栋私宅变成心理咨询工作室的，这栋别墅的主楼有三层半高，为了不破坏它原有的装饰风格，他只在一层大厅里隔出了几间办公的地方，而二层和三层的房间及三层半的阁楼一直都是关闭着的。

冯朗教授 40 多岁，身高一米九几，是澳大利亚墨尔本心理学系的归国博士，他为人成熟、稳重，做事也很严谨，所以在国内外的心理学界都颇有盛名。工作室注册至今已有 20 余年，他没招收过正式的员工，只是每年会请一名年轻的助手过来帮忙，所以，这个心理工作室大体上就是个个人作坊。

岳默是被自己的大学老师刘培明推荐过来的，刘培明的好友李多九是冯朗教授的博士生同学，岳默要报考的正是李多九的硕士研究生。岳默为了考上这所学校，前年就从东北老家跑来上海全职备战，寄望地缘优势以获取复习上的便利。但人算总不如天算，她的运气每次都差那么一点点，去年是总成绩差了一分，前年是英语小项差了一分，这一分的差距就像是在嘲弄着她，让她没法甘心。

莫羽心理咨询工作室因为有冯朗的名头，所以每天慕名前来的来访者都有十几号人，为了保证质量，冯朗不得不制定了严苛的工作室室规：

工作室每天只接受预约过的来访者，限定四人，过号不留。

这个室规乍听起来有些江郎自大之嫌，但莫羽心理咨询工作室确实盛名在外，预约咨询的来访者也排到了半年以后。

岳默撑了撑眼皮，将当天四位来访者的咨询记录簿收好、归档，然后起身走进了自己的储物室里。她的这间私人储物室是从大厅里隔出来的一间杂物室，面积很小，堆满了各种私物，有零食，有书，也有杂物，大小不同的纸壳箱排成一列纵排，整整挡住了半面墙。

岳默打开了储物柜门，将口袋上夹有助理标签的工装白衫脱下来挂好，又将一件崭新的淡白色线衫拿出来穿在身上，下班后，她要去徐来阿姨家赴个相亲晚宴。

这位要去拜访的徐来阿姨是母亲陈清风儿时的玩伴，她的父母是当年下乡到东北的知识青年，他们在那里结婚，又在那里生下了她，她上到高中的时候才跟随父母回到了上海。清风徐来的友谊恒久绵长，从未断过，所以，陈清风在电话粥里念叨着女儿的终身大事，徐来也自然请缨揽在身上。

去徐来阿姨家需要乘坐 864 路专线公交车，这条专线每 15 分钟一趟，周末的时段需要排队，岳默上次去就是排到了第三拨才挤上去的，所以她计算了一下车程，除去正常的一个小时车程外，再加上等车的时间，她和徐来将晚餐约在了 7 点 30 分。

岳默收拾好自己的物品后从储物室里走出来，她用力地拉开了那扇设计得厚重的罗马拱门，门外的一片粉红瞬间映了满眼，一簇叠着一簇，有如大型婚礼现场的花艺装饰。

她非常喜欢这个小花园，每天下班后都会特意在喷泉池边逗留一会儿。她会绕上一圈儿观赏立在喷泉池中央的那座女神雕塑，会凝视着"她"的眼睛，猜测着她的爱情，然后，用手去拨弄喷泉气嘴处喷出来的水柱。

这个周末她没有多余的时间逗留，所以在经过池边的时候，她特意与女神挥手告别，"下周见"。

她站在青铜大门前，娴熟地掀动了门旁的按钮，很快，这扇厚重的门就向两侧缓缓地滑开，像是开启了一扇时代的大幕。

随着大门的滑开，两张 20 岁左右女孩的脸逐渐映入了她的眼帘。其中的一位女孩状态看起来很不好，神情木讷、面无血色，头发也毛躁零乱，她的一只手正被另一位女孩紧紧地握着。另一位女孩，比第一位女孩矮了半头，五官立体、中性打扮，五毫米长的板寸头透着时尚与叛逆。她见到岳默突然出现在眼前，脸上立即露出了亢奋的表情，没等岳默多作招呼，便拉着旁边的女孩将岳默拥回到了小花园内。

冯朗教授这时已经收拾好了自己的随身物品从咨询室里走出来，他沿着花园的小径走向青铜大门，又与岳默和来访者打了个照面，然后不失礼貌地绕过她们，走向了自己的车位。

岳默本想向两位女孩解释一下工作室的对外营业时间，希望她们可以改天再来，但冯朗教授刚刚那意味深长的一瞥让她心里打起了鼓。她又向冯朗的停车位瞄了一眼，虽然看不清他此时的面部表情，但在他开着车子慢慢驶出青铜大门的时候，她还是佯装热情地接待了两位女孩。

她给这位叫作裘索的女孩登了记，例行公事地询问了一些基本信息。这个女孩自从进入靳家花园后就一直呆呆愣愣的，像是七窍被封印在了一层壳里，岳默试着看向她时，她就会下意识地将头低得更低。

等了片刻，身边叫作阮弥的女孩回应了岳默所有的问询："她叫裘索，21 岁，大三学生，未婚。"

岳默抬头又看了眼这位叛逆的女孩，她化着暗黑色系的妆容，眼睛周边黑乎乎的，像是两个深邃的洞，分不清是黑眼圈还是下眼袋。她回答完岳默的问题，又认真地讲述了裘索的故事："小索和她的男朋友是在中学期间恋爱的，高中还没有毕业就意外地怀上了孩子，两个人怕被学校和父母知道就私下托人找医院做了人流手术。"

岳默点头，将预约单上的信息填齐。

"手术过后，怕受影响，小索一天假都没有休，仍然坚持上课和晚自习。由于没有足够的营养和充分休息，伤口出现了频繁的感染，她实在是瞒不住了才不得不向父母摊牌。父母找人将她送到了当地最好的医院，但却已错过了最佳的治疗时间，医院不得不实施了子宫摘除手术。小索为此患上了术后抑郁症，情绪经常性不稳定。好在男朋友孙宁浩对她不离不弃，当着小索父母的面表了决心，承诺大学毕业后与小索领证结婚。"

"这种情况多久了？"岳默的笔停在了一栏空白格里。

"三天，小索三天三夜没有睡觉了。"

岳默愣住，她回想了一下阮弥刚刚讲的故事，又问："你不是刚刚说她上大学之前就已经患上了术后抑郁症吗？"

"我是说，小索这次突然发作有三天的时间了。这周二是小索的生日，她想让孙宁浩来上海一起庆祝，可孙宁浩的手机一直打不通，发了信息也不回，小索发了好大的脾气。"

阮弥边说边下意识地看了眼裘索，见她没做任何反应，又继续往下说："我们几个好朋友还一直猜测着，孙宁浩是不是憋着什么大招，要在她生日这天给她个惊喜，搞个求婚什么的。"她重重地叹了口气，"我们一直等到了晚饭的时间，孙宁浩也没来，反倒是等来了一个大肚子的女人。"

"小三？"岳默脱口而出，又觉不妥，马上改成了疑问句。

"是正主，"阮弥摇头，像煞有介事地看着岳默说，"那女的把她和孙宁浩的结婚证给带来了，上周刚领的！"

"……"岳默有些怔住，她觉得这个剧情太狗血，不知道该做何评论，只好轻描淡写地说了句："渣。"

"可小索不相信，非要跑去南京学校找孙宁浩当面问个清楚！"

"当事人联系得上吗？"岳默将填好的预约单递给了裘索，让她当面确认一下上面的信息，见她还是沉浸在自己的状态里，就又递给了阮弥，"看一下有没有问题。"

"人家不想跟你联系，怎么联系得上？"阮弥接过表格。

岳默下意识地瞟了下大厅里的落地钟，这时离下班时间已经过去了一刻钟，她需要马上赶到公交车站。

对于裘索的遭遇，她在道义上是同情的，这种被恶意分手就是一种欺骗，比男人出轨后直接不留情面的抛弃还可恶。但法律不会严惩这种人，对于不讲道德的人来说，道德层面上的谴责就像是个屁，你闻到了恶臭，他却爽在其中。

"2月8日？明年？"阮弥举着预约单，直接蒙掉。

"对，是明年的2月8日，"岳默点头，她又翻开了一旁的预约日历，将它拿到了两位姑娘的面前，解释说，"我们的心理咨询工作室是预约制的。"

"你不是在开玩笑吧？小索可是三天三夜没吃没喝没睡觉了，你让我们明年来？"阮弥直接把那张预约单拍在了办公桌上，眼珠瞪得浑圆，"网上说你们工作室很厉害，我们是直接从学校打车过来的，打车费都花了一百多元，你现在告诉我们要等到明年？！"这一声的咆哮比前一声还大。

岳默其实并不想给裘索做这个预约登记，通过询问判断，眼前的这位姑娘是患上了急性应激障碍，并不适合在预约制的莫羽心理咨询工作室求访。所以当阮弥一副气急败坏的质问之后，她从抽屉里找出了张某医院精神科的名片，然后指着上面的名字说："这个，是我认识的朋友，她是这个医院精神科的心理医生，你们明天去找她。"

"什么意思？"阮弥的脸涨得通红，"你们老板知道你背着他接私活赚黑钱吗？"

"我们工作室不接急访，像裘索的这种情况我们是需要转介的。"岳默还是耐着心。

"我们是冲着你们工作室的名头来的，我们不去别的地方。"阮弥从椅子上弹了下来。

"我们工作室是预约制的，不接急访。岳默又重新地强调了一遍。"然后又耐着性子说，"况且，你的朋友现在必须到精神科去，她的这种状况不适合来心理咨询室。"

岳默说到最后自己也有些无奈，她又抬眼瞟了下大厅里的落地钟，落地钟这时的时针刚好归到零位，钟摆连响了六声，她需要在 10 分钟之内赶到公交车站，于是她开始收拾起桌上的预约登记簿来。

"你不能走！"阮弥的手直接盖在了预约登记簿上，大吼着，"你走了我们怎么办？"

"你们明天一早就去医院精神科。"岳默敲了敲桌上的那张名片。

"我们哪儿也不去，就在这！"

"你这有点不讲道理了。"

"你先不讲道理的！我告诉你，小索今天要是出了什么事，我就到法院去告你们！告你们拒载！"

"我还拒载？我又不是网约车司机！"岳默被自己的话气笑了。

"我管你是什么，你们是不是心理咨询室吧，我们是不是心理问题？"

"你们是心理问题，可我已经和你说明白了……"

"预约登记制嘛，我们有的是时间，等到明天，等到明年也行！"阮弥说着，直接拉着裘索坐在了会客厅的沙发上。

岳默倒吸了一口冷气，心里一团乱麻，看着眼前的状况，她纠结着是否要给冯朗教授拨去求助电话。

冯朗教授的车这会儿正堵在内环高架上，岳默从电话里听见了车窗外面的嘈杂声和车笛声。她有些难为情，因为这是她到莫羽心理咨询工作室以来第一次在下班的时间求助冯朗，按照工作职责划分，预约的工作是不应该麻烦到老板的。

岳默小心翼翼地向冯朗汇报了裘索的状况及自己的判断，她甚至还为两个女孩求起了情，希望冯朗可以破例回来一趟，冯朗做事的风格本就严谨，几乎没有商量的余地。

"可我该怎么办呢？"岳默为难地回头望了望那两个姑娘的方向。

"没有能力帮助别人的时候，当机立断地拒绝就是最大的善意。"冯朗说完这句话后直接挂机。

岳默从未见过冯朗如此严厉，心里五味杂陈，她觉得冯朗不近人情，即使他讲究原则，但也未必如此冷漠，她嘴里碎碎念着："我也想当机立断地拒绝，可她们不走我能有什么办法？！"

她又抬眼望向了阮弥和裘索，不知道自己怎么预约登个记也能登出个烫手山芋来。该怎么办呢？直接锁门走人，还是报警？报警不行，冯朗教授不喜欢和警察打交道，他不喜欢这些人堂而皇之地在靳家花园里走来走去。

思虑再三，她只好硬着头皮从随身包里拿出了一张百元纸钞，递给了阮弥说："喏，你们打车回学校吧，明天最好是早一点去医院看看。"

阮弥没有去接岳默递过来的钱，仍然一副无赖的模样，叫嚣着："我们不回学校，我们就在这等，等到明年 2 月 8 日。"

"没完了是吧？"岳默心里的火"噌"地一下蹿了上来，她没想到对方根本不想讲道理，不讲道理只能用不讲道理的办法来解决，她索性拉住了阮弥的衣袖，边往外拉扯边威胁着："该说的我可都已经说了，能做的也只能这么多，你们再不离开我就报警了。现在给你们两个选择：一、拿着这100元钱赶紧打车回学校；二、我报警，请警察来带你们走。"

"报警吧。"阮弥根本没犹豫，"正好让警察叔叔过来跟我们一起看着小索，否则她要是今晚自杀了，咱俩都跑不了。"

"跟我耍无赖是吧？"岳默大吼。

"是你逼的！"

"跟你好说好商量，你最好见好就收，这是我自己掏腰包的钱，别人可没这么好心。"

"心虚了吧？怕我跟你们老板告你的状，把我们当私活介绍给别人。"阮弥就是不想讲道理。

两个人一拉一扯间，一直闷不作声的裘索突然跳起身来，她快速地扯过了岳默手里的百元纸钞，三下两下就撕成了碎片。在那些碎片落下眼帘之时，岳默听到了裘索歇斯底里的呐喊："谁要你的臭钱！"

客厅里的落地钟又重重地敲响了一声，岳默知道，徐来阿姨精心安排的这场相亲晚宴就这么泡汤了。本来晚宴的事她也只是顾着徐来的面子去走走过场的，现在电话里，她所有的解释都成了徐来口中的推脱和借口。

岳默委屈地放下电话，斜睨着两位女孩，阮弥已经将裘索拉回到了沙发旁，两个人打算在这安营扎寨了。岳默突然幸灾乐祸地大笑了几声，然后清了清嗓子，大声地背诵起来。

"要解决你的问题其实并不难，采用认知治疗、提高内在的醒悟能力，改变不良的行为模式和思维模式，积极消除应激原，采用心理、社会等治疗方法缓解，再加上些类似氯丙嗪、氟哌啶醇等抗抑郁类的药物就能对症。"

背完，她挑衅似的大声询问对方，"听得懂吗？这就是治！疗！方！法！"

沉默，没人搭腔。

岳默又看向了阮弥和裘索，两个瘦瘦小小的女孩子端坐在沙发上，竟一脸的无助。

"姐姐，我知道我们耽误了你的下班时间，但是我不能眼看着小索出事。"阮弥抬眼的神情有些可怜，"我真的怕小索自杀。"

随后，她将随身的书包翻转过来，一阵噼噼啪啪声后，包里面的东西瞬间铺满了茶几。她快速从中拣出了学生证、银行卡、学校的饭卡和寝室的钥匙，然后挨个展示给岳默看，"我和小索都是这个学校的，我们是主持播音系的大三学生。姐姐，我知道你是好人，你要是想报警早就报了，我把这些都押给你，卡上有 2 000 元生活费，今天就让我们留在这，行不？姐姐。"

岳默知道，自己铁定是走不掉了，反正相亲晚宴已经泡汤，她索性打算收留她们一夜。她告诉阮弥，会客厅的沙发可以随便睡，但一层以上的区域绝对不可以上去。阮弥点头，爽快地答应，在她安置好裘索在长沙发上躺下后，又跟随岳默去储物室取了两个靠垫。

阮弥抱着靠垫走回到客厅时，听到了裘索手机铃响的声音，她疾步过去接通了电话。电话是孙宁浩的妹妹孙宁琳打过来的，她这个时候打来电话，意义非比寻常。

"小索姐姐，我是宁琳。"阮弥按了免提。

"你好，宁琳。"阮弥应了一声。

"我哥他……你别怨恨我哥，他也是被逼的，新嫂子怀了孕，如果不娶她，他就得去坐牢。我爸妈就这么一个儿子，如果我哥有什么闪失，那就是要了我爸妈的命。"孙宁琳的声音有些激动，"我知道，我哥心里只有你一个人，我也喜欢你，但是，命运就是这么捉弄人。他们明天就要结婚了，我哥说希望你能忘了他，以后找一个爱你的人，小索姐姐，祝你幸福！"

"让你哥接电话！"阮弥还没说完这句话，对方就收了线，再回拨过去，已是关机状态。

裘索不知道哪里来的力气，很快挣脱了岳默的控制，发了疯似的满屋乱跑，"骗子！骗子！骗子！"她嘴里一直念念叨叨，为了向岳默证明些什么，她不断地重复着她和孙宁浩的故事："孙宁浩当初跪在我爸妈面前，说这辈子非我不娶的，他说他会守护我一生一世，他不会骗我的。"

"我要去见他！"裘索边说着边跳到了岳默的接待台上，她将桌旁的剪刀抓起来对准了自己的脖子，"我现在要去见他。"

"这种渣男你还要去见他干什么？！"阮弥气得大喊，"我告诉你小索，这个世界上除了他，还有很多爱你的人，我们都是爱你的。"

"可是我爱他啊。"裘索跪在桌子上，哭着哀求，"我只是想见见他，阮弥，你陪我去见见他吧，我觉得没有他，我活着没有意义了。"

岳默看着阮弥和裘索对峙着，本想趁裘索不注意的时候绕过去将她手里的剪刀夺下来，但这个举动很快被裘索发现，她瞪着眼睛警告岳默："如果今天我见不到孙宁浩，我就死在这！"说着，她将剪刀尖抵向了自己的脖子。

"能联系上她父母吗？"岳默惊出了一身冷汗。

"她爸妈因为工作的原因常年驻守在国外，有的时候几个月都联系不上一回。"

"孙宁浩家在哪儿？"

"在江阴，离裘索家不远。"阮弥思索了片刻，又说，"我要和小索去一趟江阴，她今天见不到孙宁浩真的会死的。"

"现在这个时间了，怎么去？"

"坐高铁，如果高铁票没有了，我们就打个车去，我卡里还有 2 000 块钱，应该够了。"

岳默听着阮弥的回答竟有一点蒙，事态的发展已经偏离了轨道，只要她主动放弃，就可以马上关门大吉。

"值得吗？"她问阮弥。

"姐，不瞒你说，小索是我在这个学校里唯一的朋友，别人都不跟我玩，只有她拿我当朋友，我不能让别人欺负她。"

岳默点了点头，又靠近了裘索一些，"如果我们陪你去江阴找孙宁浩，你能保证不伤害自己，一切听从我们的安排吗？"

"姐，你要陪我们去江阴吗？！"阮弥愣在原地，嘴角处不自觉地咧出笑来。

"你确定自己一个人能保护好她吗？"

"不能，我肯定不能。"阮弥的头摇得像拨浪鼓，又嬉皮笑脸地说，"我需要姐姐的帮助！"

"能保证吗？"岳默又看向了裘索。

"能。只要能见到孙宁浩，我什么都听你的。"

"做人要信守承诺。"岳默给了阮弥一个眼色，阮弥马上跑过去，将裘索手里的剪刀夺了下来。

岳默答应裘索的要求并非一时脑热，她是被两人的友谊给感动到了，更重要的是，她觉得裘索与孙宁浩的这段孽缘如果没有在他结婚前了结掉的话，将会成为她一生中永远都解不了的心结。

她的眼睛又瞟向了落地钟，经过这么一场闹腾，时间已指向了 7 点 15 分，她定了定神，拿起手机将电话拨了出去。

第二章

在偌大的上海，如果只有一个人可以求助的话，那这个人便是梁兮尘。

在梁兮尘到来之前，岳默去储物室又拿了件她平时打扫卫生时经常穿的黑色短款夹克，那件衣服虽不是很体面，但质料较厚，可以挡些夜间的硬风，天气预报说，当天晚上会有大面积的降温。

她又给阮弥和裘索加了些热水，然后开始满脑子搜罗起路上需要准备的东西。她还没有吃晚饭，虽然自己的肚子不饿，但她猜测两个女孩和梁兮尘一定没吃，于是便让阮弥和裘索在工作室稍坐片刻，自己一个人跑去马路对面的便利店。

回到工作室门口的时候，梁兮尘的车已经停在了那里，她早到了5分钟。梁兮尘的个子在女生里算是高挑一些的，上扬的眼角加上一头短发，让她整个人看起来非常干练。她见岳默拎回了一大包的食物，便快步迎上去接过了袋子，打趣道："咱们这是要打持久战吗？"

"四个多小时的路程呢，"岳默边说边推开了大门，"唉，我大脑短路，你又跟着受累了。"

"也不是第一次了，别内疚。"梁兮尘哼笑着打开了后车门，将食物袋顺手扔在了车座上。她知道岳默的口是心非，她若真是不想帮这个忙，现在自己过来就是另外一个任务了。她不想戳破她的善意，便直接岔开了话题，"对了，刚才路上查了一下她们的学生证，没什么问题，放心。"

"有你这个大律师在，我当然放心，"岳默的脸上堆起了笑容，然后伸出食指指了指上方，"我就是把天给捅破了你都能给补上。"

"我是女娲的妹妹，女锅。"

"专门替我背锅的锅。"

岳默带着阮弥和裘索出了工作室的大门，边走边向梁兮尘简单地叙述了事情的来龙去脉。梁兮尘听得仔细，在岳默结束报告之后她又直奔了主题，"如果一会儿见到当事人，你们的主诉是什么？"

岳默刚想接着话头说点什么，但又觉得还是应该先问问裘索的诉求，毕竟在这件事情里面，除了她，其他都是外人。于是她拉起了裘索的手，示意她说说自己的想法。

"我不分手。"裘索说得很小声。

"啥？他都和别人扯证了，你还不分手？你想当二姨太吗？"阮弥叫嚷起来。

"他说过要和我一生一世的，就得算数。"

"屁用！骗都骗了，还算什么数？我告诉你小索，咱们这次兴师动众地去他的老巢，就一个目的，问他要青春损失费，能要多少就多少！"

梁兮尘与岳默心照不宣地对视了一眼，开始佩服起面前的这个女孩来，阮弥知道抓重点，事情拎得清，反观裘索，她的心被伤透了，伤得绣花针都缝不起来，既然她只是想要个说法，那索性就陪她去要个说法，心里痛快了，一切就都释然了。

四个人上了梁兮尘的那辆红色牧马人，没有过多的客套话，直奔江阴而去。

岳默和梁兮尘是在三年前认识的。刚认识那会儿，她是第一年从东北老家来上海考研，她考的是心理学系，梁兮尘考的是法律系，两个同样备考中的学子顺理成章地挤进了同一间自习室。不过，她喜欢坐在第一排，而梁兮尘喜欢坐在最后一排，两个多月的时间里谁也没有注意过谁。

直到有一天，自习室来了一个陌生的面孔。他进来后见岳默用水杯占位的座位空着，就直接坐了过去，等岳默到的时候，无论与他怎样解释都说不通。自习室当时已经坐满了人，岳默找不到空位就得打道回府，她又气又羞，差点飙出了眼泪。就在僵持不下的时候，梁兮尘从最后一排起身大踏步地走了过去，也不多废话，直接拎起那个男学生的衣领就把他"请"出了自习室。

自习室的门关着，她和他说了什么谁也没听见，但自从那以后，那个人就再也没有在这间自习室出现过，而那个座位一直到考试前都没有人敢坐过。

后来，岳默英语差了一分第二年重新备考，梁兮尘落榜后直接进了一家律师事务所当了助理，两个人的友谊就此建立起来。

车子在内环高架上堵了一会儿，趁着这个空档，岳默又将事情的来龙去脉及冯朗懒政和自己被讹的细节描述了一遍，然后又不解地问梁兮尘："你说现在的大学生怎么什么都做得出来，这要放在过去不是直接就狗头铡伺候了嘛。还有那个女的，一夜情就敢跟人家结婚生孩子，也不怕被骗？"

"你怎么知道不是那个女的想找个买家呢。"梁兮尘瞟了她一眼，慢条斯理地笑了笑，"扯证的事，你情我愿，到哪里都说得通。"

"你是说，那女的肚子里的不一定是孙宁浩的？"

"我没说，不过理论上，一夜情肯定有中招的概率。"

岳默横着眼睛看了梁兮尘半晌，刚想说些什么，又意识到后排还坐着两位姑娘，索性闭了嘴。

车子沿沈海高速行驶，经朱桥收费站，过了太胜村约 250 米后进入沿江高速。岳默与梁兮尘闲扯了一会儿有的没的，便睡着了。

趁着这个空档，梁兮尘给男友陈需发了条微信，询问了下梁爸的状况，陈需告诉她梁爸已经吃好晚饭准备睡觉了，梁兮尘便发了个感谢的表情，安心地开她的车了。后视镜里，后排的两位女孩吃了些零食后也相继倒下。梁兮尘莞尔一笑，将车载的轻音乐声又调小了一些。

高速上的天色渐渐变暗，路两旁，一排排的树木过去是一片油菜花地，接着又是一排排的树木。

大概一个小时之后，岳默醒了过来，她伸了个懒腰打了个哈欠，又下意识地向后车座张望了一眼。见两个女孩还在睡着，脸上便浮现出了欣慰的笑意，她碰了碰梁兮尘问："你说人能困死不？"

"如果没有外力的情况下，人到了疲劳极限一定是会睡着的，不过，如果到了疲劳极限依然用外力促使人避免睡眠，那么人就会因为心脏和大脑功能停止导致死亡，一般人的疲劳限值是五天，死亡疲劳极限是九天左右，也就是说，一个人连续九天不休息肯定会死，但是一般没有人能撑那么久。"梁兮尘回答。

"这是酷刑啊，这丫头三天三夜没合眼了，也算是个战士。"岳默又叹了口气，望向窗外，"问世间情为何物，不过是一个真糊涂，一个装糊涂。"

车子已经开出了省际收费站，她又问梁兮尘："像她这种情况，能得到些补偿吗？"

"法律上不能。"梁兮尘摇了摇头，"除非这个男人良心上过不去。"

"那算了，如果有良心他就干不出这龌龊的事了。"岳默又叹了口气仰靠在座椅上，"对了，我还没问你明天休不休息，跟我跑这么一趟有没有耽误你的事。"

"人生中能被愤怒冲昏头脑的时候不多，能陪你一起疯是我的荣幸。"梁兮尘拍拍胸脯，诡秘地一笑。

"你说你这人执拗得这么完美给谁看呢？真是便宜了陈需那个臭小子。"岳默故作愤然的表情，接着又问，"这个陈需人怎么样？"

"目前来看表现还行，我爸这几天总说胸口有点闷，我就让他没事去老年公寓陪一陪他。"梁兮尘说着又把手机扔给了岳默，让她浏览两个人的聊天记录。

"梁爸胸口闷怎么没送医院去呢？可别大意了。"岳默快速地滑动着微信画面。

"老毛病，中风后遗症，缓两天吃吃药就好了。"

"你俩这小情小调还挺带劲，他能接得住你的哏，情商还算跟得上。"岳默一边看一边评论。

"我费这么大力追到手的，再没情商我也得手把手给教出来啊。"

"行，哪天你失业了，直接开个男友调教班。"

"那在我班上毕业的，你可以闭着眼睛挑。"

"不合格不准毕业。"两个人异口同声。

两个女孩一阵大笑，车厢里瞬间充斥着欢乐的气氛，但她们马上意识到后面还睡着两个，便连忙捂住了嘴巴。嘴巴是捂住了，陈清风的电话又打了进来，岳默的眉头拧成一团，不用多猜，徐来阿姨的状已经告到了老闺密那里。

周五晚间的省际高速公路上总不那么顺畅，出城进城的车辆来来往往、络绎不绝，红色牧马人在几个分岔的路段上堵了一会儿，也没算耽搁太久的时间，一行四人差不多于 23 点 30 分之前驶进了江阴收费站。

收费站一排过去有很多个通道，梁兮尘将车子开进了右边顺位的第二个收费口，她排在一辆大货车的后面，那大货车的尾灯待她开到近前的时候才熄下来。

强光的刺激下，后排座位上的两个姑娘相继醒了过来，可能是几天没有好好休息的缘故，两个人醒来后竟都是一脸的茫然，她们顺着挡风玻璃向前看去，收费站的大牌子上赫然写着"江阴"两个大字。

"具体的地址是哪里？"岳默转回头问。

"澄江中路 9 号。"

裘索认真地回答。一路上的小憩解决了她三天三夜的疲乏，整个人恢复了不少元气。

回家的路熟悉又陌生，她用力地吸吮着风里的味道，悲伤随之而来。

梁兮尘重新输入了新的地址，定了导航，待大货车交好过路费后她便将车子滑向了收费口，然后跟着导航向澄江中路 9 号驶去。

按照裘索提供的地址，梁兮尘很快驶进了一个住宅小区，她绕着大花坛转了个弯后在对应的楼号前停稳。

"是 502 室吧？"阮弥向裘索确认，然后仰头向上看去，孙宁浩的家灯火通明。

"是 502 室。"裘索望向了那间熟悉的窗子。

车子停好后，几个人整理了一下衣装，也整理了一下情绪，下车。岳默又问了些梁兮尘合理合法的交涉范围，梁兮尘也简单地普了一下法，想到阮弥在咨询室的种种无赖行径，岳默又将看管她的任务交给了梁兮尘。

孙宁浩家的小区不是新小区，房子不旧，但也有些年头，贴着喜字的铁门上可以清晰地看见清理小广告纸的划痕。走在前面的阮弥先看到了喜字，她愣了一秒，又马上退回来几步，将喜字暴力地撕掉，又用力地揉成了团。

几记不重不轻的拍门声后，一位年约 50 岁的男子来开房门，这个男人是孙宁浩的父亲，他见四个女孩子齐整整地站在门外气势汹汹地看着他，吓得"哎呀"一声将门迅速带上。

好在阮弥眼疾手快，在大门快合上的时候将一只脚塞了进去，一声闷响，阮弥的脚被门缝夹得结结实实。

很快，四个人便浩浩荡荡地涌进了孙家的客厅，吓得孙父话都说不清楚，磕磕巴巴地向里间喊着老婆的大名。孙母是个标准的家庭主妇，身材不肥不瘦，只有发福的肚子滚圆挺阔，听到孙父的求救声后，她和女儿孙宁琳直接从卧室里冲了出来。

岳默只在书里见识过描写得如此凶悍的女人，她的目光像是一把利刃，扫过每个人的脸，片刻，她将目光锁定在裘索的身上。

"小索？你们这是，干什么？"

"阿姨，我想找宁浩。"裘索抬眼望着孙母，眼神里露出了光。

"宁浩是不会见你的，他明天就要结婚了，你们以后就不要再联系了。"孙母给孙父递了个眼神，示意他送客。

孙父左右为难，他既不敢违背老婆的旨意，又拿眼前的几个女孩子没办法。

"我们是来找孙宁浩的，麻烦请他出来说话。"岳默觉得孙家人有点欺负人，索性站出来破局，"他自己犯的错让他自己来了结，我们外人都别插手。"

"外人？你们是外人我可不是！"孙母哼笑了一声，又冲着裘索发难，"我早就跟你说了，你和宁浩不合适，何必呢？孙家七代单传，宁浩怎么可能娶你一个……说句不好听的你别往心里去，你现在连当孙家儿媳妇的资格都没有。"

阮弥一直被梁兮尘拉着，这是岳默吩咐的，但孙母这么羞辱裘索，她可忍受不了，直接挣脱开梁兮尘的手与孙家对峙，"说话能不能不要那么难听，孙宁浩他现在就是给小索提鞋他都不配！"

"我们也不想给这位大小姐提鞋，都散了吧，我们也该休息了。"孙母摆摆手，然后扯着女儿往卧室的方向走。

"孙宁浩，你当什么缩头乌龟王八蛋，有种的就出来说清楚，别他妈搞个一夜情，给人家肚子搞大了，就认尿。"阮弥见孙母蛮横，直接大声叫嚣。

"我可警告你们，再闹下去，我们可就报警了。"孙母转回头警告，岳默又看到了那凶悍的表情，她心里反感，便下意识地横了阮弥两眼，她知道，这位祖宗可不怕什么警察。

"报呗！正好警察来了让他们评评理。"阮弥的回答如岳默所料。

岳默将手背在后面做着手势，示意梁兮尘把阮弥逮回去，又缓下来语气跟孙母协商："阿姨，我们也不想闹事，裘索她只是想和孙宁浩当面了却这段缘分，看在我们这么远赶来的分上，您就给安排一下吧。"

"他不会出来的，你们死了这份心吧。"

"你这有点不讲道理了。"一直没吭一声的梁兮尘没把阮弥逮回去，自己反倒披挂上阵。

"我跟你们讲什么道理，我跟你说实话吧，当初我就不同意他们俩在一块，早恋不说，现在她又不能生，我们总不能讲道理让老孙家断了后吧？这是自私！"

"都什么年代了，怎么还是那一套传宗接代的老思想呢，根据我国法律规定，任何人都无权干涉他人的婚姻自由，即使是父母也不行，如果干涉则是违法的。"梁兮尘终于开始搬法条了。

"违法的,听到没?"阮弥重复。

"一代代都是这么过来的,呵,如果女人都不生孩子,人类不就要灭绝了!孩子看不清楚路的时候,当家长的,就得给把把舵。"

"你把得可真好,直接把你儿子给把进沟里去了,现在让人家给讹上了吧!这就是你说的不自私。"有了梁兮尘出来拿法律法条撑腰,阮弥更加肆无忌惮。

岳默看着阮弥把孙母骂得脸色发绿,自己心里也觉得舒坦,可是现在并不是过嘴瘾的时候,如果只是为了过嘴瘾,她们四个女孩子齐上阵,孙家人定是招架不住的。

她又看了眼裘索,裘索这时的神情依然是呆呆愣愣的,顺着她的视线向前看去,岳默看到了一个瘦骨嶙峋的男孩子,他正站在卧室门口,除了裘索没人注意到他,他也呆呆愣愣地望着裘索。

孙宁浩一脸的疲惫,身形比裘索上一次见到时整整瘦了一圈,头发贴在脑皮上,抬眼时,已找不到光,他与裘索就这么对视着,仿佛将一切置之度外。

"为什么?"裘索的眼泪已经无法控制。

"对不起。"

"我不要你对不起,为什么?"

"小索,"孙宁浩缓缓地走向裘索,凝视着眼前这个他曾经深爱着的人,每走一步他都克制着自己的情绪,快触碰到裘索的时候,他突然绷不住情绪大哭起来,"是我对不起你,我是浑蛋!小索,我是浑蛋!我的错!忘了我吧,你忘了我吧,我不配,你当我死了吧。"

"你原来不是这么说的!"裘索仍然重复着那段话,"孙宁浩,你当初跪在我爸妈面前保证，你说会爱我一辈子，你说没有孩子也没有关系的，就因为个孩子你就要抛弃我吗？"

"小索，我没有办法，我现在没有办法！"孙宁浩声泪俱下。

"那个女人要多少钱，我给她。"

"没用的！小索，都谈过了，她不肯放过我。"孙宁浩慢慢蹲下，半条腿像是跪着，"我想死，小索，没有你我活不下去的。"

"少他妈废话，小索跟你这么多年，你看这青春损失费怎么算吧！"阮弥回头见到了这一幕，上前一把扯过裘索，将她揽在自己的身后。

"你们这是敲诈！"

声音从众人的身后传来，一个挺着肚子的女人出现在大门口，这个女人便是孙宁琳口中的新嫂子，新嫂子长得不高不矮、不胖不瘦，只是身怀六甲让她的身板看起来有些强壮。

电话是孙宁琳打给她的，家里发生了这样的变故，孙宁琳自知惹了祸，无奈之下只好将电话打到她那里，她希望孙家未来的女主人可以出面结束这场战争。

"说个数吧，你们想要讹多少钱？让我看看包一个大姑娘的青春是个什么价？"她的声音很洪亮，面色中带着轻屑。

"我的青春是无价的，我一毛钱也不会要你们的。"裘索的眼睛里蹦着血丝。

"无价，说得这么冠冕堂皇，你们大晚上来不就是要钱的么？像你们这种人我见识多了，简直就是不要脸。"有了新主人在，孙母倒是愿意退居二线，不再言语。

"你才不要脸，你就一小三上位，拿个肚皮要挟人，人家根本就不想要你，你硬赖着人家你好意思！"阮弥见她羞辱裘索，气急败坏地要冲上去理论，可人家好歹是个孕妇，就跟个瓷瓶一样，说得骂得动不得，她只能瞪着孙宁浩泄愤，"管不住自己的家伙，活该你上当受骗！"

两个人你言我语，新嫂子已经满脸涨红，岳默意识到，眼下的态势很快就会变得不可控制，她需要马上结束这场无谓的战争。她看了眼梁兮尘，又拉了一把裘索，打算鸣金收兵。

新女主人见岳默拉着裘索撤向门口，激愤之下一把扯住了裘索的衣袖，她挑衅地表明自己的立场，"我别的本事没有，就是会生孩子，有本事，你也生一个！你生一个，我就让孙宁浩娶你！噢，我忘了，你这辈子都没有这样的机会了吧？"

如果前面所有的过程只是展现出了裘索内心的不甘，那么这些话从这个女人的嘴里说出来，就击破了裘索的最后一丝理智。裘索的眼睛已经血红，她挣脱开岳默的手，一步一步地逼视着新女主人，她朝着她怒吼着："他根本不爱你！他不爱你的，就是因为这个孩子……"她冷冷地说，接着，她的目光定格在了女人的肚子上。

岳默心里一沉，低呼一声"完了"，来不及做任何反应，只见裘索飞起一条腿，狠狠地踢向了那个女人的肚子。

第三章

那个女人被 120 接走了，"呜哇声"在寂静的深夜里，如同一颗炸雷响彻了整个街区。

楼栋里很快蹿出来一批左邻右舍，他们甚至穿着睡衣睡袍，围堵在孙宁浩家的楼门口，当得知是孙家准新娘大出血被拉上了救护车后，议论声便炸裂开来。

孙宁浩向地上的那摊血做了最后的告别，整个人也一下子轻松了许多，这些天他被困在卧室里，像个木偶一样，他觉得自己快要死了。再次见到裘索，他百感交集，像是个犯错误的小男孩一样祈求着对方的原谅，可这个时候的裘索已经不是过去的裘索，从她踢向那个女人的肚子开始，一切，就已经回不去了。

前往派出所的路上，岳默平生第一次觉得懊悔，她不知道自己为什么会把一切搞得这么糟糕，她不该不听冯朗教授的话，"没有能力帮助别人的时候，当机立断地拒绝就是最大的善意。"这句话现在正以一百倍的音量在她耳边回响！

民警分别对几个人做了问询笔录，笔录过后，几个人相继被允许离开，裘索作为事件的施害者，要在派出所里待到分局裁决以后。

"按照治安管理处罚法，裘索大概率是要被拘留的。"走出派出所大门，梁兮尘淡淡地说，"至少五天以上。"

"那不是要留下案底了吗？可不可以想想办法，哪怕多交点罚款也行啊。"阮弥觉得，裘索有今天这样的结果是自己的任性所为，她宁可留在里面的那个人是自己。

阮弥的想法让岳默有了一丝侥幸，如果多交些钱可以免除拘留的话，她愿意为这些罚款想想办法，她也问了梁兮尘同样的问题。

"这要看分局的裁决，有一种处罚是拘留并处罚款，还有一种是直接拘留没有罚款。"

"就是说，不想交罚款只拘留可以，但是只交罚款不拘留不行。"

"可以这么说。"

"那除此之外，孙家是不是还会提出赔偿？"

"很有这个可能，30万、50万，甚至100万，都有可能。"

"那就是要走司法调解程序了？"

"这个事情最后得看双方当事人的一个态度了，如果那女的不让步，调解不成，就让他们去法院告吧。"

梁兮尘扬手叫了一辆出租车，给了他孙宁浩家小区的具体位置，她要先去把自己的车取回来。路上的三个人都没有说话，车窗外的路灯投射进来，在她们的脸上跳跃着，时明时暗。岳默看到了阮弥把头扭到一旁，用手臂环抱起来，慢慢地，传出了哭泣的声音，那声调像是一个个小音符，肆意地在五条线上穿梭着。她没有去安慰，也不知道怎么安慰，她不敢触碰她的肩膀，就像不敢触碰自己的青春一样。

到达孙宁浩家小区的时候已经是凌晨 2 点 15 分，楼上住户的灯比往日要多亮起来几盏，楼下还有人围坐在路灯下闲聊着，孙家准新娘这事估计要被议论上好几天。

梁兮尘将车开到了一家经济型的宾馆，宾馆大厅里只留了一个客服人员值班，在几个人推门进来的时候，她几乎快睡着了。梁兮尘订了两间房，大床房给阮弥住，她和岳默住双人房，经过一晚上的闹腾，两个人已经筋疲力尽，简单洗漱过后沾床就睡着了。

凌晨 3 点 30 分的时候，梁兮尘被一阵手机铃声震醒，她迷糊中接起了陈需的电话，得知梁爸突发心梗被送到了医院，恍惚中跳下床，她凭借着自己的意念收拾好了行李，临走前又给岳默留了张字条。

岳默醒来的时候已经是上午 10 点多钟，她在房间里没有找到梁兮尘的身影，又跑去洗手间找，洗手间里也没有，便猜想着梁兮尘或许是下楼去用早餐。她上了大号从洗手间出来，收拾床铺的时候，从床头柜上发现了梁兮尘留下的字条。

电话里了解到梁爸已经出了抢救室，岳默心里终于嘘出一口长气，待和梁兮尘通完电话，她便开始订回沪的高铁票。

周末票源紧张，手机软件上的票已经售光了，岳默打算去长途客车站碰碰运气，她用了 10 分钟的时间将自己收拾完毕，又去敲开了阮弥的房门。阮弥打算留下来等裴索的处理意见，岳默便给她多交了两天宾馆房间的钱，又把随身带着的那件黑色夹克留给了她。

运气还算不错，她买到了下午 4 点 20 分的长途大巴车的票，在候车室简单地吃了个面包，又灵魂神游了片刻才登上回城的客车。开车的时候，她又给梁兮尘打了通电话，电话一直没有接通，她只好发了信息告诉对方大巴回城的时间。

随着车子的启动，她慢慢地进入了梦乡。

再醒来时，天色已渐晚，大巴车被堵在了某段高速公路上。岳默掀开窗帘向外张望，此时的她已置身于一片霓虹之中，茫茫车海，车灯闪烁，看不见头尾。从后座两位大叔的口中得知，高速路前方有油罐车爆炸，车子已经在这个位置堵了足足两个钟头，岳默低头看了眼时间，已是夜里 8 点 10 分，按照正常的行程，她应该还有 20 分钟就会到达上海的汽车总站。

进入上海收费口的时候已是晚间 10 点多钟，一路上的疲惫令岳默叫苦不迭，她此刻只想马上滚回到自己的小床上好好睡上一觉。

时令已交初秋，冷空气突然强势来袭，市区内的气温瞬间骤降到了七八摄氏度，有了种临冬的错觉。黄浦江的风一路从东咆哮而来，每穿过一个街区，强劲的势头便会弱下来几分，等到了岳默所租住的小区时，风力就已基本上调整为轻摇模式了。

岳默在小区门口下了出租车，然后裹紧了身上那件轻薄的白色线衫，深一脚浅一脚地迈进了一座暗沉的楼栋。

这个楼栋格局设计得不好，楼梯与大门不相邻，所以要走到楼梯口则需要经过一长排破旧的自行车。这些自行车有的是业主家里放不下又舍不得扔掉的，有的是业主平时出门打打零脚或是去市场买菜用的，它们长期霸占着本就狭窄的楼道，令其他业主怨声载道。

早些时候，被刮到裤角或是蹭到衣服的业主会投诉到居委会，居委会工作人员便将写有白纸黑字的警告文贴到大铁门上，以作警示震慑效用。但过了一阵，等那警告文被一场雨水带走之后，各家各户的自行车又像是老朋友聚会一样，不约而同地在大门与楼梯间攒蹙起来。久而久之，业主们也就懒得再去抗议，居委会自然也不来管了。

岳默每天都会与这些"老朋友"相遇，然后绕过它们转上楼梯。最近楼梯间里的照明灯线路坏了，找了几次物业公司都没来修，所以岳默刚迈进楼栋的时候就出了状况，她突然被一股神秘的力量紧紧拉住，丝毫动弹不得。

散云掩住了上弦月仅有的光，草丛里的几只小野猫撕咬着发出一阵阵刺耳的叫声，隐约中，她看见不远处有一双眼睛正盯着自己，像是一团绿色的小火苗，不停地跳跃，恐惧与无助瞬时袭来。

岳默吓得连连后退，她怕是那个未出世的孩子来找她算账了，心不由得又抽紧了一下，只觉得唾液里渗入了咸咸的味道。她将手伸进了线衫的口袋里，然后以最快的速度摸出手机将四周照亮。

手机的光不亮，却给岳默带来了极大的安全感，她寻找着那团让它恐惧的绿色火苗，但那个位置除了一面脱了皮的墙外，再无其他，岳默怔了半天，等恍过神，目光才悻悻地落在钩住自行车车把的皮包带子上。

这自行车又开始在晚间顶风作案了，岳默释然地嘘出一口长气，耐着性子向后退去了一小步，然后将皮包带子从自行车的车把上一点点抽离出来。黑暗中的力量给得没什么分寸，皮包带子没能成功地抽离出来，反倒是把自行车拐带着朝她的方向砸去。

"叮叮咣咣"一阵乱响……紧接着，自行车牵着带子，带子捎带着她，山呼海啸般地完成了一场多米诺骨牌式的传递。

在学校附近租住的这样一套房子没沾上半点儿大上海的气息，但老房子的租金便宜，又靠近学校后门，岳默考虑到自己可以经常去学院蹭蹭研究生的课，所以也就没有其他的奢求。

这是一片老公房小区，是 20 世纪 50 年代末建成的，原是师大老师的待遇房，现在大部分都出租给了待考的学生。岳默租住的这一间是个小两居房，二楼的边侧，合租，这个户型最大的好处是两间卧室都朝南，而她的房间比隔壁胡燕琳的房间多出个小阳台来。

这个小阳台的面积虽然不大，但是岳默很是喜欢，她在靠近窗子的地方放了一张圆形的小桌儿，又将自己很少用的一条花色毛制围巾铺在了上面，每逢周末的午后，她都会泡上一壶普洱茶，再准备一盘小点心，然后就可以舒舒服服地做上一下午的考研模拟试卷。

墙上的时钟划过了 11 点 10 分，夜已深沉，马路对面的大灯明晃晃地射在破旧的沙发上。这个三座沙发是岳默从二手网上淘选回来的，没用上 100 块钱，虽然上面的布料有些褪色老旧，但罩上一块色彩鲜丽的披肩后就显得异域特色了。她把刚换下来的白色线衫搭在上面，然后背朝着衣柜的玻璃镜检查着自己肩上的划痕，几条血痕在她白皙的背部肩部清晰可见，钝器所伤，没几个夏天是很难消除的。

她的小床挨着衣柜摆放，床单的颜色素净淡雅，她在床头正上方的墙上挂了三只黑色的镜框，镜框里镶裱着相片，左边的一张是她自己的美照；中间的一张是她和爸妈在大连海边游玩时的合照；还有一张，是她和梁兮尘的闺密照，每个人的笑容都非常灿烂。

困意爬满了眼角，岳默收拉回褪到了腰部的文胸肩带，纠结着是否先洗个热水澡再去睡觉。这纠结只持续了几秒钟，当花洒里的水喷在脸上的时候，她很快进入了麻痹的状态。

梁兮尘把车从江阴开回上海后直接跑去了医院，养老公寓的院长说，发现梁爸倒在地上的时候他已经不省人事，在 120 来之前，公寓的卫健医生已用除颤仪实施了抢救。

梁兮尘没有多苛责院长，而是将怒火全部撒在了陈需的身上，无论他做何解释，她都没有打算原谅眼前的这位现任男友。

从浴室出来后，岳默看到了梁兮尘打过来的两通未接电话以及给她的留言，信息上写着："我爸快不行了"。

犯困的神经强行复苏过来，岳默来不及多想，快速地擦掉身上的水珠，又将湿漉漉的头发用皮筋绑好，套上件衣服就向外跑去。

这个时间的街道还是灯火通亮的，路上的行人三三两两，甚至还有人在外面悠闲地遛狗。

岳默一直认为上海的治安在全国的城市中都算是最好的，即使是凌晨的时候，即使是一个单身的女孩子，也丝毫不会恐惧。

她在路边等了一分钟，一辆挂着空车牌的强生出租车开了过来，司机师傅礼貌地问了她要去的地址，待她坐好后，车子平稳地开走。

她坐在后排，满脑子都在纠结着梁兮尘发来的这条信息，她知道，如果不是梁爸的病情恶化，梁兮尘是不会在这个时间来打扰她的，想到这些她又不敢再继续往下想。

梁兮尘从小父母离异，她一直跟着梁爸生活，梁爸退休前是中学的语文老师，退休后不到一年就得了中风偏瘫在床上，由于梁兮尘工作经常出差，请了几个保姆都不尽如人意，她只好将梁爸送到了老年公寓托管。托管的老年公寓是律所对口的援助单位，所以平日里，院长非常照顾梁爸。上周末，她还陪着梁兮尘去看望过他，他状态不错，谈笑风生的，其间还吃了两根香蕉和半个苹果。

想到这些，岳默心里一阵难受，她希望梁爸会化危为安，希望这是虚惊一场。

出租车开下内环高架的匝道时，岳默接到了梁兮尘的回电，电话里得知梁爸因病救治无效刚刚走了，她顾不得司机的疑惑，还没放下电话就放声号哭起来，她觉得自己对不起梁兮尘，对不起裘索，也对不起梁爸，如果不是因为自己的武断行事，可能这所有的一切都不会发生。

她没有任何一刻比这个时候更讨厌自己，她讨厌自己的自以为是。

到达医院的时候已经是 0 点 10 分，医院里灯火通明，人的生老病死是不分时间的。

她下了车，直接去了太平间。

在走廊的尽头，她看到了梁兮尘，她正与对面的男人激动地说着什么。那个男人就是陈需，他一脸沮丧地向梁兮尘解释着什么，说到后来他又一把将她抱住，痛哭流涕。

"让我送梁叔最后一程吧。"

梁兮尘没有挣扎，也没有原谅。梁爸这次心闷其实好好调理几天是不会有大问题的，梁兮尘已经在老年公寓陪了他三个晚上。周五陈需过来看望老人家，梁兮尘也正好接到了岳默的求救电话，所以就顺道让他留下来帮忙照看父亲一夜。

陈需是个国画天才，外表柔弱秀气，骨子里却有着一股孤傲的气质，梁兮尘当初只是因为看了一场画展就决定追求对方。岳默为这事还曾和她认真地聊过一次。梁兮尘认为，自己喜欢的事就去做，喜欢的人就去追，没有谁规定一定是要男人主动追求女人的。岳默笑她，这脑袋里八成住了个雄性大帝。

梁爸的遗体停放在一张床上，上面盖着白布，梁兮尘将白布掀开后为父亲整理了一下头发，然后盯着父亲的那张脸看。

熟悉，也有陌生，她这样足足地看了几分钟，少顷，她苦笑了一声，回头对着岳默说："他才 62 岁，这就是人的一辈子。"

岳默对着梁爸的遗体行了三个大礼，她始终没敢看他的脸，她怕他会埋怨自己些什么。想到这些，岳默的背后突又冒出些冷汗来，她浑身一阵痉挛，感觉整个人有些腾空了。

梁兮尘拉了她一把，她定了定神，又说："梁爸一个人带你不容易，我们就送他好好上路吧，需要通知哪些人参加送别会，你列个单子，我来打电话。"

"我爸生前不喜欢热闹，就不要打扰别人了，"梁兮尘摇了摇头说，"他儿子，我已经通知过了，今天会飞回来送他一程的。"

岳默和梁兮尘认识三年，她只知道她是单亲家庭，从没听她提起过父亲还有其他的孩子。或许这是家丑她不愿意提，既然梁爸还有一个儿子，那父亲离世是要来送一程的。

大概是在当天晚上的 8 点左右，梁爸的儿子吴璟尘从机场一路风尘仆仆地赶到了医院。坐了那么长时间的飞机又马不停蹄地赶到这里，他的神色尽显疲惫，虽看不出里面有多少悲伤，但岳默觉得那应该是大悲无色吧，有的时候，内心的痛不是眼泪能释放的。

他没有和梁兮尘过多地寒暄，进入太平间后，看着停床上的父亲，时间便静止了。

梁兮尘和吴璟尘是同父同母的亲兄妹，父母当年为了纪念两人矢志不渝的爱情，便让儿子随了父姓吴，女儿随了母姓梁。美好的愿景只维持了十余年，母亲便在和父亲的一次争吵后带着吴璟尘去了美国。当时的传言是，母亲嫌弃父亲无所作为，不愿意一辈子过穷苦日子，所以跟着自己外企公司的顾问回了美国安家，这一去就再也没有回来过。

在梁兮尘的眼里，母亲与哥哥是这个家的叛徒。叛徒，是没有权利得到原谅的。

"当时，那个女人是打算带着我去美国的。"梁兮尘淡淡地说，"但是父亲担心我一个女孩子没办法保护自己，毕竟那是个美国男人，所以，吴璟尘就跟了他们。"

"梁爸后来终身未娶也是怕你受委屈吧？"

"有这个原因吧，或许是他有过失败的经历不再相信女人了，又许是没有遇到更合适的伴。"

梁兮尘苦涩地笑笑，父亲突然的离去让她乱了阵脚，虽然律师是理性的，但是作为女儿却是不理性的，在这份不理性的感情中，唯一留下一点点理性的部分，便是她联系了吴璟尘回来奔丧。

当然，通知吴璟尘回来的理由，不仅仅是从父亲的随身衣物中找到了儿子在美国的联络电话，更主要的原因是，梁兮尘打算卖掉她和父亲常住的这处房子。当初父母买房子时，房本上没有写夫妻二人的名字，而是写了两兄妹的名字，也就是说，只有吴璟尘和梁兮尘两个人凑到一起才可以出售房产。

这栋老房子自她出生以来盛满了太多的回忆，美好的、不美好的，一切都将随着父亲的离去画上句号，她要离开这里，也为自己过去的人生画上句号。

"医生最终的确诊是什么？"吴璟尘冷冷地回过头，时隔十几年，他是第一次这么仔细地端详着自己的妹妹。

"心肌梗死。"

吴璟尘点了点头，又将梁爸身上的白布盖好，他转过头的时候，岳默才看清楚这位哥哥的样貌。他长着一张瘦削的倒三角脸，眉眼的距离比常人要近上许多，眼睛很深邃，深邃得让人有些不敢直视。他的个子很高，由此判断，梁妈的个子也一定不矮。他的头发带着自来卷，浓密黝黑，比他身上穿的那件大衣还要黑。

"他最后，有没有留下什么话？"

"喏，他就在那，你晚上好好问，这么多年，我想你应该有很多的话要问。"梁兮尘的眼睛瞟向了吴璟尘，看着那张神似梁盛威的脸，她不屑地哼笑了一声。

在吴璟尘到达之前，梁兮尘用了不到一天的时间为梁爸选好了墓地，而且是一处环境颇好的半山公墓。这件事情还要感谢律所里学长韩明哲的帮忙，韩明哲与梁兮尘毕业于同一所学校，比她大两级，梁兮尘进这家律所就是由他引荐的。韩明哲有一个客户是专门做墓葬业务的，之前他曾在办公室里向大家宣传说有需要的话可以找他帮忙，当时大家觉得晦气还都在背地里骂他。没想到，梁兮尘这回倒真派上了用场，从联系客户到落实墓地位置，一共用时没超过八个小时。

为了给父亲选择一处位置优越的墓地，她和岳默还亲自开车跑了一趟。梁爸最终的新家就定在了半山公墓，位于上海的市郊。梁兮尘把父亲攒了一辈子的钱都取了出来，她说梁爸生前没住过什么大房子，希望他到了那边能有个舒服的地儿，结交几个层次高的邻居，一起打打高尔夫、聊聊巴菲特什么的。

为了给梁爸送行，岳默破天荒地向冯朗请了半天假，这对于只有两名工作人员的莫羽心理咨询工作室是个莫大的挑战，但冯朗许了她这个假，这让岳默感激不尽。

梁爸的送行仪式非常简单，一共只有四个人参加，按照梁兮尘的话来说，如果不是拜托了韩明哲帮忙买墓地，她可能也不会在送行之列。

告别厅，梁爸被放置在一口精致的棺材里，他身上穿着一套深色的寿衣，这是吴璟尘专门找殡葬公司安排的，他应该是花了大价钱，单看那公司派来的几个工作人员就能判断出来，他们非常的专业，处理起所有的事情来都是轻车熟路。

岳默陪着梁兮尘站在一侧，吴璟尘和韩明哲站在另一侧，韩明哲见另三个人全身都披着麻孝，便向吴璟尘也要了一身。在哀乐声中，工作人员读完了梁爸短暂的一生，四个人围着梁爸的棺木走了一圈，瞻仰仪容，然后，梁爸的棺木就被五名工作人员推着驶进了火化室。

也就是在那道门打开的时候，梁兮尘才真真切切地感受到了父亲的离去，陪伴了她许多年的父亲很快就会变成灰烬，她将永远见不到他了，她感到心中一阵刺痛，猝不及防地扑在了棺木上，"爸，爸，你别走，你走了，我在这个世界上就再也没有亲人了。"

墓地坐落在半山上，依山傍水，是个比较高档的公墓，梁爸也算风风光光地落葬了。

梁兮尘在这件事情上欠了韩明哲一个人情，打算从公墓下来后请桌酒菜，但岳默只请了半天假，她要马上赶回莫羽心理咨询工作室去，韩明哲也有案件需要处理，所以众人便将这顿饭改到了周日晚上。

第四章

　　岳默午饭没来得及吃，便连滚带爬地回到了莫羽心理咨询工作室。

　　她急匆匆地推开青铜大门，又穿过了粉色花园，蹑手蹑脚地进了大厅。她尽量将自己的动作放轻，以免打扰到冯朗的正式咨询。

　　她的私人储物室与咨询室是连通的，仅有一窗之隔，是冯朗在原本大厅的空旷地隔出来的，所以隔音效果不好。岳默原来并没有留意到隔音的问题，这会儿她从窗口处拿下装着零食的杂物箱后，才发现那里有一处缝隙。

　　咨询室里有两个男人在说话，她突然有些好奇，心里挣扎了一下，便凑近那扇窗去窥视。

　　冯朗与一名男子正面对面地坐着，那名男子叫林莹皓，是个强迫症来访者，岳默上周五曾给他的妈妈打过电话，提醒她预约的时间。

　　林莹皓很清瘦，可以用纤弱来形容，白如纸般的脸色与架在鼻梁上的黑框眼镜形成了鲜明的对比，远距离看去，像是一幅漫画，他端坐在沙发椅上，认真地回答着冯朗的问题。

　　按照行业规定，岳默是不应该窥视心理咨询师的问询过程的，但先前被阮弥逼着现场咨询的窘境，促使她此刻要一睹个究竟。她仔细地观察着林莹皓，发现这个瘦小的男人将毛线开衫上所有的扣子都扣得严严实实。

为了缓解他的紧张，冯朗走到饮水机旁接了杯冷水给他，他没有去接，冯朗又将水杯放到他面前的茶桌上。

"你刚才说，你读的是复济大学，没有毕业是吗？"冯朗问。

"是的。"他回答得很平静。

"读到大几？"

"大二吧，上学期。"

"因为什么事情决定不读了呢？"

他想了想，又顿住，眼睛突然瞟向了窗的方向，岳默一惊，吓得马上收回了头，心脏跳得咚咚响。冯朗见林莹皓这个反应也回头望了一眼，没见什么异样，便又转回头笑着问林莹皓："有什么问题吗？"

"可能是错觉。"林莹皓低下了头，稍微整理了下思绪接着说，"大二那年寒假，我和几个同宿舍的兄弟去东京玩，当时年少无知，对很多东西都充满了好奇。在他们的怂恿下，我们去了歌舞伎町，唉，男孩子嘛，总觉得多一些体验自己又不会吃亏。"

他大方地讲着自己的故事，岳默又开始诚惶诚恐、津津有味地侧头观瞻着一切，她明白了林莹皓刚刚那一瞥时的心虚。

"其实，那次的体验是很愉快的，对于我们这些刚成年的男孩子来说，是一次很好的性启蒙教育。"他说着，表情上掠过了一丝喜悦，"但是后来没多久，有一个黑人被查出了 HIV，他得病之前的那个时间段就去过那边的歌舞伎町。我们知道后都被吓坏了，第一次觉得这个病离我们那么近，当时感觉自己马上就要死了。"

冯朗教授把水杯向前推了推，建议他喝点水再讲，他并没有配合。

"不是不渴，是你觉得这个水杯是不干净的对吗？"冯朗直接问。

"是。"他点头。

"那继续你的故事吧。"

不干净？岳默盯着那只水杯看得认真，那是她来工作室之前特意去东方商厦挑选的水晶玻璃杯，一套四只，价格不菲，是她送给冯朗教授的见面礼。不过冯朗用惯了自己的保温杯，这几只水晶杯就被充公当作接待客人之用了。

岳默见林莹皓对这只水晶杯颇有嫌弃，虽知他不是有意，可心里还是多了一丝别扭。

"后来，我们去医院做了检查，都是阴性。但从那以后，我开始失眠，整夜整夜地在电脑上搜索有关 HIV 的中外信息，平时去书店也是去医学书店，找有关 HIV 的书，看到的越多，我就越害怕。"他做了个深呼吸，顿了顿又说，"后来，我自己又偷偷去了其他几个医院做了检查，显示也是阴性。"

"你心里并不相信这个结果？"

"是，我看到有本书里说，这种病毒有时候不会被检测出来，是隐形的携带，然后有一天突然暴发，人就死了。我担心我会死，不知道从什么时候开始，我不断地洗手、洗澡，洗所有我触碰过的东西，没完没了，有的时候会洗上几个小时。"他意识到自己的语速在疯狂地加快，马上闭上眼睛深呼了口气，又抬头看着冯朗说，"其实我也不想洗，但是不洗我什么也干不了，我每天都在害怕，我害怕听到任何一个人的死亡，我感觉那是跟我有关系的。到后来，我已经不能正常地去上课。"

"这种情况持续了多久？"

"差不多半年，后来，我实在是不能去上课了，就办理了退学。"

"现在每天还是要一直洗吗？"

"回家没多久，我就不敢洗了。"他摇了摇头。

岳默突然觉得林莹皓就是从漫画故事里走出来的人物，有种丧丧的喜感，他的头发没有一丝灰尘，那张脸被渲染得几近透明，就连那个黑框窄边眼镜都黑得异常。

冯朗教授这回没有接话，示意他继续讲下去。

"因为，"他接着说，"我感觉水也不干净了，我看到水里也有 HIV 病毒了，当我发现这个情况的时候，我吓死了，我不敢再洗任何东西，我不敢洗手也不敢洗澡，甚至不敢出汗。"

这个傻子！HIV 不是有灭活疫苗了吗？可以去打针啊，岳默心里骂道，这总比自己吓唬自己的好。

"疫苗我去打了。"他叹了口气，用袖子向上推了推镜框，又说，"有一段时间，我差不多每个月都去打一针，那样我才会有安全感。说句不要脸的话，我觉得女人身上都长满了 HIV 病毒，只要是异性离我不到一尺的距离，我就会恐惧。"他又看了眼冯朗。

岳默哈哈一笑，心想着这个到日本歌舞伎町偷腥的家伙如果按照这个病情的发展趋势，这辈子注定是个孤独终老的小老头了。

"那你现在还是不能洗任何东西吗？"冯朗又问。

"不能。"他回答得斩钉截铁，"不洗脸、不洗脚，我甚至不能碰任何东西。"

"衣服和鞋子也不脱？"

"脱，不过是我爸我妈给我脱，而且我去洗手间要在马桶上垫厚厚的卫生纸，然后我爸妈为我擦屁股。"

岳默倒抽了口冷气，她被这个奇特的说法给惊诧到了，但细想下来又觉得这是个悖论，不洗不涮不干不净，又嫌它不干净，那不是个死结么？照他这么说，那这个人连饭也不能吃水也不能喝了，因为水不干净，饭也不干净。

"我什么都不敢吃什么也不敢喝，我觉得到处都是 HIV 病毒，后来没办法，我爸我妈只好请护士来家里给我打营养液。我最多的时候有半年没出过家门，天天躺在床上打营养液，我觉得我活得不像个人，我时常会想，如果自己死了是不是更好，可我一想到我要死了我又害怕得要命，那个时候，我的脾气就会特别的暴躁，我会发火，然后把家里的东西都砸一遍。"

"之前看过心理医生吗？"冯朗问。

"看过不少，因为你这边预约要等上半年，所以，我妈带着我跑了好多知名的医院，花了不少钱，也找了不少有名的心理咨询师，有些效果，但不显著。"

冯朗点着头，基本上了解清楚了，就在记录簿上写着画着。岳默看了一出好戏，心里一阵满足甚至窃喜，这可比什么舞台剧戏剧好看太多了，她知道此时该是收手的时候了，忙收回目光整理了一下心情，推开储物室的门向外走去。

会客厅的沙发上坐着一个女人，岳默刚才走进大厅的时候很急，没有留意到沙发上的客人，这会儿她从储物室走出来，方才与她热情地打招呼。

林莹皓长得像妈妈，即使她已经 50 岁了，但看起来气质上还是温婉恬静、美丽大方。见岳默端了杯水过来，她忙起身接过并表示了感谢，她一边与岳默闲谈着一边讲起了林莹皓小时候的故事。那时候，她和林爸创业做生意，由于业务不断地扩张经常出差，所以就把林莹皓送到了奶奶家看管。他们对小莹皓寄予了非常大的期望，给他报各种各样的兴趣班、补习班，最多的时候，他每周末要上钢琴、绘画、英语、芭蕾舞四个课外班，大人们觉得孩子多掌握一些本领，将来在社会上才会有自己的一席之地。所以每当他们出差回来到奶奶家看望他时，只要知道他又逃了哪些课，在哪些科目上学得不好，林爸都会一顿责骂和暴打。久而久之，林莹皓就变得沉默寡言，心里满是叛逆。

岳默忽然觉得林莹皓的遭遇有些让人心疼，有的人用童年治愈一生，有的人用一生来治愈童年，原生家庭的影响，终其一生都在治愈吧。

第二天中午，岳默接到了阮弥的电话，她告诉岳默分局裁决的最终结果下来了，拘留十日，罚款 500 元，算上刚进去的那天，裘索应该要下周才可以放出来。孙家的孩子最终没有保住，那女的提出了 50 万元的赔偿费，甚至还在不依不饶地让裘索赔她儿子的命，但这一切也还要等到裘索拘留期满出来后，才会进入调解议程。

岳默觉得裘索的这个事情她还是有些责任的，至少是在裘索的心理证明上面及孙家人要求的巨额赔偿上想想办法。思索再三，她又给梁兮尘打了通电话，说了下自己的想法。实际上，即使没有她的这通电话，梁兮尘也正在盘算着相应的对策，她早已预料到孙家人不会善罢甘休。两个人一拍即合，决定等给梁爸过完头七后再开车去趟江阴。

周五的上午，阮弥又打了电话过来，说裘索的母亲从国外回来了，她找了个当地熟悉的律师朋友全权处理此事，就不劳烦岳默和梁兮尘跑这一趟了。岳默松了口气，她希望裘索可以在母亲的呵护下，从伤心的过往中慢慢抽离出来，开启自己美好的人生。

毕竟在这件事情上，没有任何一个人是胜利者。

原定周末的聚餐，因为梁兮尘和韩明哲临时到南京出差又向后推迟了一周，给梁爸过头七的任务也落在了岳默的身上。岳默觉得，这事儿，她义不容辞。

梁兮尘给岳默留下了车钥匙，拜托她开着车载吴璟尘一道同去。那辆车岳默上回去机场接父母时开过一次，费油，油钱和停车费加起来比打车费还贵，后面她就再也没有借过。这次去半山公墓路途较远，而且扫墓需要些时间，开车要比打车方便些。

周六清晨，岳默起了个早，先去花店买了束黄菊，又去超市买了些祭品，差不多在 6 点 30 分的时候赶到了梁兮尘的家。

与吴璟尘碰头之前，她又把车开到附近的加油站加了满箱油，待回到梁兮尘家楼下时，吴璟尘已经站在那里，两个人点头招呼，就再没有过多的寒暄。

吴璟尘把花篮放在副驾驶上，自己坐后排，应该是还在倒时差的关系，车还没开出去几分钟，他便倒头睡着了。

透过后视镜，岳默仔细地端详了一下吴璟尘的睡容，他的脸白净清秀、骨骼分明，那双眼睛闭着的时候，人也没有那么冰冷，他没有胡须，连胡子茬儿都没有，岳默觉得，他若是个女人，也是个花中的娇客。

岳默理解梁兮尘讨厌他的理由，但也体谅吴璟尘的境遇，原生家庭带来的影响，是许多人终其一生都没有办法消除的。

半山公墓位于上海城郊 23 公里处，占地约有 200 余亩，差不多有三万以上的墓穴。从第一层石阶向上看去，鳞次栉比，规整得像是石板上的棋格。

古木葱郁，绿树挺拔，清晨的泥草香伴随着暖风送入到了岳默的鼻尖，她细细地嗅着，顿感通体顺畅。

开进了园区，岳默将车停在路旁，靠近树荫底下，吴璟尘睡了一路的好觉，他舒服地打了个哈欠。

"到了？"

"到了。"

岳默停好车，将钥匙顺势拔了下来，然后开始从后备厢里向外取着东西，吴璟尘也从后门下了车，帮助岳默将携带的东西分成了两堆。

"你什么时候回美国？"岳默将东西分散到了两个大袋子里。

"明天。"吴璟尘接过其中的一个袋子，又转头对岳默说，"谢谢你来看我爸。"

"那也是我梁爸，不用你谢。"岳默礼貌地笑了笑。

两个人抱着花束和祭品绕过墓地入口的大门牌坊，向阶梯处走去，远远望去，偌大的墓园像是一块被艾草包裹着的巨型白巧克力板，而岳默和吴璟尘则像是被甜食吸引来的两只黑蚂蚁。

梁爸的墓室在第17排靠中间一些的位置，若不是有特别祭奠的日子，这个时间的墓园里人是很少的。石板地面很干净，偶有几片刚被风摇落下来的枯叶，但并不影响它的高品质，岳默心里感慨了下有钱真好，便带着几分伤感几分猎奇的心情，像是初次被邀请入豪华的庄园一般欣赏着新鲜的风景。

走了有一段路，梁爸的新家快到了，视线拉近，岳默才看到墓室前已经有人在进行凭吊了。她放缓了脚步，生怕自己的到来会打扰到别人的寄思。

走到跟前，那个人缓缓地转过身来，他抬眼望向岳默和吴璟尘，眼神里出现了一丝猜疑，继而，他认出了岳默，岳默也认出了他。

这个人是陈需，仅有一面之缘的梁兮尘的男朋友，或许该称之为前男友。

岳默没有想到会在这里再次遇见他，与上次见面相比，他整个人憔悴了不少。岳默礼貌地和他打了个招呼，她看到梁爸的墓碑前放满了祭品和鲜花，心里替梁兮尘感到些慰藉。

"梁叔的事情我有责任，兮尘怪我，我认。"陈需给岳默让出了地方，使她可以把自己手里的祭品和鲜花一一摆放在墓室前。

从他的口中，岳默得知梁兮尘执意分手的真相。那天，陈需陪梁爸吃了晚饭后陪他聊天聊到了 10 点钟，梁爸是个知识分子，陈需聊的很多东西他都能够接受并且理解。安顿梁爸睡着后，陈需接到个朋友的电话，有个香港的策展人来上海出差，想与他见面聊聊合作的可能性。他等梁爸睡熟之后便离开了，本想着出去一两个小时不会有什么大的问题，可谁也没有想到，就是在这两个小时里，梁爸突然发了病。

岳默并不清楚梁兮尘和陈需之间的感情具体发展到了何种程度，他们的这次分手是暂时的还是长久的，但既然分开是梁兮尘的决定，她就必须守护闺密的立场。

"梁爸是兮尘在这个世界上最亲的人，她这么做，也希望你能理解。"岳默将祭品从塑料袋里拿出，一一摆放好。

陈需干笑了一声，无奈地摇了摇头，"我知道你是她最好的朋友，希望将来的日子里有你可以陪她，除了梁叔，她最信任的人就是你了。"

陈需说完这句话还看了眼吴璟尘，两个人没有见过面，所以连招呼都省了。吴璟尘也并没有认真地在听陈需与岳默的谈话，他自顾自地将搬上山来的祭品摆放在父亲的墓前，见陈需打算离开，他立马侧身给他让出了一条路。

岳默目送着陈需的身影渐行渐远，心里叹惜着两个人曾经的美好。

一切安置完毕，岳默先行祭拜。她将酒瓶旋开后将酒杯倒满，然后点燃烛台上的蜡烛，双手合十地望着墓碑上梁爸的照片，那张他退休前学校统一拍的半身照。这次，她不再害怕看他的眼睛，她希望他可以在天堂里一切安好，她向他保证会一辈子陪伴着梁兮尘。

又是一阵暖风携着甜甜的泥草香袭过，枯叶在空中打了几个转驻留在梁爸的墓室前，岳默知道那是梁爸发来的信笺，她拾起它，凝视片刻，又将它们送向了下一站旅程。

太阳也越过了树丛半分，笑盈盈地望向她，她仰了仰头，感受这生死间的玄妙，这阴阳两界的疏离。

或许是太专注于享受这份阳间的美好了，她竟忽略了一直站在身旁的吴璟尘，她转回头望向他，风乍起，他眯起了眼睛，然后背过身去猛咳了几声。

岳默连忙结束了自己的祭拜，给吴璟尘让出了主位。吴璟尘换了两支新烛，又添满了酒杯，然后跪下来给梁爸磕了三个响头，他嘴里自言自语地说着什么，再然后，他又坐在石碑前用手摩挲起父亲的照片来。

岳默不想打扰这份父子之间的神交，转身蹑脚离去。走下石阶的时候，她特意欣赏了下墓园，这等肃穆雅致、风轻云淡、与世无争的味道，只有离开了这喧嚣的世界才有机会体会。世人慌慌张张，不过是图碎银几两，她每次去殡仪馆或是到墓园，都会不自觉地感受到心灵的升华，像是看破了红尘一样。

差不多有20分钟的样子，吴璟尘从半山上顺着石阶走下来，岳默逆着光看向山顶，太阳的光环将吴璟尘周身笼罩住，远远的一个黑色缩影，他像是从那层光环里慢慢地走出来一般。

回程的路不是来时的那一条，来时的那条是近路，但路况不好，所以岳默根据导航重新规划了一条大路。岳默将车从墓园笔直向外开去，在一处雕塑前转一个大弯又接着一个小弯后就进入了主干道。

这条路上，成排的古树分列两旁，搭接成荫，日光透过车窗慵懒地跳跃在岳默和吴璟尘的脸上，岳默伸出了一只手，抵住了这过分的热情，也享受着这份难得的宁静，他们听着音乐频道里的美国乡村音乐，吴璟尘又舒服地打起了盹。

回城的高速公路上，岳默接到了两通电话，一通是梁兮尘的询问电话，她向她简单地汇报了一下行程，但她没有提及陈需来过的事情，她打算等梁兮尘回上海之后再好好地与她聊聊。另一通是徐来阿姨的电话，她让岳默下周六晚上务必抽出时间去她家里一趟，说是徐姨夫的项目组从非洲回来了，给她带了些礼物。岳默为上次与徐来在电话里的争执感到愧疚，所以这次徐来阿姨的邀约，她马上满口答应下来。

挂了电话，岳默向前方看去，一辆突然变了道的大货车东扭西扭地闪到了她的前方，岳默本能地踩下了刹车，但为时已晚，她眼见着红色牧马人钻进了大货车的屁股里，一阵噼噼啪啪的碎裂声后，便什么都不知道了。

第五章

岳默醒来的时候，已经躺在了医院的病床上，她感到脑袋一阵阵的晕眩，四肢也不听使唤。顺着输液管向下寻去，她看见液体正一点点地滴进她的身体，她的手臂上绑着层层叠叠的纱布，她动了动手指，一阵钻心的痛瞬时袭来。

她发现自己只有一只眼睛是可以看得到东西的，另一只眼睛无论她怎么用力挤压都无济于事，她努力地回想着一切，那爆裂性的瞬间又闪现在眼前，恐惧、无助甚至委屈通通席卷而来。

从民警的口中得知，那辆大货车是为了躲避对面冲撞过来的大巴车才临时变的道。受到此次连环撞车波及的一共有 13 辆车，也就是说，在红色牧马人后面还有十辆车参与了这次大型活动。大巴车是西安的牌照，上面坐着30 多位老年人，是一个外省的夕阳红老年旅行团，他们从西安出发，一路走走逛逛开到了上海。在出事的地点，大巴车由于车速过快突然爆胎，才导致了车子的失控。

此次事故目前已经造成一人死亡、三人重伤、多人轻伤。岳默是那个轻伤的人，医生说她的左眼是暂时性失明，休养一段时间是可以恢复的，她闭上了眼睛，想着结果还不算太坏。可让她无法接受的是，只要她闭上眼睛，便能看到眼前有一摊血迹，正一滴一滴地朝她的脸上袭来，她一个晃神儿，吴璟尘那双深邃的眸子便盯住了她，他不说话，就像是那道光能直射入她的五脏六腑。很快，他的头部、唇角处，四面八方齐齐地流出鲜血来，她吓得喊出了声，她觉得他的魂魄已经游离在医院的上空了。

抢救室外，满眼重叠的白色，医生、护士跑进跑出，个个行尸走肉一般。岳默不顾护士的劝阻，执意跑到手术室外等待吴璟尘的消息。

吴璟尘最重的伤是在肺部，他被推进手术室抢救的时候由于失血过多，血氧饱和度指数一度低到了50%，医生也摇头直言，人八成是救不回来了。

岳默呆坐在冰冷的长椅上，看着眼前形形色色、进进出出的人，感觉自己整个身体又一次"腾"空了。梁爸走的那天，她的魂魄便飘在半空，那种恐惧感像是毒药一样，她怕吴璟尘真的救不回来了。

她感觉喉咙处有块东西吞吐不畅，努力地咳了几次，也毫无作用，崩溃地"哇"的一声大哭了出来。

梁兮尘赶到医院的时候已是午夜，她接到消息的时候正在和韩明哲赶往证人的家中，这个证人他们蹲了好久，她的证词非常重要，但现在岳默和吴璟尘出了这事，而且吴璟尘还在生命线上徘徊，她跟韩明哲交接了一下，直接买了最近一班的高铁票赶到了医院。

见到岳默的时候，吴璟尘的手术还没有结束，岳默告诉她，和吴璟尘一起推进手术室的另两位重伤患者已相继宣告抢救失败，梁兮尘的心像被重击了一下，无论如何也沉静不下来。她看着狼狈的岳默，一把拥过了她，嘴里不断地说着："你没事就好，没事就好。"

岳默什么话也说不出来，她只是哭，眼泪止也止不住，心里既愧疚又担心。以前的岳默是很少哭的，作为心理学专业的学生，她会自我化解掉很多负面的情绪，可是这次的突发事故，让她发现自己完全丧失了这个能力，她甚至没有办法向梁兮尘再次叙述事故的经过，只要闭上眼睛，她的眼前就是一片红色。

"他不会有事的。"梁兮尘强装着镇定，"我爸刚走，他一定不会让吴璟尘跟着他的，20年前，他没选择让他留下，现在，也照样不会。"

说完这样的话，梁兮尘还是觉得心虚，她纠结着是否要将吴璟尘的情况告诉远在美国的梁盛威，但思虑再三，她还是想再赌一把，因为她曾经发过誓，这辈子都不会再见她了。

手术室外的时间度秒如年，岳默和梁兮尘又说起了祭拜梁爸时遇到陈需的事，她说陈需瘦了很多，心里一直在忏悔，她不敢劝说梁兮尘摒弃前嫌，但她还是希望她可以就此放下，毕竟这样的结果是没有人愿意发生的。

"如果他临时有事他完全可以告诉我，我会让院长再找个人帮忙看护，"梁兮尘直到这一刻还是心有余悸，"他就是抱侥幸心理，我爸如果没有出事，那是不是在我回来之前，这一切就会神不知鬼不觉地当作没有发生？"

"如果不是我脑子短路去什么江阴，这一切就都不会发生，要怪就怪我吧。"

说起那天的事情，就像蝴蝶效应一样，引起了后面所有事情的发生。如果梁兮尘不和她去江阴，陈需就不会因朋友的电话而临时离开梁爸，梁爸就不会意外而亡，吴璟尘也不会回到中国来，不会发生今天的交通事故，命悬一线……岳默满脑子都是这些解不开的因果。

手术足足做了11个小时。

主刀医生走出手术室的时候身体都在打晃，他纤瘦的剪影被窗外的白月光投射在墙上，看起来伟岸无比。岳默知道，里面一定是一场相当艰难的生死搏斗，万幸，他们赢了。

"病人的创口很深，但算是度过了危险期，人仍在昏迷中，还需要在ICU 继续观察，希望家属有心理准备。"医生交代着。

至少是度过了危险期，这个消息不坏。岳默和梁兮尘千恩万谢着吴璟尘的救命恩人，待他离开后，两个人紧紧地拥抱在了一起。

这一夜，岳默和梁兮尘守在 ICU 重症监护室外，几乎未合一眼。梁兮尘第一次讲起了自己从来不愿提及的童年，讲起了水性杨花的母亲，讲起了吴璟尘，也讲起了思郁成疾的父亲。岳默这才知道，赫赫有名的化妆品界巨头公司的老板 Christina 梁原名梁盛威，是梁兮尘与吴璟尘的母亲。

"如果当时你母亲带走的是你，你会觉得留下的哥哥恨你是理所应当的吗？"岳默问。

"如果当时留下的是我哥，我绝不会跟那个女人走，是她背叛了我们家。"

"那你哥同样可以恨你们，他也是受害者。"岳默思虑了一下，她还是觉得梁兮尘应该将吴璟尘的事情告知母亲一声，"人命关天，我是怕你后悔。"

"吴璟尘现在既然在我的地盘，那就归我管，他现在是我哥，不是Christina 梁的儿子。"

"既然你这么说，那也算我一份，"岳默心里清楚，吴璟尘能够活下来就是给了她一个赎罪的机会，这种情况下，即使让自己付出再大的代价也都不过分，她要他好好的，就像从来没有发生过事故一样，"兮尘，我向你保证，在你哥痊愈之前我都不会放手的。"

梁兮尘接到了韩明哲的信息，他已经取得了证人的同意并答应开庭当日出庭，所以，她要马上赶回南京去，协助韩明哲采集更多的信息和资料。在回去之前，她补办了吴璟尘和岳默的住院手续，又与护士联系了护工事宜，看着岳默安然入睡，才放心离开。

第二天清晨，派出所的两个民警在医院里找到了岳默，他们根据岳默断断续续的回忆做了份简单的询问笔录，也明晰了一些责任。

岳默输了两个小时的液后，护士又给她的眼部换了块纱布，那只受伤的眼睛还是看不见任何光亮。她觉得这只眼睛如果真的废了，自己的心理咨询师生涯可能也就到此为止了，来访者是不会选择只有一只眼睛能看见的心理师而敞开心扉的。

不管结果多坏，活着，就是最好的。

她决定要为吴璟尘做些什么，询问了医生几次，都说不准他何时才会出ICU，而护工要下午才到，所以她打算先去外面的超市买些必备的东西。

医院外的晨光耀眼，岳默将围巾罩住了头，留出一只好的眼睛用来看路。她重重地嗅了一下阳光的味道，仿佛那带着泥草香的风又吹了回来，劫后余生的温暖太弥足珍贵了。

在去超市的路上，她路过一家馄饨店，那香味直接飘到她的胃里，胃部一阵阵痉挛，她已经整整一天没有进食了。她进去问老板要了碗鲜肉小馄饨，没等汤汁温凉，就全部进了她的肚子。吃完饭离开，她直奔一家小超市，买了毛巾、牙膏、牙刷、脸盆、餐巾纸等必备品，又去手机店买了个充电器，她打算留下来照顾吴璟尘，他一天没有出院，她就陪他一天。

她已经没法再向冯朗教授请假了，所以她打算辞职，这应该是对所有人也是对自己最好的交代了。她只是有些不舍那座古堡，不舍那个粉红色的花园，不舍喷水池里的水珠们，也不舍冯朗教授。

是的，一切节奏都乱了。

下午的时候，吴璟尘醒了，11个小时的大手术加上一整夜的ICU留观让他整个人看起来又瘦了一圈。他的脸虚弱得像一张白纸，呼吸罩子的印痕清晰地留在上面，白色的棉被单，蓝白条纹的病号服，让他看起来与其他病人毫无二致。

护工是一位中年大哥，护士们都叫他老张，岳默见他利落地给吴璟尘整理着床铺，便主动上前和他打了招呼。她又向吴璟尘的责任护士询问了些注意事项。护士告诉她，吴璟尘八个小时内不能进食，胃肠功能恢复之后可以吃些流食，但要注意饮食清淡、有营养，不能吃辛辣刺激性大的食物，不能吃生冷的、过咸的和油腻的食物，多吃优质蛋白质和富含维生素的食物，可以吃点新鲜的蔬菜和水果，保持心情舒畅，保持大便通畅……护士见岳默一下子记不住这么多内容，又告诉她过后需要落实的时候再向她细问。

护士离开后，岳默拿了把椅子坐在床边，就那么静静地端详着吴璟尘的脸。这张脸曾经在每一个她快要醒来的梦里出现过，它满是鲜血、满目疮痍，它曾是她的噩梦。

不知过了多久，吴璟尘缓缓地睁开了眼睛，他先是瞟到了一旁的岳默，就像是没看见一样，又将视线打向了天花板。岳默开心不已，一直问东问西，后面见他根本没有回应，又像是在自言自语，"护士交代要等八个小时后才可以吃流食，所以你现在还不能吃东西，明天早上应该就可以吃些粥，到时候我让老张去给你订，但是你要配合着先排出气来。"

吴璟尘依然没有什么反应，岳默接续说："兮尘公务出差在南京，估计得过两天回来，所以在这之前，我会留下来照顾你，你有任何事情都可以和我说。"

吴璟尘不知道是在岳默说到第几句的时候，闭上眼睛，沉沉地睡去。

冯朗教授接到岳默的辞职电话，询问之下，才知道她出了严重的车祸，两个小时后，他出现在了医院里。他到的时候，护士正将针头插进岳默手腕的血管里，他见她额头、手臂、眼睛上都裹着纱布，脸上立马露出了痛惜的表情。

"别动，小心滚针。"冯朗将正欲起身的岳默按回到床上。

岳默从未见过冯朗如此温情的一面，想着自己惹下的大祸及愧疚之情，竟委屈地掉下了眼泪。

"眼睛的伤重吗？"冯朗指了指自己的眼睛。

"还是看不见，医生说是暂时性失明，但不知道什么时候能恢复。"岳默抽泣了下鼻子，冯朗马上递过来一张纸巾，又说："视神经损伤需要些时间，不过不用担心，基本上是会恢复的。"

聊了一会儿工作上的事情，岳默还是决定将裘索的事情全盘托出，既然要与冯朗做最后的诀别，她不想带着任何一丝遗憾。

"作为心理咨询师最重要的就是保持客观和中立，要知道什么事可为，什么事不可为，你超越了自己的界线，就需要为自己的行为买单。"冯朗没有批评她。

"学费可还挺贵。"岳默苦笑，"教授，谢谢你过去这段时间对我的包容和教导，我在您的身上学到了很多的东西，谢谢您，没办法继续在工作室工作还是有点遗憾的，但是我现在有我必须做的事情。"

"好好养身体吧，其他的就什么都不要想。"冯朗没多做逗留，确定好岳默的伤势后起身告辞。

他给岳默留了一个信封，等他离开病房后，岳默打开信封发现，里面除了工资外还多出来2000元钱，她清楚，那是冯朗最后的一点心意。

晚饭的时候，岳默又从病房里溜出来看望吴璟尘，老张给她也订了些饭菜，岳默就拿着饭盒坐在吴璟尘床边跟他说话，她一直鼓励吴璟尘，要努力排出气来，这样才可以被允许吃东西。

吴璟尘自ICU出来后一直是神神叨叨的，他除了闭眼休息外其余的时间就是看着天花板发呆。直到晚上熄灯前，吴璟尘也没有排出气来。岳默喂他喝了些水就回自己的病房去了。

这一晚，岳默睡得还算不错，可能是之前太过疲惫，这一会儿的太平让她完全放下心来。她做了一个很长很长的梦，梦到天上大大的太阳旁边是一轮圆圆的月亮，太阳和月亮齐齐地照着她、梁兮尘和吴璟尘，暖黄色的日光和皎洁的月光纠缠在一起，他们跑啊跑啊，又出现了很多的太阳和月亮，地球变成了一个巨大的摩天轮，太阳和月亮便不断地旋转、旋转。

第二天吃过早餐，岳默又过来看吴璟尘，老张说吴璟尘还是没有排气，所以护士说还要继续打营养液。岳默便继续坐在吴璟尘的床边跟他说话，让他试着排气，不知道说到哪句话的时候，吴璟尘突然转过脸来，凶巴巴地瞪着她，眼神像是要吃人似的。

他冲着她大喊："ICU 里面着火了，有人杀人了，医生和护士都在往外跑，我起不来，动不了，没有人救我，我拼命地喊，没有一个人救我。"

吴璟尘过分的表演把岳默给惊着了，她不知道他这是什么节目，马上从座椅上弹起来跑去找主治医生。医生告诉她，这是因为吴璟尘手术的时间比较长，麻醉药还没有完全代谢掉，所以出现了意识水平降低和注意力障碍为主的精神状态，伴有知觉和认知障碍，这种情况一般要持续一至三天，最多五天可以恢复。

这便是谵妄症了，父亲的离世，严重的车祸，漫长的手术，以及 ICU 里短暂的留察，把吴璟尘给吓着了。

下午的时候，吴璟尘醒了，岳默逮着机会就问他是否排了气，直到小护士过来换药，询问了些吴璟尘简单的问题后，才告诉岳默可以为患者准备些流食了。

"排气了为什么不告诉我？让我白担心。"岳默又气又笑。

这是个好消息，但是岳默还是担心他的谵妄症，跟他交流的这两天，她感觉他不怎么正眼瞧自己，于是她又试着问："你还认识我吗？"

吴璟尘转过头来盯着岳默看，那眼神迷离也深情，看得岳默耳根都烧起来，然后他又皱了皱眉头，挥舞着手臂打岳默，"坏人，你是坏人，出去！快来人啊！她要杀了我！她拿着绳子向我索命来了！"

他的眼神里充满了恐惧，乱打乱抓，突然，他抓住了岳默的胳膊，然后用力地拉扯着，差一点把她拉进自己的怀里。

岳默吓得花容失色，大叫："老张，老张！"

老张匆忙地从洗手间里跑出来，两只手还湿漉漉的，他三下两下就按住了吴璟尘，将岳默解救出来。

"这可如何是好。"

岳默拍着胸口喘着粗气，医生说过，如果再过两天吴璟尘的症状还没有好转，就需要再去做个脑部 CT，排除一下颅内器质性的疾病。

按照心理学领域的判断，吴璟尘极有可能是由于精神紧张及忧虑致病，那样，就需要进行一些心理上的疏导了。

第六章

　　吴璟尘连着三天没有进食，他每次醒来的时候都会胡言乱语一番，这让岳默焦虑万分。无奈之下，她只好请求主治医生开了张脑部 CT 的单子，带他再去做个检查。

　　老张借了把轮椅，岳默和他一起费了不少力气才将吴璟尘扶坐在上面，他还是没有自主行动的能力。看着轮椅上吴璟尘呆滞的眼神，岳默又掉下泪来，眼前的这个人虽然相识短暂，甚至连话都没说上几句，但若是他真的患上了颅内器质性的疾病，落下残疾，以后的日子她就要好好地筹划一番了。

　　做完脑部 CT 回来，老张帮吴璟尘擦拭了身体又给他干洗了头发，在这个空档，岳默去领了套干净的病号服回来让老张给吴璟尘换上了。

　　虽然不过几日的光景，吴璟尘却已整整瘦了一圈，疲惫与憔悴刻了满脸，俨然换了一副面孔。岳默试着用手去触碰他的头发，发现他本能地躲了一下，岳默突然意识到了什么，又继续伸手去摸，吴璟尘突然皱起眉来。

　　岳默便夹紧嗓子直接凑近他的耳边嘀咕道："医院里着火了，医生和护士都跑走了，我来救你了，快点拉住这根绳子。"她从床上随手拿了件东西递给吴璟尘，接着说，"快点抓住它，我带你逃出去。快一点，不然我们就要被困在这里，被猛兽给吃到肚子里了。"

"我饿了。"吴璟尘两眼呆呆地瞪着岳默，见她怔住，就又重复了一遍，"我饿了。"

"你醒了，你终于醒了！"岳默喜出望外，嘴里絮絮叨叨地问，"饿了好，饿了好，你想吃粥还是豆奶？"

"我要吃牛排。"吴璟尘依然没有任何表情。

"医生说只能吃粥，你现在这个条件还吃不了牛排，对吧老张？"

"我要吃牛排。"

"牛排油太大，不利于你的身体恢复，咱们吃粥吧。"

"我要吃牛排！"吴璟尘很笃定，眼神突然锋利地看向岳默。

岳默不想就这个问题再和吴璟尘拉扯，她怀疑他并非真正地清醒过来，又问："那我是谁？"

"岳默。"他说得干脆。

"行，你等着啊，我这就去给你买牛排。"岳默心里狂喜，吴璟尘能够认出她来远比吃什么重要得多！

走出医院，外面突然刮起了一阵急风，岳默后悔没把自己那条厚一点的围巾带出来，想着再转回去拿，又怕这来回的路程耽搁太多的时间，所以只好把衣服上的帽子扣到了头上。

顶风穿过了两条街区，她终于找到了一家牛排馆，也没问价钱，直接嘱咐老板做了一份不加油、不加盐、十分熟的牛排。

当这份牛排摆到吴璟尘的面前时，俨然就是一块水煮式的牛肉饼，清新寡淡，但他别无选择。吴璟尘吃得狼吞虎咽，像头猛兽一样，岳默心里有些后悔，其实她是可以交代老板多少给放些盐的，那样他吃起来可能会更心生喜悦。

晚饭的要求也是牛排，岳默这次让老板做了两份，一份依旧是无油少盐水煮式的，另一份是点给自己的，正宗黑胡椒法式牛排。吴璟尘依旧吃得满足，他只有在吃饭的时候才会和岳默交流上几句，除此之外，他便躺在床上看着天花板，一望就是一整天。

岳默很庆幸这水煮牛排没给他吃出什么毛病来，她此时只乞求他能顺利地出院，不要节外生枝。

晚一些的时候，梁兮尘打电话过来，两个人互报了一下对方的状况。得知梁兮尘这个周末官司结束后就能回到上海，岳默开心极了，她把这个好消息告诉了吴璟尘，然后又故意问他："明天还是牛排吗？"

"我要去洗手间。"吴璟尘的表情有些痛苦，岳默意识到他可能是肠胃出了什么问题，或许就是自己买的牛排惹的祸，于是心虚地安抚着他："你等一下，我去找老张。"

老张工作时间开小差被老婆临时找出去银行排号，岳默打了几个电话才打通，听着老张焦急的语气，岳默只好一个人将吴璟尘费力地搀进了洗手间。

她在门口等了十来分钟也不见吴璟尘出来，便将耳朵贴着门上听里边的动静，没有任何动静，岳默突然担心起来，她用力地拍着洗手间的门，嘴里不断地喊着吴璟尘的名字。

过了半晌，门才被拉开，吴璟尘面色寡淡，一脸难过地望着她。岳默猜到，他应该是这几天吃牛排导致的消化不良，通便不畅，又问："没事吧？吓死我了。"

吴璟尘并没有兴趣回应岳默的大呼小叫，直接拉开房门径直向外走去。岳默一惊，张开双臂拦在他的面前："你要去哪儿？"

"我想走一走。"吴璟尘微皱了下眉头，有些碎汗从他的额头处浸出来。

"也好，你吃了那么多的牛排，能走是得动一动了。"岳默去扶他的手臂，却被他一闪躲开了，"我自己试试。"

"这样最好。"岳默有些恼羞，后又觉得自己的语气有些生硬，怕吴璟尘误会，又补充道，"你可以独立行动，这样恢复得快。"

吴璟尘没有接话，大踏步地向着医院的走廊迈去。岳默心里还是有些窃喜的，起码吴璟尘现在的状态没有想象的那么坏，她曾一度觉得，如果吴璟尘真的站不起来，或者是傻了，她就一辈子不嫁人，只照顾他，毕竟比起一条命来，嫁不嫁人也没那么重要。

岳默跟在吴璟尘的后面，顺着走廊的圆盘一圈一圈地绕着，过了许久，吴璟尘应该是想到了什么事，突然转过身来，岳默还在思考着嫁不嫁人的事，两个人差点撞了个满怀，岳默气恼地大喊："出一次事故怎么还没个记性，掉头怎么不吭一声？"

岳默的这句话把吴璟尘给说愣住了，他一脸无辜，声称："我只是突然想起个问题要问你。"

"什么问题？"

"他们说，很多心理医生也是有心理疾病的，是不是因为每天接收到的负能量太多了？"

你才有问题，你这是在找理由骂人吧！岳默感觉自己跟着吴璟尘绕楼都把自己给绕晕了，便本能地回复道："每个人都是精神病，精神病人只是症状和大多数人不一样而已。"

"我不是这个意思。"吴璟尘无意冒犯。

"这话不是我说的，弗洛伊德说的。"岳默用力地撑了撑眼皮，见前面有一排椅子，便顺势找了个地方坐下来。

　　"你经历的是情境和事件，构成了现在的你，你今天可以选择经历什么，来构成未来的自己。实际上，我们并不能选择过去，意味着我们并不能选择现在的自己。"岳默继续解说，她以为吴璟尘听她的这段陈述会感觉乏味，没想到他听得入神，直接坐在她的旁边，又说道，"这跟佛家的三世论有相似之处，过去，现在，未来，现在的你是由过去决定的，未来的你是由现在来决定。"

　　"有相似之处，我们可以通过现在自主的有选择的经历来决定未来的自己，你选择的自己必须从时间上长于过去的自己，才能塑造未来的自己，即使你重新塑造了自己，从前的你仍然在影响着你今天的意识。"岳默继续说。

　　吴璟尘没有插话，他听得认真。

　　"如果自我意识过强，将无法认识从前的你；如果你自我意识过弱，你将无法塑造未来的你。如果需要新的自我，必须放弃旧的自我，必须付出的代价是时间。如果你放弃了过去的自我，并不意味着你会得到一个你想得到的自我，他可能只是个混合体，当你想放弃过去自我的时候，实际上过去的自我不断地在得到强化，你反而更加无法摆脱过去的自我。"岳默像背书一样阐释着自己的理论观点，"听得明白吗？"

　　"越想忘记的事情，越会被刻画在头脑里被强调。"吴璟尘自言自语着。

　　"如果你通过今天的经历来塑造未来的你是一定能够有结果的，如果你得到一个重新塑造的你，只不过是你对过去的你整容而已，如果你仍然对今天的你不满意，你只不过是要对自己进行化妆，如果你成功地得到了一个新的自我，那么恭喜你，你很可能是心理变态。"

　　"重新塑造自己也是一种原罪？是一种心理变态？"

　　"如果你崇拜现在的你，并且认为自己独一无二，那么你就有心理疾病，如果你坚定地维护全新的自我，全世界都不能改变你，你就真的成了精神病人。"岳默说完哈哈大笑。

"无论怎么样做，都是心理有病的人。"

"没错，每个人都是精神病，精神病人只是症状和你不一样，需要治疗的精神病人是不可能被治愈的。"岳默看着吴璟尘，她被他超乎常人的镇定给惊到了，自从学了心理学以后，每次背出这一大段弗洛伊德的经典理论，都会被听者阻断或者怀疑，但是，吴璟尘是在思考，而且他对于这一套理论似乎有着共鸣。

"所以说，每个人都摆脱不了自己，即使是心理学家也摆脱不了自己的心理问题，因为无论向左还是向右，只要是有一种观点，它就是病。"吴璟尘很认真地总结着，总结过后，还颇满意自己的观点，于是不住地点头同意。

岳默实在没有想到吴璟尘能和自己枯燥地理论这么长时间，而且还颇有心得，于是她来了很大的兴趣，"你是不是有的时候也会感觉自己有心理疾病？"

"很多时候。"

"比如呢？"

"比如，如果有人对我做了一件不好的事情或者伤害了我，我会一直记在心里，寻求机会报复，如果这个结不解，我会寝食难安。"

"小肚鸡肠，睚眦必报？"岳默不自觉地哼笑了两声。

"对，"吴璟尘很认真地看着岳默，然后强调说，"明天要是再给我吃没油没盐的水煮牛肉，我也会想些办法回敬你点什么。"说完，他站起身朝病房的方向走去。

岳默闪出一身冷汗，看着吴璟尘的背影，心里一阵怨怼，原来讨论了一晚上心理学的问题，他竟然是在这儿等着她呢。

果然第二天，岳默给吴璟尘准备了份正儿八经的惠灵顿牛排，油盐配料一样没少，只不过她要了全熟，吴璟尘到底是个刚做过大手术的人。

一日三餐的牛排伺候，其间吴璟尘又去了两次洗手间，终于挨到了晚上。梁兮尘乘坐高铁于晚间9点左右到达医院。一个深情的拥抱，化去梁兮尘旅途的疲惫与岳默几日的辛苦，其他已无需多言。

一个星期没有回家，岳默太想念自己的小床了，一阵冲洗过后，她将自己重重地扔在床上。梦里，大侠、飞机、坦克满天飞舞，她忙得不亦乐乎，拼命地跑啊、跑啊，跑到无路可跑，她又轻踮了一下脚尖便飞得更高，这种感觉很爽很过瘾。

不知道这个梦是什么时候醒的，她隐约中听到了隔壁重重的摔门声，她用力地睁开了眼睛，感觉一阵恍惚，有多久没有胡燕琳的消息了？

住在隔壁的胡燕琳是个地道的上海女孩，她是三个月前搬到隔壁的，来的时候没带什么行李，就像随时都能消失一样。她整个人高高瘦瘦的，皮肤白皙、水嫩，中长发，大眼睛，高鼻梁，整个人的气质是那种优渥的家庭条件熏陶出来的。她为人很真诚，一说一笑间常常露出两个可爱的小梨窝。

岳默是在胡燕琳住进来一个月以后和她熟络起来的，那天刚好梁兮尘过来玩，两个人买了很多东西准备在家里吃火锅，所以就叫上胡燕琳一起来吃。刚开始胡燕琳还推脱一番，但有梁兮尘在，这破冰行动就非常的顺利。三个女孩围坐在一张桌子前，牛羊肉在锅里翻腾，啤酒花在推杯换盏间四溢，友谊也在天南海北的胡侃乱吹中得到了升华。

胡燕琳虽然一次性付了半年的房租，但实际上很少在出租屋住，所以她的出现让岳默一下子兴奋起来。岳默记不起来是有多长时间没见着胡燕琳了，她打算晚上和她好好吃上一顿火锅，以弥补住院这段日子的辛苦。

她披了件衣服跑去隔壁拍门，边拍门嘴里边嚷着她的名字，但房间里半天没有动静，岳默又开始怀疑自己是不是做梦出现了幻听，她一边嘀咕着，一边仍不甘心地贴在门板上细听，听了一阵儿，她听到了里面的抽泣声。有一种不祥的预感，她又用力地急拍了几下门板，慌乱中，她的脚踢在了门锁上面，好久没有活动肢体，这鲁莽的一脚差点让她废了一整条腿，一股钝痛感传递到盆骨处，她大叫了一声。

房门很快被打开了，胡燕琳红肿着眼睛楚楚可怜地望着她，很显然，她一定是痛哭了一场，岳默从没有想过像胡燕琳这样的女孩也会有如此委屈和烦恼的时候，她一把抱过了她，什么也不说，什么也不问。

周六上午，岳默起了个早，她打算去学院蹭上两节英语课，然后下午再去研究生院提交好材料开个证明，等到报名时间全部提交以后，就可以安安心心地准备最后的冲刺了。

走在学校的梧桐树荫下，一切仿佛又归于了往常。她背着装有复习资料的帆布包穿梭于各大主楼与小教楼之间，然后在教授们回头写板书的时候冲进教室。

最初来蹭课的时候，教授每次点名发现她不是本班级的学生，都会厉声地询问，她总是会红着脸灰溜溜地逃走。后来，她与班上几个同学达成了友好的互助合作，替代未来上课的同学答到，然后随便背出几个当天没来上课的学生名字基本就能蒙混过关。再后来，她和同学们私下达成了"交易"，不仅替他们答到，还会替他们答问，以至于很长的一段时间里，教授都是把真名和假人混合在一起的。

这次，她又顺理成章地溜进了教室，刚坐好把书本打开，教授就转回身来，"这位同学，你用上节课我们讲的虚拟语气造个句子。"

见岳默丈二和尚摸不着头脑，旁边的女同学便急中生智向教授提醒，"她上节课请了病假，没来。"

老教授提了提老花镜仔细地看她，见她额头上还贴着胶布，便翻开点名册问:"你叫什么名字啊?"

岳默本能地环视了一圈周围的同学,这个班的同学她都熟,这节课一共有5个人没来,三男两女,女生是许唯和李子橙,她这次该是许唯还是李子橙?她怕他们中间有人替代喊到,这样就是弄巧成拙了。

她又看向旁边的女同学,女同学这次被教授盯住了不敢开口说话,岳默只好二选一,硬着头皮认下了自己就是李子橙。

"李子橙?"教授又仔细端详了她,"你可是瘦了不少啊,坐下吧,病都好了吧?"教授又补问了一句。

"好了好了,都好了。"

"要赶上进度啊。"

有惊无险,当教授回头写板书的时候,全班同学又出现了一次惊呼的小高潮。下课后,旁边的女同学将课堂笔记借给了她,岳默感激万分,然后灰溜溜地收拾好书本资料第一个走出了教室。

她快速地绕过操场、食堂,然后途经溪霞河畔,看着凉亭里的情侣卿卿我我,再看着河里的野鸭子成双成对,心里一阵漠然。她常常幻想着自己能够成为他们其中的一员,每每快要撑不下去的时候,她就想,凭着自身的条件随便找个男人嫁了,然后择份工作,混混日子,或许也是不赖的选择,转眼,儿孙成群,颐养天年,寿终正寝。可是,每当这个轨迹划到寿终正寝的时候,她就又觉得心有不甘,她的心中始终有一团火焰。

转去研究生院报名的时候,她又见到了去年接收她审查资料的那个老教师,他还是戴着那副厚重的眼镜,他接过她递过来的资料,眼睛几乎贴在了上面,审查过后,又盖了章,将那张证明递给了她。

岳默从学校的大门口走出来,直接转去了一处水果店,她需要买个漂亮的果篮去赴徐来阿姨安排的相亲晚宴。

第七章

　　徐来阿姨的家位于一处比较安静的高档住所，这里离市区不近，远离喧嚣，安然自得。

　　徐姨夫是一家研究机构下设实验室的领导，为了采集更广泛区域的实验样本，他经常会带着团队外出，有的时候是一个月，有的时候是几个月。他有个非常好的习惯，就是每次不论去到哪里，都会给徐来阿姨带回来些只有当地才有的物件，有的时候是幅画，有的时候是铜制品，有的时候可能只是个香囊。

　　这次去了毛里求斯三个月，他带回来几个摆件和几只装着五彩流沙的玻璃瓶，还有两只原色木制的鸟。

　　徐姨夫拿着这个木鸟讲给岳默和江石听，说这是毛里求斯的国鸟，叫作多多鸟，也唤作愚鸠，这是一种不会飞的鸟，它在被人类发现后仅仅200年的时间里，便由于人类的捕杀和人类活动的影响彻底绝灭，是除了恐龙之外最著名的已灭绝动物之一，他将这两个摆件分别送给了岳默和江石。

　　江石就是端坐在岳默对面的男孩子，他是徐姨夫老同学的儿子，比岳默大三岁，在一所高级中学当英语老师。岳默在徐姨夫讲这只不会飞的国鸟时装作不经意地审视了他一番，从她的视线看过去，这个叫江石的中学英语老师个子最多有一米七左右，不能再高了，眼睛也不大，鼻子不挺，一副宽边框架眼镜显得他很是沉闷，他的头发乱蓬蓬地趴在脑袋上，油腻又粗糙。

岳默心里哼笑了一声，很郁闷自己刻意准备的邋遢形象与江石的不修边幅意外地相配，她抬头望了眼一直在厨房里忙活的徐来阿姨，心里直害怕她一会儿的硬性撮合。

待最后一道大菜端上桌之后，晚餐也就开席了。徐来为这顿饭下了不少功夫，上海人讲究清淡营养，多盘多碟，四个人的餐食桌子上摆了12道大大小小的热盘冷盘，满满当当。

徐来阿姨爽快地介绍着这些菜的构成，有七道菜是徐姨夫做的，别看他在研究所里是位大领导，但在家里他就是个厨艺高超的上海小男人。岳默很羡慕徐来阿姨，她再作再闹再霸道也有人宠着爱着，不像琴棋书画无样不通的父亲岳英明，衣食住行哪样都要靠陈清风一手伺候着，巨婴一样地成长，她真怕哪天老妈不在身边，她这位才华横溢的老爸会被活活饿死。

"姨夫，下次我爸来上海你真应该开个学习班，他是两手不沾阳春水。一心只读圣贤书啊。"岳默开心地夸着姨夫。

岳默的这顿抱怨把徐来和徐姨夫逗得哈哈大笑，徐姨夫见缝插针、像煞有介事地说："你爸的那双手是要创造艺术价值的，人的分工不同，在我们家，你徐来阿姨就是干大事情的人，怎么能进厨房呢。"

徐来阿姨开心地接过话头，"你这话说得对也不对，上海的男人会做菜那是传统。岳默我跟你说，找老公还是要找上海男人，虽然有些精明讲实惠，还缺乏点集体观念，但是上海男人有腔调有情调、勤奋顾家爱老婆，光是这一点，就够了。"

众人大笑，徐来阿姨趁热打铁又问江石："小石，你的厨艺可不赖，下次来，你姨夫不在家可就要你大显身手了。"

"平时自己对付一下还可以，不好和姨夫这手艺比的。"江石连连谦虚。

"岳默，来，尝尝这个。"徐来夹了菜给岳默送过去，岳默应和着，"这个好吃，不油不咸，有色有味，我刚刚吃了不少呢。"

"这是小石的拿手菜，看来这第一步是把你的胃抓住了。"

徐来阿姨的话音刚落，岳默往嘴里送菜的筷子就尴尬地悬在了半空，嘴里的菜一下子就不香了。介绍人的每一句话里都藏着套子，这是真理，她只能用几声干笑来化解这份尴尬。

席间，徐来又故意问了江石最近的工作情况，对他最近得的那个上海市最佳英语教师奖大加赞赏，江石便自觉得尴尬，说只是个区里的业务评比，自己的资历尚浅，以后还要好好地努力。

"那也了不得了，那上海一个区可比外省的一个市还要大不知多少。"徐来想要夸人，总是会来来回回地找补。

江石被徐来的夸赞弄得吃不下饭，羞赧地偷瞄了岳默一眼，他看见岳默憋着笑，拼命地往嘴里送着吃食，他自己也觉得好笑。接下去，两个大人围绕着江石的工作又聊了半天，虽然徐来起的调有点高，但作为高级中学的英语老师，江石在业界确实算得上是优秀的。

饭毕，在大人的怂恿下，岳默和江石互换了手机号码并加了微信，徐来阿姨还将剩下的饭菜给岳默打了包，不等她拒绝，直接安排江石开车顺路将岳默送回家去。

不管到底顺不顺路，在霸道的徐来安排下，那就是顺路。坐在江石的车上，一路的夜景成了岳默最大的兴趣，她趴在车窗上数着远处的高楼，五层、十层、十五层，数错了还可以重来，一点也不怕麻烦。

过了没一会儿，江石突然转过头来问岳默："你现在是不想找男朋友，还是觉得我不适合做男朋友？"

这个问题问得直接，岳默觉得这比自己绞尽脑汁去婉拒的好，便直截了当地回道："都有吧。"

"还是人不合适。"江石哈哈一笑，"不瞒你说，我也是被我妈逼迫来相亲的，反反复复好几周了。"

"关心则乱。"

"是啊，总是拿年龄来说事，谁规定人这辈子就必须结婚啊？"

岳默突然觉得两个人是同一个阵营的，心里也慢慢地放弃了戒备，"遇到喜欢的人才叫爱情，硬凑在一起的叫搭伙。"

"如果真是为了繁衍后代，那以后国家干脆定条法律，到了多少岁还没找到另一半的，抽签分派。"

"这招够损！不过，没准能起点作用！"岳默被江石的话逗得一阵狂笑，"现在知道你对我也没意思我就放心多了。"

"这话说得有点伤人了。"江石定了定语气，又看了眼岳默。

"这种话伤不到我的，你说，没有感情的婚姻算不算耍流氓呢？"

"伟大的爱情都是从耍流氓开始的，否则人类怎么存续下去的！"江石哈哈一笑，岳默感觉自己失了言，马上又转了话题，"你父亲和徐姨夫是发小吗？"

"算是吧，他们是中学同学，我和他们家淼淼从小就被订了娃娃亲，在他们眼里就是青梅竹马，后来淼淼出国留学，找了男朋友，薛叔和徐姨觉得对不住我们家，就到处给我介绍女朋友。"江石又说。

"原来是这样，他们应该是怕你受不了这个打击。"岳默理解地点了点头。

"什么打击，我和淼淼从小就是铁哥儿们，谈恋爱这事，我们可都互相看不上，就他们四个老家伙互相看对了眼，非得拿着我们来捉对。"江石说得大声，像是在讲别人家的开心事。

"那徐来阿姨问起来，怎么回答，咱俩正好对对口供。"岳默看向江石一头蓬乱的卷发直接笑了出来，"是你看不上我，还是我看不上你，还是咱俩互相看不上。"

"这事吧，我觉得最好是先别给他们回复。"江石顿了顿，又说，"你先别急着否定，你看我说得有没有道理，你在考研吧，考试日期正常是在一月中旬，如果不想在这段时间内受到他们的狂轰滥炸，咱俩就结个盟，我是真被他们给搞怕了。"

"结什么盟？"

"你肯定不想每隔一周就被徐姨拉去相一次亲吧？反正我是不想。"

岳默心里知道江石说得有理，但是让徐来误以为她和江石互相看对了眼，而这个消息会马上传到陈清风的耳朵里，又会发生什么样的后果呢？她还是觉得不妥，就又好奇地问江石："你拒绝相亲的理由是什么呢？"

"我刚失恋半年，算个理由吧？"

"那算！"岳默点了点头，"那咱们就先这么说定了，你回去也和你妈说明白，徐来阿姨要是问起来，我也会配合。"

"行，成交。"江石将车停在了岳默家小区的马路边上，又想起了什么，说，"回头你把家里的地址发给我，我那边有一些考研的复习资料，有空的话我寄给你。"见岳默愣了一下，江石又说，"有什么英语方面不懂的问题也可以随时问江老师，免费的。"

岳默嘴里说着不好意思，心里却觉得他的这个提议颇好。

周日，岳默吃好午饭又买了块牛排去医院看望吴璟尘，梁兮尘可不像岳默那么好说话，她哪里会听吴璟尘的要求去给他买牛排吃，基本上顿顿清汤寡水，弄得吴璟尘一点好脸色也没有。岳默赶到医院的时候，吴璟尘正在跟梁兮尘怄着气、闹绝食，见岳默提着牛排便当进来，他的脸上突然柔和起来。

"哪有做完大手术的病人吃牛排的？你这是哪家的菜谱？"

梁兮尘还是不允许吴璟尘吃这么粗纤维难消化的食物，但岳默却做了好人，梁兮尘哪里知道吴璟尘刚做完手术的时候，就已经开始每天顿顿水煮肉了。有岳默撑腰，吴璟尘这一顿牛排吃得心安理得，他瞟过岳默的眼神里带着几分感谢。

梁兮尘摸着岳默额头上四厘米长的疤痕很是心疼，"回头我送你一顶帽子，肯定能遮住，这种疤过个几年基本就淡了。"

"没事，反正我近几年也不打算结婚。"岳默自嘲了一番，然后又向梁兮尘和盘托出了与江石相亲的始末。

"你可别玩火上了身。"梁兮尘听罢提醒着岳默。

"你放一百个心，我是干什么的呀，忽悠不了我。"岳默哈哈一笑，"你别忘了，其他的标准可以忽略，但是孩子的爸爸必须得是个帅哥这个标准雷打不动，基因很重要的。"

梁兮尘看了一眼狼吞虎咽地吃着牛排的吴璟尘，打趣说："那要是你这个标准，你看吴璟尘行吗？除了品行，其他的条件我这位哥哥还真是没挑的。"

这个不经意的假设给岳默弄了个大红脸，她越想平静下来，耳根却越烧得厉害，为了堵上梁兮尘的嘴，她只好把徐来送给她的口红借花献佛，"帅只是个要求，婚姻毕竟是个大事。"

周一清晨，岳默早起了半个小时，特意准备了份像样的便当给冯朗教授当作午餐。前一天晚上，她给冯朗教授发了条短信，告诉他自己已经出院，周一会来靳家花园收拾自己的东西，她要与冯朗教授做个正式的告别，感谢他过去这段时间里的照顾和赐教，也为自己的实习生涯画上个不完美的句号。

出门的时候，她碰到了隔壁出去遛弯的张大爷，岳默很喜欢这个老头，他长得特别像自己已过世的姥爷，他退休前曾是大学的地理系教师，老伴五年前去世，女儿也嫁到了北京，他习惯了上海的生活不愿意去女儿家折腾，所以就自己一个人照顾着自己。岳默每次碰到他时都会主动地跟他打个招呼，他也会笑呵呵地和岳默聊上几句，然后"咚咚咚"快步跑下楼。

时隔一周，岳默再次回到了童话里的粉色花园，小花园里的花已经凋零大半，她又特意去喷泉池边与女神雕像打了声招呼，然后一路哼着歌打开了工作室的大门。

冯朗教授还没有到，他是个准时的人，准时的人就是不会迟到但也不会早到。岳默走进储物间，将柜子里的衣物和杂物装进了准备好的大袋子里，她又整理了靠墙的那排零食纸箱，突然想起了什么，她放下手里的箱子又去查看了一下窗口的缝隙，这会儿，她不免回忆起那个叫作林莹皓的人。

收拾完毕，她将便当盒送进了厨房，大厅落地钟这个时候敲响了一声，正好是 8 点 30 分，岳默回到客厅，依然没有见到冯朗的身影。她正在猜疑着，楼上突然传来了重重的砸地声，紧接着是几声男性的尖叫。

这样的声音是岳默在这栋建筑里从未听到过的，她本能地朝楼上的方向看去，神经一下子紧张起来。岳默仗着胆子小心翼翼地摸向了楼梯，一边走着，一边小声地唤着，冯朗教授？冯朗，教授！她拉着长音四处寻觅着。

很快，一双脚出现在她的视线范围内。目光由下而上，冯朗教授正站在她的面前，一脸严肃地看着她。岳默吓得一个倒仰，差点从楼梯上摔落下去，好在她第一时间扯住了楼梯扶手，又被冯朗拉住了手臂。

岳默的脸涨得通红，像是被捉了赃的贼一样，连忙解释："教授你，我，我今天回来取我自己留在这的东西，我听见楼上有声音，我怕有什么人进来。"她不敢直视冯朗的眼睛。

"我到楼上找个东西。"冯朗说得云淡风轻，然后一步步地向楼下走去。

岳默连忙点头，重重地呼出了一口长气，她不知道自己为什么如此慌张，她是他的助手，又不是什么小偷，为了缓解尴尬，她又紧跟在冯朗身后说明了自己的来意："教授，谢谢您过去这段时间对我的包容和赐教，希望莫羽心理咨询工作室越来越兴旺，也希望您能保重身体。噢，对了，我做了份便当给您当午餐，到时候微波炉热一下就能吃。"

"准备一下，来访者马上就要到了。"冯朗不苟言笑地走回自己的咨询室，见岳默还在愣着，他微蹙着眉头催促着，"我什么时候同意过你的辞职了？今天上午的访者是周乙和陆巡宁，他们俩的资料在档案柜的第一层，我昨天已经拿出来了，你再整理一下。"

岳默还是有点蒙，上次在医院的时候，她已经亲口和他说了辞职的事，难道他没有听清楚么？

"好。"岳默本能地应了一声，然后又向二楼望了一眼，她看不出什么异样，或许真如冯朗所言，他只是去找些东西。

如往常一样，上午来了两位来访者，下午两位来访者，除了三个抑郁症访者外，还有一个恐惧症访者。

这个恐惧症访者是个五大三粗的壮汉，留着巴洛克式的双撇胡，男性荷尔蒙超标。他的状况有些严重，冯朗盯着他看的时候，他都会手足无措。

"接触陌生人会使你紧张焦虑，对吗？"冯朗问。

"对，我不能够和不认识的人待在一起超过五分钟。"他说。

"现在会怕我吗？"冯朗指了指自己，他摇头，"你是医生，你是安全的。"

"你与人接触最担心什么？"

"我怕他们批评我、反对我，我怕在他们面前出丑，怕他们在背后讲我的坏话。"他有些沮丧。

"别人对你的评价特别重要吗？"

"重要，赞同我的就是我的朋友；反对我的，就拉黑。"

"你的微信上拉黑了多少人？"冯朗问。

"我的微信好友不超过十个人。"

他五岁父母离异，从小跟着爷爷奶奶一起长大，受尽了叔叔姑姑们的白眼，他们甚至经常会因为调皮而打他，他的心里从小就种下了一颗厌恶世人，尤其是亲人的种子。

结束了一整天的咨询后，岳默又向冯朗请教，"社恐最大的原因是什么呢？"

"这种典型的社恐必定是与原生家庭脱不了干系的，他缺乏自信、缺乏安全感，自卑、害怕外人的不友好待遇，他把自己封闭在了自己的世界，不肯出来。"冯朗叹了口气。

下班的落地钟重重地敲响了一声，冯朗没有起身下班，岳默只好先行挥手告别，她总感觉冯朗有事隐瞒着。直到家门口拿出钥匙开门的时候，岳默的思绪才又回到了现实。她听到楼下一阵"叮叮咣咣"的自行车倒塌声，知道又有人倒霉了，便无奈地摇了摇头。

紧接着，她听到了张大爷气呼呼地从楼下跑上来，嘴里骂骂咧咧着，"这些物业公司是干什么的？说了多少次，这些自行车怎么还放在这呢？！"

岳默见张大爷朝她的方向走来，不禁又打趣了一声："张大爷，这是谁欺负您了？"

张大爷耷拉着脑袋，只是"嗯"了一声，便去开自家的房门。岳默印象里的张大爷，一直是个满脸喜容的快乐老人家，单是被自行车刮到似乎影响不了他的心情，又打趣着："谁欺负您了您告诉我，我帮您报仇去。"

"老李头。"没想到张大爷直接脱口而出，满腔的委屈再也藏不住了，"他骂我臭棋篓子！就他会下个象棋！有什么了不起的，你到人国家队试试，分分钟杀你个片甲不留，就知道在我这逞威风，我以后再也不找他玩了。"

岳默感觉到这个老李头的臭显摆属实把张大爷的心给伤透了，只能安慰一下这位老人家："等着，不就下象棋吗？下次遇见了，我指定给您报仇。"

"学过啊？"

"小时候天天跟我爸摆棋阵。"

与张大爷告别后，岳默回到家里煮了面，又加上昨天没有吃完的菜，正好凑合了个晚餐。本想再做套英语试卷复习一会儿的，但上一周未消的疲倦感又找上了门，她不得不直接投降先行睡去。这两天的睡眠总是不好，一直多梦，第二天醒来又不记得梦里的内容，这让她更加疲惫。

第二天早晨，岳默又早起了一个小时，她打算给冯朗教授做一个月的便当，以感谢他的不辞之恩。

胡燕琳最近回来得很频繁，岳默经常能看到她。那天她哭得歇斯底里，岳默除了说些安慰的话也没有多问缘由。晚饭的时候，她多点了些外卖叫她过来一起吃，胡燕琳没有什么胃口，但架不住岳默热情相劝。

两个人把外卖摆放在阳台的小桌上，有的没的聊了一会儿，胡燕琳心不在焉，像是在等什么电话，终于快吃完的时候，一连串急促的信息声飞了进来，胡燕琳看了一眼，脸上马上变了颜色。

大门口处站着一个瘦瘦高高的男生，他的怀里抱着一个大纸壳箱子，见胡燕琳出来开门，他的眼神坚定地看着她，半天没有说话。

胡燕琳瞪视着他，委屈地憋出眼泪，"瞿清杨，你什么意思？"

"我已经决定了，下个月去德国。"瞿清杨将纸箱子放在门口，"这些东西是你之前送给我的，现在还给你。"

"我还没有放弃，你为什么要放弃！"胡燕琳的声音变了调。

"或许这样，对我们彼此都好，"瞿清杨苦笑了一声，"燕琳，我们不要骗自己了，我们，没有结果的。"

"你这个胆小鬼、懦夫，我还没有放弃，我还没有放弃呢！"胡燕琳委屈地大哭，"我说过一定会有办法的，你为什么要放弃呢！"

岳默扶住了胡燕琳，她冷眼端详着面前的这个男生，高高帅帅、清清爽爽、斯斯文文，她不知道胡燕琳与他之间的感情到底有多深，但是看着他如此决绝的样子，她就知道他们没有希望了，瞿清杨的眼神里已没有了光。

第八章

　　胡燕琳被岳默拖回到她的房间时已经哭得没了力气，她一动不动地趴在那里，只有间或的抽泣声能证明她是醒着的。

　　刚才的一幕，她只记得瞿清杨站在大门口，一动不动地盯着她，那个眼神在她的眼前一直挥消不去。

　　"我们活在这个世界上到底有什么意义？"沉寂了很长时间，胡燕琳突然起身问岳默。

　　"这个问题有点大，人活在这个世界上本是没有任何意义的，可能幸福快乐就是最大的意义吧。"岳默答。

　　"那不幸福快乐呢？"

　　胡燕琳的消极引起了岳默的注意，失恋的女孩子一旦失去了斗志，否定了所有，那极有可能会做出破线出格的反应。胡燕琳温柔和善、与世无争，越是这样内向的女孩心理越容易出现问题，岳默觉得身为她的室友和朋友自己有必要为她做点什么。

　　她在胡燕琳的房间里陪了她一整夜，她整夜未眠，她也整夜未眠。这让岳默又想到了裘索，想到了那个为情所困的女孩，为什么越是懂事乖巧的女孩越容易被辜负呢，是因为她们受尽了委屈，也选择包容和忍让呢，还是因为她们太容易妥协和让步，让男人们不懂得珍惜？

胡燕琳确实如岳默所断并不是一般家庭背景的女孩子，她的父亲是上海地产界的大亨，狗血式的政治联姻就发生在这样一个现代的家庭里。她父亲不同意她与同班同学瞿清杨的恋情，而给她定下了一个政府官员儿子的亲事。

胡燕琳表面上平静如水，私下里早与瞿清杨找了一家机构办理了去德国留学的事宜。瞿清杨的家就住在这个楼栋的 510 室，他的父亲是大学历史教授，母亲是国企的会计，这样原汁原味的知识分子家庭在胡父的眼里没有实用价值，他更希望女儿嫁给达官显贵。

"我为了可以和清杨经常见面，才找了中介搬到这里。"胡燕琳淡淡地说，"两个喜欢的人想在一起怎么那么难？"

"你妈妈也是这个想法吗？她应该理解你的难处。"

"她已经不在了。"胡燕琳摇了摇头，"她在我 13 岁那年生重病走了，如果她还在世的话，她一定会希望她的女儿幸福的。"

"对不起。"岳默连忙道歉，"那你现在有什么打算？"

胡燕琳拼命地摇头，"我不知道，我们本来办出国留学的事情很顺利的，不知道我爸是怎么知道这个消息的，他派人来监视我，而且还找了清杨谈话。我不知道他们谈了什么，清杨一定是伤了自尊，否则，他不会那么容易放弃的。"

"先别灰心，一切还没到最后呢。"

"没有用了。"胡燕琳绝望地摇头，"你不了解瞿清杨，他一旦做了决定就不会回头了，我不敢想以后没有他的日子，我一闭上眼睛，余生都是绝望。"

胡燕琳在和岳默的这一次谈话后就搬出了合租房，她和房东签订的租期要到下个月中旬，所以岳默可以一个人住到下个月才会换其他的室友。

胡燕琳的事困扰了岳默好几天，她一直思考着胡燕琳问人生意义的那句话，她的那句话是绝望到了什么境况才能说出来。如果人这辈子都不能够和自己喜欢的人生活在一起，那何谈意义？

晚上下班的时候，梁兮尘打了电话过来，她说吴璟尘已经办理了出院手续回家休养，让岳默下班后直接到家里来一起吃火锅，她还叫了韩明哲，算是补上父亲落葬后失约的局。

岳默下班后转去了附近的那家水果店，途经公交车站的时候，她见一妇人手里拎了一盒很有名气的牛排馆外卖，便条件反射似的绕了远，直接给吴璟尘打包了一份正经的惠灵顿牛排。

在岳默到达梁兮尘家的时候，梁兮尘和韩明哲正在准备着火锅，梁兮尘洗菜，韩明哲摆放碗和筷子。火锅准备好后，岳默又将惠灵顿牛排放入微波炉里热了一下，摆放在吴璟尘的座位前，她怕梁兮尘又来说教，便一本正经地说："大病初愈，吃点高蛋白补身体。"

吴璟尘没有说话，但是岳默知道她不在的这段时间里，梁兮尘一定连水煮牛肉都没赏过这位哥哥。梁兮尘请客的重点不在吴璟尘吃什么上，所以她也不作理会，直接用旋刀把红酒打开，"咚咚咚"倒了三大杯后，又倒了小半杯递给吴璟尘，"大难不死，庆贺一下吧。"

"可以少喝一点。"韩明哲见吴璟尘并没有去接杯子，便替他接好放在他的面前。

只有岳默知道，吴璟尘为什么不接酒杯，他这会儿的心思完全放在了眼前的牛排上，他哪里会管你倒多少酒呢。

"来，这第一杯酒，谢谢你们为我爸送葬，谢谢岳默的全程陪同，也谢谢韩学长的友情帮助，让我为他选了那么一块好地方，他老人家走得很安详、很体面，做儿女的也很心安。"说着，她一杯酒下肚，又倒上了一杯，"这第二杯……"

岳默见梁兮尘这个喝法，不出三杯指定会倒，就直接封住了她的酒杯，"什么第一杯第二杯的，你能不能一口气把话说完了再喝，弄得我们在这跟个道具似的，光看着你一个人喝。"

梁兮尘笑着将岳默的手推掉，"听我说完，今天这个话要听我说，这个酒也得看我喝完……岳默，你得给我面子啊。"

岳默无奈地叹了口气，又下意识地看了吴璟尘一眼，这位哥哥的本事就是，脸上永远没有表情。

"这第二杯酒，我要庆祝一下吴璟尘的大难不死。这次事故，三死一重伤，除当场直接死亡的一名大货车司机外，三个重伤的人里只有吴璟尘一个人幸存，我想，这是我爸在天之灵保佑着你。"梁兮尘说着声音有些哽咽，韩明哲马上接过话头，举着杯与她碰了一下，"对，大难不死，必有后福嘛。我们一起喝下这杯酒吧，您也少喝一小口，这是高兴的酒。"他对着吴璟尘说。

吴璟尘果真举起了杯子，四只杯子碰在一起，他一仰头直接灌了进去，岳默觉得他应该是吃牛排给噎到了，刚好有一杯喝的。

接下来，为了不再勾起梁兮尘过多的伤感和回忆，岳默与韩明哲成了这个饭局上聊天的主角，他们尽量扯上一些轻松的话题。韩明哲一边涮着肉，一边将话题引到了岳默的专业上。

"岳默，我最近被案子搞得经常失眠，心情也会不好，是不是有点抑郁倾向了？"

"你这是职业病，跟心理层面没啥关系。"梁兮尘没等岳默回话，直接怼了韩明哲一句。

"那职业病怎么治？"韩明哲又认真地问岳默。

"改行吧。"梁兮尘哈哈大笑，"正好把你那间办公室给我腾出来。"

韩明哲扬手向她的脑袋上拍过来，梁兮尘眉头一皱又敬了他一巴掌，这样的互动显然超出了上下级的关系，岳默疑惑地看向了梁兮尘，梁兮尘哈哈一笑，解释说："我忘了和你说，韩明哲是我的学长，比我大两届，我进学校的时候还是他负责接的新，在公司为了避嫌，我们俩的这层关系谁也不知道。"

岳默第一次从梁兮尘嘴里知道她和韩明哲的这层关系，不知道她是为了避嫌还是有什么不方便说的秘密，岳默见他们互动得暧昧，却自存了一份吃瓜的心态。

"吴璟尘，你也敬岳默一杯，她护理你那么久，怎么也得感谢一下。"梁兮尘又来提议，岳默连忙摆手拒绝，她心里知道这份感谢有些言重了，她自始至终都把车祸的事归因到自己身上，并不觉得照顾吴璟尘有什么好委屈的。

"我欠你十块水煮牛肉。"吴璟尘又将杯中的红酒一仰而下。

"什么水煮牛肉？"

岳默一脸尴尬，梁兮尘很显然不知道她和吴璟尘之前那些牛肉的故事，她也不想多做解释。见吴璟尘敬过酒后直接离席告辞，梁兮尘又嚷嚷起来："吴璟尘，你坐下，有正事和你谈。"

吴璟尘站在原地，并没有坐下。

"你的病也好了，打算什么时候给我签授权书？"

"你就这么想卖掉这个房子吗？"他冷冷地问。

"爸不在了，家就不在了，我留着这个房子有什么用？"梁兮尘显然是有些喝大了，她逼视着吴璟尘，"我在这个世界上没有亲人了，从爸走的那一天起，我与这个家就没有任何关系了。梁盛威几十亿的财产以后都是你的，我一点都不稀罕！你签了这个授权书，等我把这个房子卖了，卖多少钱我都分你一半，一分不会少你的。"

"你要卖多少钱？"

"按照现在的行情，这套房子怎么着也能卖个400万元吧。"梁兮尘眼睛里打着算盘，"加上杂七杂八要交的费用，就算扣掉20万元，到手差不多有380万元。"

"就按400万元算吧！这房子我买了，你给我个账户。"

岳默忽又在吴璟尘的脸上见到了熟悉的神情，像是在太平间里她第一次见时的那样凝重，他斩钉截铁地说了这么多后，在回卧室的途中他又转回头补充了一句，"在买到新房子之前你都可以住在这。"

他的话让梁兮尘的酒醒了一半，她没想到是这样的结果，想着吴璟尘已是百亿资产的继承人，随手拿出200万元就可以把自己给打发了，梁兮尘简直恼羞成怒。她口口声声说要和这个家划清界限，那么等着吴璟尘把那200万元打到她的账户里，这个房子、这个家，就不再属于她了。

吴璟尘第二天午饭过后就将200万元人民币打到了梁兮尘的银行账户上，这样的操作完全打乱了她的节奏，她本打算等吴璟尘签了授权后，她可以一边将房子挂在中介慢慢出售，一边慢慢地挑选新房子。

看着网银上打进来的七位数存款，梁兮尘一脸的诧异，她越说越气愤，"他这是要干啥，仗着有钱存心恶心我？"

"不是你追在人家屁股后头要人家签字授权卖房子的吗，这怎么听着好像是你吃了大亏似的。"岳默一顿狂笑，虽然她知道在这个时候这么笑有些不地道，但她还是安慰着梁兮尘，"房子还没有办过户，你还有居住权，不过就算是房子过到了你哥的名下，你在你哥家住着也没什么不可。"

"不行，我可没脸再住下去了。"

梁兮尘用了一天的时间打包好自己的随身物品，又叫了搬家公司，将自己全部家当直接搬到了岳默的出租屋，暂住在胡燕琳的那个房间。

日子好像又回到了正轨，上班、下班、复习、上课，三点一线，岳默回想着过去的种种，也不过是几周之前发生的事。她收到了江石寄过来的复习资料，虽然寥寥几本，但是每一本上都密密麻麻地标注了关键知识点，她翻看了几眼资料便知道了它的用处，激动地给江石连发了一串双手合十的表情。

江石让她每周做一套模拟试题，说如果自己有空的话可以过来帮她详细讲解，虽然这样的福利超出了岳默与相亲对象的友好距离，但是为了迫在眉睫的大考，她也管不了这许多。

梁兮尘计划着买个精装的二手公寓房，原以为吴璟尘打过来的 200 万元钱，加上自己手头的余钱，可以随便买个不错的小区，但是两天的中介逛下来，让她狠狠地打消了这个念头。

下班过后，岳默去菜市场买了些菜，打算等梁兮尘回来吃过饭后再陪她去中介看看房子。她紧赶慢赶着回到了自己的小区，又接到了梁兮尘打来的加班电话，索性放缓了脚步。

沿着小路转到小广场的时候，她看到了石桌旁正在收棋盘的李大爷，他满脸洋溢着得意的笑容，岳默便猜想他一定是刚赢了棋。想着前几日隔壁张大爷气急败坏地闹着要和李大爷绝交，岳默心生一计，直接大声地叫住了收棋的老人家。

"李大爷，您好，我叫岳默，和张大爷是邻居，住他隔壁的，常听他说您的象棋下得特别棒，就想着得空向您老请教一下，您看，这择日不如撞日，大爷要是有空，我们下一盘可好？"

"没空没空，我老太婆喊我回家吃饭了。"李大爷将棋盘装进了一个口袋里。

"张大爷一直夸您的棋下得好，说咱们小区没人能赢得了你，我一直觉得他是吹牛，要不咱们一盘定输赢，就一盘，如果今天我输了，我会让整个小区的人都知道您的厉害。"岳默直接从袋子里掏出了两只苹果，塞到了李大爷的手里，然后又补充了一句，"不下也行，其实我觉得张大爷的话也言过其实了，他可能是觉得您比他厉害，就天下第一了。"

"就一盘。"李大爷将折好的象棋盘又拿了出来，"一盘定输赢，小姑娘，你自己说过的话可要负责任。"

见李大爷应战了，岳默心里一阵狂喜，赶紧谦逊地放下手中的塑料袋跟着码起棋子来。

两方端坐，大战一触即发。

李大爷的走炮、跳马、拉大车三步直给，岳默一步步小心地应对着，敌进我退，敌退我追，棋过半程，李大爷的脸色突然凝重起来。他本想着赶快下完这一局棋让小丫头过过嘴瘾马上回家吃饭，但见岳默一步步下得专业，自己的局面反倒被动起来，就在岳默将马放在了他的炮后面之后，这盘棋陷入了僵局。

岳默趁着李大爷思考的间隙又给梁兮尘回了条信息，半晌，这个僵局还是没有成功解开，李大爷投子认输。

"承让，承让。"岳默起身笑呵呵地向老人家作了个揖。

"再来一局。"老李头并没有收棋盘，他一脸严肃地命令着岳默坐下，这时候，他的老伴已经推开了五楼的阳台窗子，扯着嗓子嚷着李大爷回家吃饭，李大爷哪肯输在一个名不见经传的小姑娘手里，嘴里没好气地骂了几句，又摆起了棋子。

梁兮尘本想着下班早点回来和岳默一起去中介看房子的，但手上的事情没有做完，后来韩明哲又递给她一摞卷宗让她整理，她不得不继续加班加点赶工，嘴里直骂韩明哲是韩扒皮。韩明哲的外号在律所里可不止这一个，他还有一个常用的外号叫"韩一毛"，这个名字的由来缘于他是出了名的铁公鸡，只要是能在单位享受免费工作餐的时候他从来不到外面乱花钱，他爱财如命，吝啬鬼真传，想让他请客吃饭基本没可能，所以律所里的年轻人都笑他是一毛不拔，传着传着，私底下就被唤作韩一毛或者韩毛毛了。

两个人加班到 7 点多的时候，韩明哲在食堂里点了两份工作餐，梁兮尘这段时间胃口不好，没吃上几口就跑去沙发上小憩了，也就是在韩明哲吃完晚餐的时候，一个陌生男子出现在律所的门口。

这个人的父亲是梁兮尘之前接手的一个案件的当事人，这个案件当时由于原告方提供了关键性的证据而导致当事人输了官司，赔偿了不少钱。当事人的儿子不知从哪儿听说了梁兮尘参与了取证的过程，气急败坏地冲到了律所来找人算账。

他指着梁兮尘的鼻子大骂："你是我爸的辩护人，我们给你钱了你就必须保证我们的权益，退一万步讲，就算是我爸的公司违规违法，你都得替他做无罪辩护，否则我们花那么多钱找你们干什么？"

梁兮尘这会儿正睡得迷糊，被当事人的儿子这么一闹腾，一下子就醒了。还没等她多解释，当事人的儿子便扯着衣领，一把将她从办公室的沙发上拖到了地板上，无论韩明哲怎么解释、阻拦都没用，"有话慢慢说，你把手先放开。"

"有什么好说的，出卖当事人的利益，你就是个狗屁，我要到行业协会去告你，我们所有的损失都必须由你们来赔偿。"当事人的儿子手脚并用已经开始踢打梁兮尘。

梁兮尘哪里受得这等闲气，见韩明哲还在苦口婆心的解释，她直接在地板上打了个滚儿，顺利地挣脱了那个男子的手，然后又利索地锁住了对方的手腕，待对方一个反击过后，她一个扫堂腿直接将其横扫在地，那张愤怒的脸与地面来了个亲密的 KISS，当事人的儿子嘴里骂骂咧咧，梁兮尘便将他的头直接按在了地上。

律师对于其掌握的当事人所涉而公安机关尚未掌握的犯罪事实负有保密义务，不能向公安机关报告，也就是说，律师是当事人最信任的顾问，即使是在明知道当事人有犯罪事实，但控方和法院事实未能掌握的情况下，当事人也可以不受法律追究责任。

梁兮尘在选择律师这个职业的时候，曾经一度困惑，她问自己的老师，法律是公平公正的，是受害者伸张正义的唯一有效途径，如果正义得不到伸张还需要法律来做什么呢？

但律师不是法官，他所要维护的只是当事人的权益，而并不是主持正义。

律所的主任佟亚涛与派出所的民警几乎是前后脚到达的律所，当事人的儿子威胁佟亚涛要去行业协会投诉，一要投诉律师违规办案，二要投诉律师打人。佟亚涛当着派出所民警和当事人儿子的面承诺，如果是所里员工的责任一定会严格处理。

当岳默接到梁兮尘电话的时候，她和李大爷正在进行着第三局的角逐，这不是决胜局，因为之前的两局都是岳默赢了，李大爷不肯认输，赖着岳默下到了第三局。

"你确定不是国家队的吧？"他问。

"不是，省队的都不是，我就是一菜鸟选手。"岳默谦虚地说，"还是小时候在家里跟我爸学过两手。"

她要是不谦虚，李大爷面子上还好过去一些，她这么一说，老人家的脸更是红得没边，这倔脾气一上来非得要扳回来一局才肯回家吃饭，好在老伴适时跑下楼拎着他的耳朵威逼利诱地将他拉回了家。

"这个小区除了你没人赢得了我，下次再找个时间，叫上老张，咱们一起再来一局。"

听着李大爷边走边宣战，岳默快速地跑进了自己的楼栋，她本意只是想替张大爷报个仇灭灭这李大爷的威风，哪里会想到这老人家气性这么大，她可不敢有下次了。

梁兮尘回到岳默家的时候已经是晚上 8 点多，她见岳默烧了一桌子的好菜，来不及描述她大战当事人儿子的事迹，直接拿起饭碗狼吞虎咽地席扫了半桌子的菜。

"我被停职了，这几天配合着有关部门调查。"梁兮尘满足地打了个饱嗝，将自己的遭遇和盘托出。

"这事韩明哲没责任？他看着人家打你？"岳默大叫。

"我算是看透他了，他真是太适合他的名字了，明哲保身。"

"我还以为韩明哲是喜欢你的，这太不可思议了。"岳默叹了口气。

"他只爱他自己！算了，不想提他，不干就不干呗！房子我也不买了，你回头也把工作辞了，你不是一直说人生最大的梦想就是周游世界吗，现在咱账户里有 200 万元，够咱俩走半圈儿的了！"

第九章

迫于律所的压力，韩明哲好说歹说地拉着梁兮尘一起去当事人家当面道了歉，但是当事人的儿子狮子大张口，向梁兮尘索要 10 万元的赔偿款，很明显，这事就没什么好谈的了。

梁兮尘当场破罐子破摔，大喊着："你爱上哪儿告哪儿告去，我大不了工作不要了，还怕了你不成？"

梁兮尘被停职在家，而且一待就是一个星期。不过，她也不是白吃白住，每天睡到自然醒后会拎着购物袋去菜市场绕上一大圈，不梳头也不洗脸，不顾形象地混在大妈阿姨中间讨价还价，然后得意扬扬地买回第二天的食材，把岳默的早餐和晚餐准备得妥妥当当的。

岳默依旧会每天穿过熟悉的粉色花园，听着熟悉的座钟声开启一天的工作。

这一天的前三位来访者都咨询得非常顺利，岳默将他们一一送走后又迎来了第四位来访者。这位来访者走进咨询室的时候，她的一头白发吸引了岳默的注意，她的白发是那种根本看不到一根黑发的白，白发不罕见，罕见的是，她长着一张姣好的年轻的脸。

这个女人叫诸凝雯，祖籍山东，在上海读的大学，本科毕业后嫁给了自己的同班同学。同学是广东潮汕人，父母出钱给他们在上海付了房子的首付，并在退休后从老家搬到上海与他们同住。

诸凝雯描述的过程中，冯朗没有插话，她就顺畅地继续讲她的故事。结婚的第二年，她生了第一个女儿，这对于全家来说本是一件很开心的事情，但是对于公婆来说却并未显得满意，他们固有的思想里是家里没有男丁就是没有人接传香火。

她整个月子期都过得异常郁闷，有的时候也会偷偷地流泪，若是丈夫可以从中调剂一下或许这份委屈也会消解一些，但是丈夫又是个大男子主义，她的委屈便又多添了一分。她有的时候会向婆婆抱怨些丈夫的不闻不问，婆婆就会苦口婆心地向她传授贤妻的三从四德，久而久之，有一天她终于想通了，在这个家里，公公是天，老公是天，她，是个外人。

接受了这一切，日子就在顺理成章的鸡毛蒜皮中度过。女儿一岁的时候，公婆便以各种"糖衣炮弹"催生二胎，并向她允诺说生男生女无所谓，主要是可以给大女儿做个伴，而且趁他们年轻还可以帮忙带带。不知是公婆的话让她减轻了压力，还是这个二胎宝宝看出了她的迫切，第三年的时候，一个女娃又降生在了她们家。

"公婆对你的态度改变了吗？"冯朗问。

"没有，"她摇了摇头，"是我自己发生了改变，月子期的时候我看着我女儿我就会哭，我感觉我婆婆和公公并不喜欢她，我没有在他们脸上看到那种喜悦，所以只要我婆婆抱起她，她一哭我就很焦虑，我怕我婆婆会害她，基本上宝宝每天都不能离开我的视线。而就在那段时间里，我父亲生了重病，住了三个月的院，我没有办法回山东去照顾他，只好每天与母亲通电话了解父亲的病况，所以，刚出月子，我的体重就恢复到了怀孕之前，足足瘦了二十多斤。"诸凝雯笑了笑，"我的同事们都以为我花了大价钱去调理身体了。"

"嗯，情绪也会很低落吧。"冯朗在表格中记录着。

诸凝雯点了点头，"我那段时间情绪非常低落，总是莫名其妙地哭，我担心我父亲哪一天会离开我，我也担心我的宝宝会有什么不测，我特别害怕，而且经常烦躁不安，和我丈夫说不了两句话就会发火，我整夜整夜地睡不着觉，绝望到后来我就想自杀。我就在想，我为什么要生孩子，我生孩子对我有什么意义呢？人为什么要活着，人活着的意义是什么呢？"

"后来呢？"

"后来，恐惧和焦虑变得越来越强烈，我对周围的一切都失去了兴趣，也失去了生活的动力和愿望，我不愿意再做任何事，不愿意出门、不愿意去工作，甚至不愿意吃东西，吃什么吐什么，我爸妈也从老家过来看我，但是他们也无计可施。

"那段时间，简直是地狱一样的日子，我很讨厌自己的样子，但是我没有办法，因为焦虑本身都让我感到焦虑。我不知道为什么一个从小城市考到大城市名牌学校的阳光女孩会变成这样。按理说，我考上了自己理想的大学，嫁给了自己爱的老公，有了不错的工作，还有了两个可爱的宝贝，我应该很幸福是不是？

"我曾经努力让自己开心起来，却发现自己根本不具备这样的能力，因为不开心这件事本身又让我感到焦虑。我休了长期的病假，家里人带我去看了心理医生，医生说我患了严重的焦虑症，伴有产后抑郁，她给我开了几种药。"她从口袋里拿出张单子，把上面列出的药名给冯朗看。

"吃了多久的药？"冯朗问。

"没吃，我怕一旦吃了这个药，就一辈子离不开了。"诸凝雯又说，"我想通过自己的毅力和坚持让这种焦虑好转过来，开始睡不着觉的时候我就吃点安定，然后又吃了一阵谷维素，每天跑跑步，强制给自己安排一些兴趣爱好，这种焦虑和抑郁从歇斯底里变成了一种长期的伴随性存在，我还是无法集中注意力，还是会惶恐和焦躁，我一直没有找回我的开心。"

冯朗教授基本清楚了诸凝雯的主诉，他一边点头一边盯视着她，然后一字一句地说："谢谢你的分享，既然你来找我，就说明你是信任我的，对吗？"

"是的，我慕名而来。"

"我的治疗方法会比较特别，如果哪怕有一丝丝的怀疑或者不情愿，我都劝你可以回去再想一想。"冯朗又说。

"你这是什么话，从预约到现在花了半年的时间，你别想让我走。"诸凝雯有些激动，"我既然来了，我便对您信任无疑。"

"好，那么接下来，我所说的你都必须无条件地照着去做，你能做到吗？"

诸凝雯点头默许。

"除了心理方面的干预，药物伴随治疗还是需要的，因为除了多巴胺或乙酰胆碱外，还有一种神经递质叫血清素，这种神经递质和抑郁症有关，很多不可控的情绪实际是你的大脑缺乏这种神经递质了，药物可以抑制神经递质对血清素的再吸收，提高血清素在神经系统中的浓度，从而有效地治疗相关病症，可以让你的思维清晰、头脑清醒，能够让你的大脑恢复正常，再次开心起来。"

"我只是怕副作用和依赖性。"

冯朗教授摇了摇头，"不要排斥药物的作用，心理上的健康和身体上的健康一样，得了病都要积极地配合治疗，之前心理医生给你开的药我建议你可以吃，再配合我给你制定的心理疗法，这样会有事半功倍的效果，还有，每天要坚持运动，多跑跑步，与家里人融洽相处，他们都希望你健康，不会有人想害你。"

诸凝雯谢过了冯朗然后走出了咨询室的门，她边走边向冯朗保证："请放心，我为了见您等了半年的时间，我一定会相信您的。"

岳默抬头观察着诸凝雯，从她的话中她突然醒悟，冯朗教授的这个预约制本身就是治疗手段的一部分，患者们等了半年才能见到冯朗，又怎么会不信任他呢？

直到下班前，岳默还在思考着这个问题，她边收拾记录册边随口问了冯朗教授一个问题："教授，诸凝雯的这种情况是不是挺常见的，我是说产后焦虑抑郁。"

"不少见。"

"不幸遇到了重男轻女的公婆不抑郁焦虑都难，如果一个女人的归宿是这个样子的，我觉得单身也没有什么不好的。"岳默顿了顿，又看了眼冯朗。

"这毕竟是少数，爱情、婚姻是人类发展的常态，都选择单身，人类怎么繁衍生息呢。"冯朗教授不紧不慢地收拾好自己的随身物品，他抬头看了眼大厅里落地钟上的分针，还有三分钟它就会到达目的地，然后"嗒"一声，工作室就会正式下班。

岳默还有三分钟的问题时间，她又问："那教授您为什么不结婚呢？是没有合适的对象，还是独身主义？"

在她的心里，冯朗教授一个40多岁的男人，没有女朋友没有结婚，本身就是一个值得探讨的问题。

"婚姻是一个选择题，不是必选题，有了想结婚的对象就去结，没有遇见就不结。"

"那你有想过这辈子可能会不结婚吗？"

"不结婚又不会犯法。"冯朗挑起眼皮看了岳默一眼，"纯属个人意愿。有的时候，相爱的人可能并不需要一张纸的约束，而不相爱的人有了这张纸的约束也不一定能幸福长远。"

冯朗的答案说到了岳默的心里，如果陈清风和岳英明是这样的开放性思维，她会谢天谢地。

这次的谈话，让岳默对冯朗又多了一份好感和尊重，她在和梁兮尘讨论这个问题的时候，极力地标榜着冯朗的婚姻非必选择论。

"他该不会是个 gay 吧？"坐在饭桌前的梁兮尘皱了皱眉头。

"想什么呢？"岳默直接从梁兮尘的背后给了她一个大巴掌，"你这种想法就是幸存者偏差，就是纯粹对成功单身人士的亵渎。"

"他四十多岁了，事业有成，为什么还不找女朋友，不结婚？你不觉得这其中有什么问题吗？"梁兮尘脸上大写的不服。

"是谁规定优秀的人就必须结婚生孩子的？很多时候，独处也是一种自我升华。况且，能配得上他的人也不多。"

"你不会是喜欢上他了吧？"梁兮尘一脸坏笑。

"我那是欣赏，是崇拜。"

"崇拜，是爱情的基础，反正我觉得不结婚的人都有点毛病，你可得小心点。"

"我对冯朗教授没有一点非分之想！"

梁兮尘双手一摊，不想和岳默再讨论这个话题，她话锋一转，"你和那个江石还联系吗？不是说他周末会给你补习英语吗？"

"上周末他有事，这周末会来，不过你别误会，我对他也没任何意思，我们就是个战略同盟。"岳默义正词严，"众所周知，女人没有男人就像是鱼没有水。"

"众所周是谁？"

"你这人讨不讨厌？"岳默见梁兮尘一副戏谑的表情，马上又去问她的闹心事，"律所那边的事解决得怎么样了？韩明哲说你什么时候可以去上班了呢？"

这回轮到梁兮尘不想回答了，蒙上被子，直接倒头睡去。

周末，江石与岳默约了下午茶，第一次正式给她补习英语。岳默虽然心里忐忑，但是想着有这么个专业的大便宜不占那纯属是和自己过不去，现在的这个时间节点上，脸面什么虚妄的东西已经没那么重要了。

再次见到江石，他整个人比上一次精神了许多，虽然岳默从来就没觉得他与帅这个字挨上边，但是一个男人修了边幅与故意邋遢肯定是两样的。所以，她对他的印象分至少提升了两分，待英语私教老师身份加持，他基本上就光环傍身了。

岳默的英语底子确实非常薄弱，最基本的语法还是错误百出，复习到最后，江石居然头疼起来，"你这个基础水平，考研还是有难度啊。"

"就差一分。"

"不是差几分的问题。"江石放下笔，摇头，"恕我直言，地基不稳、满盘皆输。"

"不是一招棋损吗？"

"你这肯定不是一招两招的问题了，很多招都有问题。"

"我就是招招有问题，不然我还在这费什么劲，还用得着请私教？"岳默终于被他说得有些下不来台面，脸色一下子难看起来。

这脸色的突变被江石瞬间获取到了，他咧了下嘴，马上想找补回来，便说："这个考验正中我的下怀，看起来，接下来的日子里你是铁定离不开我了。"

"我可请不起！"

"免费的。"

岳默听他这么说话直接臭了脸，站起身佯装去取自己的水杯，又说："我要是英语好，至于和你攻守联盟吗？"

"哎呀呀！"江石又好气又好笑，佯装着一副为难样，"这让我怎么说呢，咱以后讨论问题能不能不带生气的，咱俩现在是老师和学生的关系，你不能这么明目张胆地怼老师，老师指出你的问题所在，是为了帮助你进步，你要虚心接受，要不然怎么进步呢？"

"我进什么……"岳默听江石如此说，火还没有消下来，江石紧接着竖起了三个手指，"约法三章。"他斜睨着岳默，"第一，按照我的方法从基础语法补起来，我每周会给你布置作业，完不成作业有惩罚；第二，单词量太少，你必须在考试前熟悉一万个以上的单词，我过几天会给你整理出一本核心词汇和单词表来，每周都有任务，必须完成，否则有惩罚；第三，每周末做一套模拟试卷，正式的，我负责监考和打分，每周都要有提升，如果有一周考不好……"

"有惩罚。"岳默按着江石的节奏和他异口同声地说出这三个字，然后又不屑地问，"啥惩罚？我听听。"

"你最怕啥？"

"天不怕地不怕。"

"那罚你给我当媳妇吧。"

"想得美！"

"那就这个了，就这个当惩罚，看你怕不怕！"

"玩这么大吗？！损人不利己啊，江老师。"江石冲口而出，没想到瞬间被岳默骂成了方块脸，只好搪塞着，"所以啊，岳怂怂，你要想不被惩罚，就给我好好地按江老师的计划走。"

"岳怂怂？你老师还带头给我起外号？"

"来来来，岳怼怼，坐下，稍安毋躁，咱们趁着天黑之前再把虚拟语气复习一遍，我今天一定会帮你把这个堡垒攻下来。"江石恩威并施。

结束补习的时候已经差不多 6 点了，岳默以为江石还会留下来黑她一顿晚餐，便问服务生要来菜单，不想江石站起身敲了敲颈椎向她告辞，他晚上还有其他的事情。

有了江石的帮忙和自己闷头复习简直是两样的，岳默感觉一下午的补习让自己进步了不止一大截，她再做虚拟语气语法题的时候，准确率已经可以达到 70% 以上。待江石离开咖啡店，她抑制不住内心的喜悦竟开心地哼起歌来，连服务生过来收拾盘子的时候都感觉到她一脸洋溢的笑。

"岳怼怼，嘿，能顺利地通过考研，怼怼就怼怼！"

韩明哲为梁兮尘的事出了头，和当事人的儿子谈了两盘却无功而返，当事人的儿子赖在医院里死活不肯出来，非要梁兮尘赔钱了事。韩明哲无奈只好托人去找主任医师探口风，主任医师一脸官司，既不说病人有恙也不说无恙，最后笑面虎似的话里有话，"他什么情况你们自己心里没有数吗？他不想出院，我们也赶不了。"

这事就这么僵在这里，梁兮尘不让步不赔钱，当事人儿子也不肯罢休。

但让梁兮尘万万没有想到的是，当事人儿子背地里偷偷摸清了梁家的地址，找了几个道上的兄弟上门威胁。梁兮尘自然不在家住，几个混混便对吴璟尘发难，吴璟尘这个人对什么事都提不起关心，几个混混根本吓唬不到他，见他不搭不理，几个人气急败坏地将梁家砸了个稀巴烂。

梁兮尘搬走了自己的东西后，梁家也没剩下什么值钱的东西，直到带头大哥把梁爸的遗像摔在了地上，还用脚狠狠地踩碎了上面的玻璃，吴璟尘才皱起眉头。他为了拾起父亲的照片，直接踢到了那大哥的膝盖上，那大哥猝不及防，脑袋后仰着撞到了桌角，群殴一触即发。

第十章

再次在医院里见到吴璟尘的时候，梁兮尘气得在电话里大骂韩明哲，"这群乌龟王八蛋有本事冲老娘来，我不在家他们就打吴璟尘，吴璟尘那个肺叶能打吗？刚恢复了一些，又被他们给踢破了！我告诉你韩明哲，咱俩的账慢慢算，这个事，你管也得管不管也得管，孙子还想讹我 10 万元钱，姑奶奶不让他赔个底儿朝天不算完。"

韩明哲大气不敢吭一声，他原本是想找个最有效的办法息事宁人，以最低的损耗让梁兮尘先回律所上班的，但是现在吴璟尘被打进了医院，性质就完全不一样了。

韩明哲有些后怕，他想着此时若是躺在医院里的是梁兮尘，那后果更不堪设想。他与律所主任佟亚涛吵翻了天，很硬气地扬言，如果自己律所的人都保护不了还开什么衙门主持什么正义？他又打电话给梁兮尘说，这事他管定了，就算工作保不住，他也一定会给吴璟尘争取最大的权益。

梁兮尘当天晚上就搬回了老房子，她和岳默说："这帮打人的孙子现在踪影全无，我要配合着人民警察调监控找人，吴璟尘这次是替我挨的打，我必须管到底！等让我逮到了这群人，不让他们吃牢饭我这法律就算是白学了。"

所有的人都义愤填膺，只有吴璟尘一副事不关己高高挂起的样子，护士来给他测血压量体温他都顺从地配合着，到了饭点，梁兮尘给他买来牛排他就大快朵颐地吃着。余下的时间，他不是配合着警察做笔录就是倒头睡大觉，睡梦中，那群人拳脚相加地向他袭来，他蜷缩着身子将两只手臂捂住了头顶，他的脑海中突然出现了一张女孩子的脸，她站在美国一所知名的大学校门前看着他，眼神里充满了绝望和怨怼，那眼神直扎进他的心，他吓得一阵痉挛，喊了出来："宁心。"

他晃晃头，那影像倏地溜掉了。

"做噩梦了？"岳默迟疑地看着吴璟尘，见他一脸的碎汗，有些慌张的模样，又马上安慰道，"兮尘出去买东西了，一会儿就回来。"

岳默把带来的水果拿出来，给他剥了个橘子，见他不接，又笑着说："别不好意思，之前你昏迷不醒的时候，都是我喂水给你喝的。"

吴璟尘那双深邃的眼睛恍惚了一下，突又凝视起岳默来，像是一道光射了过来，岳默马上低垂了眼帘，她始终不太敢与吴璟尘的这双眼睛对视。

梁兮尘借着岳默来看望吴璟尘的工夫跑去了当事人儿子的病房，她到病房的时候，那儿子正舒服地趴在床上打游戏，他一边打着，还一边骂着队友不给力。梁兮尘见状，快走两步，直接拎起了他的衣领，"我告诉你，今天你要是不说出来那帮孙子跑哪儿去了，我让你在医院里住到寿终正寝。"

当事人儿子吓得一扭身，轻巧地挣脱了梁兮尘的手，将整个后背靠在了床头上。他见识过梁兮尘的身手，清楚自己单打独斗不是个儿，便冲着梁兮尘大喊："你这是知法犯法，罪加一等。"

"我告诉你，那几个肇事者已经把人打成了重伤，人还在抢救，你现在要是主动交代他们的行踪，我会让法官酌情减轻罪刑，要是外逃被抓，那就是罪加一等，你知道我是干什么的，所以千万不要质疑我的专业性。"

梁兮尘怒视着当事人的儿子，那犀厉的眼神看得他心里发慌，他颤抖着说不出话，片刻，他镇定过后又开始了狡猾的伎俩，"什，什么人？别人打人你找我干什么，又不是我打的，你打了我这事咱们还没说明白呢，我轻伤二级，10万元钱你什么时候赔我？"

"我赔……我呸！"梁兮尘见当事人儿子倒打一耙，气得上前又踢了他一脚，当事人儿子吓得脸色大变，"来人哪，杀人了，快来人哪。"

在医院里动粗肯定是不行的，梁兮尘很快被两个保安连推带劝地赶出了病房，他们警告她如果再来滋事就会报警处理。梁兮尘带着一肚子的气回到了吴璟尘的病房，见岳默刚削好了一个苹果，直接拿过来就往嘴里塞。

"就是他找人干的，还不承认！"

"没有直接证据他肯定不承认，谁会那么傻呢。"岳默用手比画着嘴唇示意梁兮尘小点声，又指了指外面，两个人便意会地朝病房外走去。

"你哥的病情看起来不轻。"岳默边走边说。

"主要是皮外伤。医生给检查过了，看着挺唬人，但没什么实伤。"

"肺，没什么大问题吧？"

"没事，不过，在我处理好那几个王八蛋之前，吴璟尘必须在医院给我住着。"

岳默与梁兮尘聊到差不多晚上9点钟，她接到了房东儿子的电话，大致意思是胡燕琳的租期快到了，他这几天会带着新的租房者来看房，与她确认一下在家的时间。岳默心里有些不快，毕竟在此之前她没有想过胡燕琳是真的搬走了，她需要以一份全新的心态来接受一个陌生人的同住。

第二天早上上班出门的时候，她又遇到了隔壁的张大爷，张大爷刚遛早弯回来，手里还提着些蔬菜，他见岳默正在锁门便主动打起了招呼，还将菜篮子的一小把青菜塞在她的手里。他告诉岳默说，这菜是早市乡里人卖的，便宜新鲜，见岳默推脱，他又提起了老李头："他和我不止一次提起你了，说你的水平至少是省级以上的，你以前玩过这个？"

"没没，小时候跟我爸学过两招。"

"老李头说你边看手机边下棋，没怎么用心就杀了他两盘。"张大爷明显与有荣焉，"他还说让我问问你哪天有空，约你再下一盘。"

岳默又打开了门，将小青菜放到厨房的台子上，"最近没空啊，工作经常加班，而且房东要带人来看房，隔壁的租期到了。"

"那小丫头不住了？"张大爷点了点头，"她是不是和五楼瞿老师的儿子关系不错？"

"您和瞿老师熟吗？"

"楼上楼下的住了 20 年了，他儿子清杨小时候还总到我家里来玩呢，听说这孩子要去德国留学了。"

"是啊，能出国深造对自己以后的发展还是有帮助的。"

岳默与张大爷告别后，思绪又陷入到了胡燕琳与瞿清杨这段爱而不得的初恋之中，美好的事物，总是易碎的。

莫羽心理咨询工作室的工作一如既往，诸凝雯在中午的时候来访过一次，她的丈夫陪她来的。上次来访之后，她回去按照冯朗教授制定的方法，配合着之前医生开的药治疗了些时日，可就在昨日晚饭聊天时，公公突然又提起了国家三孩政策，婆婆也趁机加码希望他们再追生个孙子，她的情况就突然急转直下。

岳默很讨厌催结催生的老派家长，在这些人的概念里，重男轻女、多子多福、传宗接代、继承香火，她觉得他们把女人当作"猪"一样来对待，好像女人的存在永远是个工具。诸凝雯的丈夫坐在咨询室门外等候着，他一副老好人相，在冯朗出来送诸凝雯时，他嘴里不断地跟冯朗解释着："老人们总是想儿女双全，我也不能不敬不孝去顶撞他们，我也是两边为难。"

"不能保护她就不要娶她，她嫁给你不是只为了生孩子的。"冯朗的不怒而威令人毛骨悚然。诸凝雯的丈夫哑口无言，无奈地摇了摇头，带着诸凝雯离开了咨询室。

岳默暗地里给冯朗竖起了个大拇指，她觉得这才是男人该有的担当。她听说过很多类似储凝雯丈夫这样的男人，他们在所有人面前表现出的都是老好人的一面，是孝子，是哥们，是好丈夫，让所有人都认为他是受害者，是老婆无理取闹，而实际上，真正被无视的、被逼疯的却是自己的老婆。

晚上下班的时候，她的心情都是复杂的，她给自己煮了面，放了些张大爷早上送来的小青菜，又弄个荷包蛋，她端着面碗坐到小阳台上写着江石周末布置的作业，她可不想因为作业完不成而沦为他的媳妇。

大概 8 点 30 分左右的时候，房东涂老师的儿子带着一个男生来看房，岳默跟涂老师签合同的时候有要求合租者必须是女性，所以，她向房东的儿子强调了这一点。房东儿子一脸凝重，大概是嫌岳默事多，带着男生看了两眼隔壁的房间后就让他离开了，他离开前通知岳默，从下个月起房租每个月要涨上 200 元钱。岳默觉得房东儿子可能是故意找自己的麻烦，便说："和涂老师签合同的时候，他说过不给我们涨房租的。"

"你这边的合同下个月也到期了，该签新合同了。"房东儿子拿走了胡燕琳留下的房门钥匙，又说，"顺便告诉你一声，我爸已经走了，上个月的事，这个房子现在过户到我的名下，以后我就是你的新房东了。"

"涂老师？"岳默吃了一惊。

涂老师是这个学校历史学系的一位退休老教师，75 岁，心慈面善、为人和气，岳默和胡燕琳平时喜欢叫他涂老。涂老是个仔细认真的人，每次房子里的灯泡坏了、厕所堵了，他都会亲自上门来修，为了省几块钱，他能跑十几个五金店去买环形的灯管。

平时不觉得什么，如今突然听他儿子说他走了，岳默心里还是有些难受。饭吃一半没了胃口，她也没心思再去做那些让人头疼的语法题，简单洗漱了一下，便倒头睡去。

她又开始做梦，不止一个，一个接着一个，但是醒来时她只记得一个。她的隔壁住进来一个斯文的男生，这个男生每天神秘兮兮，会带不同的女生回来，有一天她实在忍不住去敲门，开门的竟是一头硕大的狗熊，那狗熊将她一把拉进门，张着血盆大口就要吃她，她吓得一头碎汗。

醒来时，时间刚过零点，她看着手机屏幕上有几条信息未读，还有一通电话未接，便翻阅起来。信息和电话都是江石发的打的，信息的内容大致是，江妈妈做了好吃的腌菜，令他开车过来送给岳默一些，但是江石将车开到了岳默的楼下后，并没有联系到人，只好打道回府。

"这是个笨蛋，不会敲门的吗？"岳默无奈地笑了笑，然后给江石回信：我今天睡得早，没有看到你的消息和电话，帮我谢谢阿姨的好意，至于腌菜你就自行解决了吧。

信息发过去，岳默揉了揉眼睛，打算上个厕所回来继续再睡。从厕所出来的时候，她又下意识地望了眼隔壁的房门，想到刚刚梦里的狗熊，又吓得一下子跑回房间，进了被窝。

她又拿起了手机，发现江石回复了她的信息：这个时间醒，估计你一时半会儿也睡不着了，我陪你聊会儿天吧。

江石说得对，她确实醒来之后睡意全无，睡不着，她又不想做其他的事情，索性与江石有的没的聊了起来。她将晚上涂老儿子带男生过来看房子并要求涨房租的事告诉了江石，并向他抱怨着这个儿子的不地道。江石安慰了她几句，又说上海的房价日新月异，涨房租也是个常态，当得知岳默这个小破房子一间一个月要小 2 000 元之后，他直接建议岳默：你换个地儿吧，有 2 000 元钱我能给你找到比这好一百倍的房子。

岳默觉得江石也就是说说，他一个上海本地人根本不能够理解外地人租房子的艰辛，好一百倍的房子？那是要配备好一百倍的房租才行！

"我说的是真的！我发小在你们附近的清辉大厦小区就有一处房子，他五年前出的国，一直空在那里没出租，现在上海房价涨得厉害，他也不打算卖，十一国庆节我们通话时，他还让我帮忙留意着看有没有合适的租户，这样，我这两天就和他说一声，你直接租过去吧。"

没等岳默看完这条信息，江石的另一条信息紧接而至，"发小是个富二代，不差钱，你在这交多少租金就给他多少，他要是知道是个美女帮他看房子，肯定很开心。"

"多大的房子？"岳默谨慎地回了几个字。

"90 多平吧，小三室。"江石回道，又回，"你也就租一间，其他的两间人家放自己的东西，跟你也没关系，反正我感觉，他那的条件比你这里肯定要强，而且那边离地铁站、公交站都不远，你上班也方便。"

岳默没想到这好事能砸到自己的头上，半信半疑，在这个地段，如果租个好一点小区的房子，合租一间差不多要 2 500 至 3 000 元的样子，她若真租过去，也算不得太占别人便宜，但通过江石这层关系去租这个房子，她的心里还是有些顾虑。

她没有马上回复江石，只是说自己再考虑一下，等和江石互道了晚安后她就更睡不着了。

一个人的梦想、追求，有的时候与现实比起来，是不堪一击的。你所要努力攀爬的亭台楼阁，可能只是别人眼里稀松平常的一隅；你终其一生所要奋斗的目标，可能都不及别人呱呱坠地的起跑线；你心里有不平，可这个世界本就是不平的。一旦陷入到这不平的因果中，人的贪嗔痴便被唤醒，成了打败梦想和追求的利器，那么这个人的意志，就真的被摧毁了。

时针走到凌晨三点多的时候，岳默才再度入眠，她想第二天空闲的时候跟梁兮尘探讨一下这件事，她总觉得，不能平白无故地接受江石的好意。

第二天的工作一切如常，只不过由于昨天冯朗教授怒怼了诸凝雯的老公，他在岳默的眼里又多了一道光环。冯朗不仅多才多金、五官正、三观更正，他应该就是梁兮尘和母亲陈清风口中的人间理想了吧，但他的不识人间烟火，注定只是岳默精神上的神。

中午的时候，她接到了梁兮尘的电话，说韩明哲调查到其中一个打人的家伙偷偷溜回了上海，她要帮着韩明哲一起去抓人，所以需要岳默下班后到医院来照顾一下吴璟尘，看着他，寸步不离。

岳默得了这样的任务责无旁贷，下班后，她又去了公交车站旁边的那家牛排馆，这次，她让师傅做了一份正常的黑胡椒牛排。

等她到医院的时候，吴璟尘还在睡着，岳默将带来的东西放好后，又过去看他，她心里有些难过，吴璟尘不过是回来给父亲送个葬，怎么就一直离不开医院了呢？

岳默拿起刀又削起了苹果，在苹果削到一半的时候，吴璟尘醒了，他目不转睛地瞪着岳默看，岳默吓了一跳，将刀护在了自己的胸前，待意识到自己的行为有些过激后，她又忙解释说："兮尘去抓那几个打你的人了，轮到我照顾你，对了，我还给你带了牛排。"

"我不想吃这个。"吴璟尘用手撑着床坐起了身子，"这里待着太闷了，我想出去活动一下。"

"那不行，你是病号，不能外出。"岳默把牛排的包装盒打开后，将叉子、刀递给了吴璟尘，"你就老实地在这儿好好养伤吧。"

"梁兮尘没和你说，我其实已经没什么大碍了吗？"吴璟尘一脸不快，甚至有点委屈，"她只是让你看着我，别让我跑了。"

"她和你这么说的？"

"附近有什么商场吗？"他又问。

"商场？"

"我要去买几件换洗的衣服。"吴璟尘点头。

岳默下意识地看了吴璟尘两眼，他身上穿的那件衣服还是他去给梁爸做头七那天穿的，他是该换几件衣服了。

"你多大尺码，要不我帮你去买吧？"岳默又补充道，"回来找你报销。"

"你去买，就不怕我跑了吗？我的衣服要去店里试，你买不好。"吴璟尘下了床，"要真是怕我走丢，就和我一起去，我请你吃饭。"

岳默觉得吴璟尘说得有道理，只好跟着他一道去了商场。她跟着他穿过马路，上了扶梯，心里突然觉得可笑，若是吴璟尘真的想溜，她又如何追得上呢。

在附近的商场里转了几圈，吴璟尘买了几条内裤和几件白衬衫，转到商场二层时，他看见一个招牌很大的西餐馆，便径直走了进去。

这家牛排馆非常有名气，材料好、价格贵，岳默每次逛街的时候都会经过，但从未有进去的想法。正值饭点，大门口等位处排了不少人，吴璟尘问服务生要了号码，听服务生说至少要等到一个半小时之后才能排到，他便转回身找了一处位置坐下。

为了吃顿饭要在这里干巴巴地等上一个多小时，岳默觉得不可思议，但也没其他的办法，只好拿出手机来刷些视频看。

这个时候，有人拿着成摞的宣传海报过来发给等位的客人，卖力地宣传着上面的项目。宣传的主体是对面的一家密室逃脱店，促销活动买一送一，就是两个人玩花一个人的钱。

岳默两年前和梁兮尘在一个周末玩过一次密室，她们被关进一个小房间里，根据提示去找线索，按钮向左转三下向右转一下，根据世界名曲的五线谱找出通关密码，通向下一个房间后，又在衣柜里找到了些断了胳膊腿的道具。两个人通关后，大呼上当，感觉这小儿科的密室是发明出来给小学生玩的，发誓再不去玩，所以，这会儿店家卖力的宣传丝毫引不起岳默的任何兴致。

"一场游戏需要多长时间？"吴璟尘看着宣传单问店员。

"一个半小时。"店员答。

吴璟尘看了眼等位票，又看了眼岳默，岳默瞬间明白了他的意思，脑袋摇得跟拨浪鼓一样，眼睛也瞬间避开了吴璟尘，她可不想去玩这么无聊的游戏。

"要等多长时间？"吴璟尘又问。

"我们一共有四个主题，每个主题六人齐了就开场，现在《救赎》这个主题还差两个人，刚好你们加入就可以开场。"

"行！"吴璟尘答应。

"不行！"岳默拒绝，她有些恼怒，心想，你说出来逛商场就陪你逛商场，说吃饭就陪你吃，这会儿又发什么疯玩密室？鬼才想和你一起玩这么无聊的游戏，而且是恐怖的游戏，她直接挂了脸，"要玩你玩，我不玩。"

"这位女士，我们现在的活动是买一送一，您这张票是送的，免费的，不玩可就太不划算了。"店员跟着怂恿，"而且如果这位先生一个人参加的话，那就还要再等一个名额，买一送一的活动很少能凑上一个名额的。"

"我想玩，你就算陪我吧。"吴璟尘不是在和岳默商量，"况且，你必须和我在一起，否则把我跟丢了，梁兮尘那儿你应该没法交代吧。"

"你威胁我……"

"不然呢？"吴璟尘的眼神缓和了许多，"就是个游戏，有什么好怕的？"

"我们《救赎》是四个主题里最不恐怖的，女士，请您放心。"店员不停地解释。

在所有人期待的目光下，岳默被赶鸭子上了架。

第十一章

故事发生在 20 世纪三四十年代，一对年轻的夫妻住在上海的老弄堂里，丈夫生意失败后意志消沉，天天赌博，家里欠下了巨债，妻子只能去娱乐场所卖唱贴补家用，每天晚归。

这很快引起了街坊邻居的议论，于是，丈夫酒后与妻子大吵了一架，在争执中，失手将妻子意外致死，丈夫怕外人知道他杀了人，便将上小学的女儿反锁在家，并告诉她以后都不用再去上学了。

有一天，丈夫在买菜回家的途中意外出了车祸，被送到医院抢救，昏迷了十多天后苏醒，导致女儿被活活饿死……丈夫在绝望之下打听到有一种法术可以把妻女的魂魄永久地锁在老房子里，但施法之人从此会变成半人半鬼的怪物……

岳默和吴璟尘在工作人员的指导下戴上了眼罩与其他四个人被带进了主题场景。前三个人先进了铁门，作为监控组负责给外面的小伙伴提供任务帮助，那三个同伴进去后拿到了房子的三张居住证后触发剧情。

此时，广播里出现一个男性的声音开始播报：

现在播报一则新闻，上海某栋废宅近日发生灵异事件，据附近居民反映，在深夜，能看到屋外的小巷里有鬼影出入，还有居民在夜间路过此地，竟在紧锁的大门前捡到匿名求救信，上面写着"救救我先生"，但在白天前往此地，却未发现任何有人居住的痕迹，目前警方已派专人介入调查。真相未公布之前，请市民切莫在深夜时贸然前往，以免发生意外。

岳默在这则播报中听到了"鬼影"的字眼，心里紧了一下，脱口而出，"我们现在是要去那个废宅吗？"

"不然哩？"另一个男生搭腔道。

"这音乐太恐怖了，我不想去了。"岳默嘟哝着，又谨慎地攥了攥拳头，正在这时，一个女声传来，"你们是谁？"声音低沉幽怨，吓得众人一阵惊叫，"哇……"

"你们认识我们一家人吗？"那个女人又问。

"不认识！"众人异口同声。

"你们知道我是谁吗？"又问。

"不知道。"

"我不想知道。"岳默的声音已经变了形，还没等她反应过来，他们三个人就被带进了一处弄堂，按照提示，线索在有光的地方。

摘下眼罩，几个人已然置身在老上海的某弄堂内，红砖墙上贴满了寻人启事，上面有文字和照片，六个人会合后向着有光的地方一点点摸去。诡异的声响又起，走在队伍后面的岳默一头碎汗，她拉了一下吴璟尘的衣袖向后扯，"我们出去吧，有点恐怖。"

"别啊！"前面的队员抗议着，"这是六个人的游戏，你们出去了，我们还怎么继续玩啊，再坚持一下。"

诡异的手风琴声响起，铁门外的弄堂处突然亮了起来，一个身着红衣的女人在院子里唱起了老上海的歌谣，她边唱边晾晒着衣服，她说，这件衣服是丈夫的，丈夫说会穿它一辈子。岳默低呼了一声，下意识地又拉紧了吴璟尘，她的心开始猛烈地跳动，浑身抖得厉害，跟随着吴璟尘向前的步伐变得软弱无力、踉踉跄跄。

他们又进入了杂物间，根据提示找到了扑克牌，又根据提示找到了晾衣竿，解锁了一个柜子，从中找到了四个物件：一把红伞、一个拨浪鼓、一只小铁盘及一根皮带。根据游戏的规则，他们需要每个人选一件东西通过小巷，这是个单人任务，别人不能替代。岳默拿到了那只小铁盘，等前面的人撑着红伞、摇着拨浪鼓顺利通过后，便轮到岳默开始完成任务，她需要将手里的小铁盘放到那个白衣丈夫的面前，那个丈夫看到小铁盘就会放她走。

岳默拿着小铁盘停在原地不动，她战战兢兢地问吴璟尘："能不能想办法出去？"

"应该不能。"吴璟尘回说，"已经进来了，只能往前走才有出口。"

"我不想玩了。"岳默瑟缩在原地不肯动。

"你这种胆子是怎么学的心理学的？"吴璟尘哼笑了一声。

"我学的又不是解剖学，学心理学还要什么胆子，再说每个人都有自己恐惧的点，我这是幽灵恐惧，你就没有害怕的东西吗？"

心理学上有一种特定恐惧症，就是对某种特定的东西产生惧怕和焦虑的现象，有的人天生怕虫子，有的人怕蛇，一看见它们就会紧张、害怕、浑身颤抖甚至心慌、头晕。岳默天不怕地不怕，但是怕鬼，密室里恐怖的音乐、恐怖的氛围，让岳默产生了应激反应。

"你跟我来。"吴璟尘定神看了岳默半晌，知道她不是装出来的，于是转头拉起她的手向前快走了几步。

广播里这时发出了警告，游戏任务不能有人替代完成，吴璟尘只好中途又折返了回来。

等在前面的小队友们在厉声催促着岳默快点过去，岳默蹲在地上一步也不肯动，时间在一点点地流逝，无奈之下，等在巷子里的丈夫突然朝她走过来，他身上的白衣布满血痕。岳默见状，吓得一屁股坐在地上，边后退边大喊："你别过来，别过来，吴璟尘，吴璟尘！"岳默的声音已经变了调，她吓得直接从地上弹起来，一边喊着一边慌不择路。

应该是忘了吴璟尘还蹲在她的正后方，所以她刚跑了两步，就直接绊倒在他的身上。她毫无防备，惯性中，整个人直接扑倒在吴璟尘的身上。仰倒的瞬间，吴璟尘的一只手护住了她的头，一只手环住了她的腰，她结结实实地摔在了他的怀里。

恐惧比疼痛更令人崩溃。

岳默失魂落魄地紧拥着吴璟尘号啕大哭，吴璟尘倒在地上动弹不得，等岳默哭过劲了，他方才轻拍着她的头，小声安慰着："别怕。"

密室出了事故，弄堂里的灯都亮了起来，游戏终止。广播里出现了服务人员的提示，工作人员很快从不同的地方出现在他们的身边，并将他们扶出密室。

"这也太毒奶了。"一个没有玩尽兴的女生有些不悦，另一个女生嘲讽着吴璟尘，"小哥哥，以后泡妹别带到这种地方了。"

吴璟尘并不去理会旁人的阴阳怪气，只是小心地替岳默活动着脚踝，见她右脚无法沾地，判断是崴到了。因为免责条款，密室的老板不承担任何责任，吴璟尘只好背起岳默回了医院。

岳默确实吓得不轻，从密室出来一直到医院的处置室，她都迷迷糊糊的，直到拍完 CT 片回到吴璟尘的病房时，她才感到委屈万分，"哇"的一声哭了出来。

梁兮尘紧赶慢赶地到了韩明哲定位的地方，韩明哲在那附近已经待了几个小时。他见梁兮尘下了车向他跑过来，便顺手逮住了一个路过的快递员，不由分说地塞给他 100 元钱，命令对方去给前面楼里的二楼人家送个快递。

快递小哥倒是个清醒的人，他上下审视着韩明哲，又看了眼梁兮尘，随即摇头表示，这活不接。

梁兮尘眉头一皱，把钱直接拍在他的手里，"又不是让你去送炸弹，怕什么劲？"

"谁知道你们是什么人？万一是个杀人犯，我不成了帮凶？"快递员说着，脚搭上电瓶车就要走，韩明哲一把抓住了他的领子，见对方一脸诧异，又解释说，他们两个人是律师，是到犯罪嫌疑人这边蹲点取证的，让对方好歹帮帮忙，见快递员还是不信，他直接从口袋里拿出自己的证件给他看。

"我就是敲敲门就可以走是吧？"快递员看着证件上的照片和名字，有点信了。

"你得把人给敲出来，然后叫本人签收才行。"韩明哲耐着心交代。

"那我又没有东西让他签？"

"假装，假装，懂不懂？你得把人给我们叫出来！你是不是还没娶到老婆呢，这是什么智商？"梁兮尘不像韩明哲那样好脾气。

"孩子都两个了，不然我能出来兼职快递员赚外快吗？"快递员不痛不痒回了她一句，他将车停在一边，随便拿了件东西上了楼。

如果一切进展得顺利的话，韩明哲和梁兮尘见到了人就可以报警，这伙人拿下一个，抓另几个就轻松得多了，警察有的是办法。

两个人躲在一处视线的死角，眼睛眨也不敢眨地透过镂空的墙体盯着楼里的动静。见快递员已经上了二楼，接着敲了半天左手边那户人家的门，梁兮尘和韩明哲紧张得可以听到对方怦怦的心跳声。韩明哲的视线从快递员的身上慢慢移到了身边的梁兮尘，目光由下至上，从她的身体、胸挪到了脖子，在她白皙的脖子处停留了一下，目光又移到了她的侧脸，那刀刻一般的完美侧脸让他看得入迷，片刻，他又将视线落到了她的嘴唇上，心跳得越发强烈了。

"专心工作，少开小差。"梁兮尘皱着眉头扫视了韩明哲一眼。

韩明哲马上又收回了视线，为自己刚刚的不当举动感到羞怯。

半晌，有人来开门，是个老太太，快递员应该和她说明了来意，并要求本人签收快递，但老太太挥手摇头，并关上了门，韩明哲与梁兮尘又将视线不约而同地盯向了对方。

韩明哲吃惊的是，难道是自己跟丢了人？

梁兮尘吃惊的是，难道是你跟丢了人？

果不其然，嫌疑人确实不在家，快递自然也没送成。快递小哥拿着手里的快件出来交了差，一骑绝尘而去。

"要不然报警让警察再来搜搜？"梁兮尘看着快递小哥离开的方向不免有些失望。韩明哲摇了摇头，"先别报警，他能回来一次就能回来第二次，我再蹲两天，等大鱼出现了我们再报警。"

韩明哲这么说让梁兮尘心里有些暖，不管他是在帮自己，还是坚守着一份律师的职责，她的心里都是感激的。吃饭的时候，梁兮尘又接到了岳默崴脚的消息，她放下筷子跟韩明哲交代了几句便先行离开。

岳默的脚没有伤到骨头，但医生看了片子说是严重挫伤，至少要休养上一阵子，岳默伤心得大哭，把吴璟尘给吓到了，一脸愧疚，"很疼吗？"

岳默摇头，继续哭。

"你别哭，到底怎么样，不行我们换个医院再检查一下。"

"你别管我。"岳默连连摆手，"让我再哭一会儿就好了。"

"真没事？"

"没事。"

在梁兮尘回来之前，岳默与吴璟尘达成了隐瞒去逛商场玩密室逃脱的事实，两个人谁也没有质疑这隐瞒的初衷，总之多一事不如少一事。所以梁兮尘无论怎么询问岳默脚是怎么崴的，岳默都说是去打开水的路上没有站稳。

"这太危险了，庆幸的是开水没有洒在身上。"梁兮尘看着岳默受伤的脚，心里满是自责。

岳默的眼神滞留在吴璟尘狼狈的脸上，两个人这心照不宣的小秘密，让他们彼此之间形成了一道紧密的链接，谁都说不清即使这些事让梁兮尘知道了会有怎样的后果，但是他们都选择了回避。

岳默经历了这个鬼扯的密室逃脱后心绪未平，而吴璟尘的余惊未了就显得更为好笑。

晚一些时候，梁兮尘准备开车送岳默回去，护士又来通知吴璟尘需要再做一个脑部的 CT，所以岳默说服了梁兮尘留下来陪同吴璟尘，并向她保证到家后会马上发平安信息过来。

吴璟尘从 CT 室出来后接到了一通电话，这之后，他便一反常态地坚持出院。梁兮尘不知道他这背地里又有什么缘由，便一把将他按在了病床上，半是命令半是商量，"你现在还不能出院，现在他们不明不白地把你打了，不管严重不严重，那都是必须严重！在这几个孙子抓到之前，你，都得待在医院里。"

"这是你的事，你自己解决。"吴璟尘拿起装有随身衣物的袋子站起身就走，梁兮尘又从背后一把扯住了他，"这怎么是我的事呢？吴璟尘，是你被打了，再说在医院里有什么不好呢，正好养养你的肺。"

"有什么好养的！我十几年没回国，回来没几天，医院、殡仪馆、墓地、医院，还是医院，我就没离开这鬼地方！"吴璟尘显得很激动。

梁兮尘好说歹说地要求吴璟尘再配合三天，并向他保证，三天之后一定放他回家。

回家的路上，岳默回想着这一晚上的遭遇，眉头皱成了一团。好好的一顿牛排没吃上，自己反倒受到了惊吓崴了脚，她不知道为什么自己与吴璟尘遇到一块就会出事，就会受伤，不知道两个人是不是八字不合。想到吴璟尘拉着她的手向前走，想到她惊慌失措地跌入吴璟尘的怀里，她的耳根就烧得厉害。

出租车开到了小区门口，岳默扶着车窗门小心翼翼地下了车，瘸的那只脚不敢着地，她只能向前蹦了蹦，然后一点一点地向小区里挪移。没等她挪到大门口，江石手里拎着个保温袋子，嘴里叫着岳惢惢，从马路对面朝她跑来。

"你这脚是怎么了？"江石跑到岳默的身边后一把扶住了她。

"你怎么会在这儿？"岳默一脸的迟疑。

"等你啊，我去你家敲门没有人开，就在楼下等了一会儿，我妈今天做了外婆红烧肉，一定要让我给你送过来一些。"江石扶着岳默向前走，"我跟你说，我妈别的菜做得一般，但是这红烧肉做得绝对地道，所以我才带过来让你尝一尝。"

"帮我谢谢阿姨。"岳默礼貌地谢了江石。

"行，这话我一定给你带到。"江石爽快地应道，又问，"你这脚怎么了？"

"崴了，去医院处理了一下才回来。"岳默没打算解释。

"那怎么没给我打个电话，让我也有个英雄救美的机会。"江石玩笑着，看着岳默的窘样子，不忍心让她再狼狈下去，直接走到她的面前弯了腰让她爬到自己的背上来。

岳默感到不好意思，还是坚持让江石扶她上了楼，大门口的自行车依然在，但是楼梯间的灯倒是修好了，江石扶着她一步一步地蹭到了二楼。

大房门半开着，岳默先是一怔，待看到是房东儿子和一个年轻的女孩正在胡燕琳的房间里转悠时，她才知道，隔壁的房间已经被租出去了。租住的房间就是这样，要随时做好结交新友谊的准备，因为这里只是一个驿站，每个人只是短暂地停留。

适应了两天，岳默开始发现这个女孩子不但造型火爆，行为举止也不拘小节，到了第三天，岳默发现了男人的痕迹，比如，双份的毛巾，双份的牙具，还有男厕所的味道。她试着用半瓶香水去清理厕所的味道，后来，混杂的味道中，她已经闻不出是厕所味多一些，还是香水味多一些了。

她接下来每次上厕所的时候，都要在坐便板上垫上好多的纸，不敢多去洗澡，她怕那墙上、喷头里有什么细菌渗出来，她甚至感觉屋子里每个角落都充满了病毒，就像林莹皓对它的恐惧一样。

她开始意识到自己没法再继续忍受这种生活方式了，她准备与对方谈判一次，毕竟当初涂老是明令禁止带异性回来过夜的。

她酝酿了一晚上要写什么样的话给隔壁姑娘，写了团掉，团掉又写，最后，她将一张声明书用透明胶带贴到了她的房门上。

大致内容是这样的：

隔壁的女孩：

恕我冒昧，我不知道房东有没有和你说过，这个合租房只允许住女孩子，禁止带异性回来过夜，希望下次不再发生雷同的事件，如再发现，我会向房东如实反映，请保持室内清洁和卫生。

你隔壁的女孩儿即日

贴上去的时候，岳默反反复复读了好几遍，思索着自己这话是不是有些言重了，可目前的这种境况她又没有别的选择，除非自己搬走，但在考试前短租一间合租房不太现实，她也不想去折腾。

岳默每天都很晚睡，仔细地留意着门的动静。一连接着几天，她都没有再见到那个女孩的身影。她有几次想要把贴在她门上的纸撕下来，但为了自己后面的生活，她还是狠下心来。

终于有一天隔壁有了声音，先是传出了一阵吵架声，除了女孩的声音，还有一个低沉的男性声音，两个人足足吵了 10 分钟，像是唢呐与大提琴的乱奏，接着，岳默听见了女孩子的哭声，哭得她心烦意乱。

被隔壁闹腾了一晚上，岳默差不多在 3 点左右才入睡，她给梁兮尘的微信上编辑了一大段信息，准备抱怨一通，但在发出前她还是犹豫着给删掉了。她清楚，梁兮尘若是知道了这事，必定会马上杀过来，可那样，吴璟尘身边就没人留守了。

吴璟尘不知道是否出了院，事主儿子的事也不知道处理得如何，岳默打算第二天给梁兮尘打个电话。

第二天是周六，她睡到自然醒，自然是被尿给憋醒的，早餐也省了。她起身去洗手间，出来时发现自己的房门上也贴了一张字条。

我隔壁的女孩：

你不知道我的情况正如我不知道你的，你的好心提醒我看见了，周日晚上如你有空，我们聊聊吧。

隔壁的女孩即日

这单挑的口气意思非常明显，岳默越看越气，一把撕下字条揉在了手里。她心里很清楚，房东的儿子不会理会她的抗议，这件事情最终的结果，就是要么忍，要么搬。

岳默没有心情再去做任何事，饭也不想吃，英语单词、政治刷题根本也看不进去。她四仰八叉地躺在床上，思索着最近这一两个月所发生的事，一件一件地从眼前掠过，像演电影一样。

人生的旅程真是奇妙，你永远不知道下一刻会遇见什么样的人、发生什么样的事。

自从岳默崴脚后，江石每天早上都会给她送早餐，两个人吃完后再开车送她去莫羽心理咨询工作室上班，等下班的时候，他再去工作室接岳默回家，给她在小厨房里做上几道清淡的菜。

岳默这回没和江老师客气，她不想因为脚伤再跟冯朗请假，除了梁兮尘外，她实在想不出这件事情谁能帮得上自己，索性先欠他个大人情。

梁兮尘那边，因韩明哲的蹲守终于抓到了团伙中的一个成员，警察顺藤摸瓜，很快将几个小混混一网打尽，那家的儿子不但没落到什么好处，还因指使社会人士行凶受到了重罚。

在这件事上，梁兮尘确实应该感谢韩明哲，如果没有他的坚持和努力，她不会这么快复工。所以，韩明哲让梁兮尘加班半个月，和他一起把之前积压的案件处理完，梁兮尘自然不好推脱。

岳默还从梁兮尘的口中得知吴璟尘的现状，那天她离开医院后，梁兮尘和吴璟尘吵了一架，三天承诺期一过，他买了张机票就飞回了美国。

来时风驰电掣，去时了无踪影。

岳默听梁兮尘说起这件事的时候还有些心有余悸，她对这位哥哥的了解着实不多，若说印象深刻的标签，那最多就是，帅、医院、牛排，若还有别的，那就是他的神经质。

"他没说什么时候回来吗？"岳默问。

"估计不会回来了吧。"梁兮尘忽又想起了什么，又问，"本来好好在医院里养病的，他不知道发什么神经，突然闹着回美国。你们之间没发生什么事吧？"

"没有，绝对没有。"

"慌什么，我又没问什么，我说是你这脚崴得蹊跷，真没什么？"梁兮尘怀疑地看向岳默，"他没欺负你？"

"真的没有。"岳默连连摆手，她和吴璟尘这段丢人的窘事她是绝对不会跟梁兮尘分享的。

"那就好，他要是欺负你了，你可得和我说，别碍着咱俩关系好你不好意思。"梁兮尘放心地点了点头，然后又静下来听了听外面的动静，"隔壁那丫头什么时候回来，不是说要找你单挑吗？"

"没没没，我什么时候说过人家要找我单挑，只是聊聊、沟通，沟通一下。"岳默害怕隔壁的丫头突然回来被梁兮尘给撞上，梁兮尘是什么事情都能干得出来的。

她改了主意，将梁兮尘拉出去吃了顿火锅，直到岳默搬出这里，梁兮尘和隔壁的丫头都没有正面交锋过。

那天晚上，岳默与梁兮尘吃过晚饭回来，她打开房门便闻到了洗手间里厕所味。男人正在浴室里洗澡，而岳默正好憋了泡尿要回来解决，这样的情形让她后悔过早地遣散了梁兮尘。一股无名之火蹿上脑顶，她忍着尿急向隔壁的房门拍去，隔壁的女孩裹着浴巾擦着头发站在她的面前，一脸无所谓地看着他，不知道是尿急，还是脑袋突然开了窍，岳默当即决定搬家。

江石接到岳默信息的时候正在回家的路上，不到半个小时，他出现在了岳默的房门外。没问什么，也没说什么，就好像岳默搬出这里是迟早的事，一切都那么顺理成章。

在搬家之前，岳默开诚布公地和江石挑明自己的想法和立场，好朋友间的帮忙应该光明正大的。

"能够认识你真的很开心，谢谢你啊江石，你一直都在帮助我，我很感激。"岳默说。

"你在这儿煽什么情呢？"江石诙谐一笑，"我帮助你是我愿意的呀，这有什么问题吗？"

"我觉得我还是有必要跟你聊一聊，接受你给我补习英语、接受你的所有好意，是我真的把你当作非常非常好的朋友，我不希望让你觉得我是在利用你。"

"我们不是在互相利用吗？你忘了，我们是战略联盟呀！我觉得利用这个词不太中听，可以说是互惠互利。"江石双手一摊。

岳默锁紧了眉头，又哈哈一笑，"你不是因为暗恋我才做这么多的吧？"

"小姑娘你想谈恋爱了？"江石邪魅地望着岳默，看得她恨不能有个地缝让自己钻进去。

"不不不！"岳默头和手同频摇摆着。

"哈哈哈……"江石笑得直不起腰，"你这问得也太直接了，你是怕我真的爱上你，然后觉得是你在利用我，背负上一个渣女的名头。"

岳默眨了眨眼睛。

"我之所以帮你这么多，是因为以后我也有需要你帮助我的时候，到时候你不帮我，你肯定不好拒绝，对吧？"

"看什么事。"岳默很认真。

"你很不厚道，再说，让你搬到我朋友那本来就是两边互相搭一下，我又没有什么好损失的。"

岳默见江石的说明挑不出任何漏洞，就直接给了他一个拥抱，这回她放心了，"什么时候方便搬到你朋友的住处？"

"随时，明天也可以，后天也行。"江石与岳默聊了会儿天后没做过多的逗留，嘱咐岳默锁好门后就离开了。

岳默一夜未眠，脑袋里全是江石的影子。她知道她与他在情感的世界里永远不会有什么交集，但她无法只把他当作一个普通朋友一样的存在。

如果只是普通朋友，她又为何会担心他会误解自己。

第十二章

与房东的租约截止到周日，如果不打算续租，岳默就要趁两天周末的时间搬出去。

在上海备考的这两年，岳默一共换过三处公寓，后面的两次都是梁兮尘开着车与她一点点搬挪过去的。这次梁兮尘和韩明哲去了南京办事处出差，所以，搬家这事就不得不麻烦到江石的头上，而江石也非常乐意接受这份差事，好像这件事从头开始就是与他有关的。

岳默的东西看起来不多，但破家万贯，她整整打包了四个手拉箱和 12 个大小的提包。搬走的时候，隔壁的姑娘不在，她本想留个字条给她贴在门上，话都写好了，思虑再三，多一事不如少一事，想想往后余生各不相见，索性就算了。

她在楼梯间恰巧碰到了隔壁的张大爷，跟他告别后，才得知他刚参加完老李头的葬礼。他一脸的悲伤和惋惜，"老李比我还小一岁呢，还不到 70，说走就走了。"

"老李……李大爷怎么走的？"岳默听到老李头这三个字的时候一阵震

惊，她上次缠着他下棋的时候，他还身体健朗、精神矍铄的。

"肺癌晚期，人走的时候瘦得不到 70 斤。"张大爷拿出口袋里的钥匙边开门边摆着手，"他还一直念叨着说要和你切磋一下棋艺，他说这一片除了你谁都下不过他。"

岳默心里五味杂陈，一句话都说不出来，她给张大爷留了自己的联系方式，嘱咐他如果遇到什么事可以给自己打电话。

行李装上了车，江石让她系上安全带的时候，她才和他说起自己和这老李头的渊源。

"张大爷喜欢下棋，但是下不过老李头，每次都被骂成臭棋篓子。我那天看他回来很不高兴，还被楼下的自行车给刮破了衣服，我就想着哪天碰上这老李头给他点教训。后来有一天真的让我给遇上了，我就提议和他下上一盘，刚开始老头着急回家吃饭还不愿意理我，说他下遍这一片无敌手，我说，就下一盘，要是我输了，我让所有人都知道你是片区棋王，老头就上当了。"

"没想到你还会象棋，而且棋艺这么高超。"

"唉，不是的。"岳默无奈地摇了摇头，脑海里又闪回了张大爷那天遇上她时的对话，"他和我不止一次提起你了，说你的水平至少是省级以上的。""说你边看手机边下棋，没怎么用心就杀了他两盘。他让我问问你最近有没有空，想再和你下一盘。"

岳默打开了自己手机上下载的有关象棋的 APP 给江石看，"我和老李头下的时候就是用的这个，而且我调到了专家难度，他下一步我就摁一步，机器人下一步我就学一步，下完一盘，老李头都傻了，无论他老伴在楼上怎么叫他回家吃饭，他都不走，非要和我再下一盘。"

江石大声笑了起来，车子的方向盘都跟着左右来回晃了几下，他马上将它扶正，边笑边说："你这不就是东北人常说的那种熊孩子吗？"

"要是知道他有这么重的病，我……"岳默收起了手机，深深地叹了口气，"老头临走之前还夸我是个天才，我这心里真不是滋味。"

"你也别太自责，我倒觉得这或许是个好事。"江石用手背蹭了蹭眼角，他真的是被岳默的神操作给笑出了眼泪。他拍了拍她的肩安慰道："棋逢对手、将遇良才，老李头走得不孤独。"

江石朋友的家在 26 层，等她和江石搭档着将所有打包好的行李搬上去的时候，已经是晚上 10 点左右了，本来她说要请他吃顿饭感谢一下的，但江石说时间不早了，两个人也累了一天，推说改日再来吃乔迁大餐。

等岳默关上门将自己置身于一片暖光之中时，她才感觉到这份惬意久违了。新的住所给了她新的生活，与其说她只租住一间，不如说她租下了整套公寓，独立的洗浴，独立的厨房，还有很大的客厅和餐厅。

厨房里，岳英明和陈清风忙里忙外地炒菜端菜，陈清风一遍遍地催促着她洗手上桌……她仰躺在沙发上望着天花板，放空着自己，想着，是不是只要自己的一个动念，就可以不再孤军奋战，不再受苦了呢？

梁兮尘从南京回来后连家也没回便直接赶到了岳默的新家，她带了只正宗的南京盐水鸭，岳默好这口，所以只要是梁兮尘出差去南京，她都会给岳默带回来一只当地老字号的鸭子。

"江石一定喜欢你。"

听完岳默向她描述的搬家经过后，她又起身在新房子里转上了一圈。

"我问过了，不是。"岳默坦白，"我在搬家之前和他把这件事情说得明明白白。"

"这没有道理啊。"梁兮尘一屁股坐在了沙发上，"难道就是因为那个什么战略联盟？说破了天我也不信，这房子，和你那个小破屋一样的租金，你不觉得道理不通吗？"

"我是占了点朋友的便宜。但是他这之前是空房子，不租我，也是空着的。"

"其实你完全可以住我那去，我早就想和你说，吴璟尘没有办理过户，产权证还躺在我爸书桌的抽屉里。"

梁兮尘说，前几天物业管理公司打来电话让她去交物业费，她本打算装聋作哑等吴璟尘回来再去交，但是后来电话一直打过来，不交就要断水断电，她只好先替他垫付上，这才知道，吴璟尘从未去变更过产权证上的名字。

"我并不是跟吴璟尘过不去，我只是跟过去的自己过不去。"梁兮尘叹了口气，又问岳默何时请江石吃饭，她打算趁着这个机会会一会岳默口中这个又矮又丑的战略联盟。

这个提议得到了岳默的同意，她正愁着感谢江石的这顿饭如何安排，这会儿有了梁兮尘的加入，这顿"乔迁之喜"就圆满了，她还提议梁兮尘请韩明哲一起过来聚聚，这样，就可以化解掉江石一个男性面对她们两个女性的尴尬。

下午快下班的时候，林莹皓和林妈突然出现在心理咨询室，他们不是来做心理咨询的。

岳默又一次见到了林莹皓，他剪了头发，那个盖在他眼前的刘海儿不见了。他穿了一件带拉锁的黑色外套，虽然拉锁也拉到了脖颈处，但是并没有完全拉到顶，她从头到脚打量着他，就像是检验着一件出厂的物件一样。

林莹皓当然不知道那天岳默偷看了他访谈的事情，也不知道岳默打量他的意义，每当岳默盯望着他的时候，他都会腼腆地低下头，闪躲开她的眼神。

林妈告诉冯朗说，他们一家年后要移民去伦敦了，林爸的主营生意从国内转移到了国外，在那里建了工厂，所以此次来是想让冯朗教授给林莹皓再做一下评估，看看能不能建立一个长期的网络咨询机制。

岳默给林妈和林莹皓分别倒了杯白水，端到他们的面前，她故意靠近林莹皓一些。之前林莹皓跟冯朗陈述，"异性离我不到一尺的距离，我就会恐惧。"她想看看林莹皓的恐惧症状是否好转了一些。

林莹皓没有躲，岳默心里一喜，又继续将水杯送到林莹皓的手边，不经意间，她的手擦碰到他的手，他本能地向后缩了一下，水杯被碰倒，水洒到了桌子上。

林莹皓是岳默真正意义上接触过的第一个访例，虽然是偷窥的，但是总觉得他的进展状况于她而言是特别的。通过刚刚的试探，她知道，林莹皓或许还需要接受更长时间的心理咨询。

周三下午 5 点 30 分的时候，莫羽心理咨询工作室大厅内的落地钟重重地敲响了一声，忙碌了一天的岳默与冯朗教授相视一笑，整理起案边的资料。

她和梁兮尘约好了下班等她过来，她要把储物室里堆积的一些杂物搬到新家，新家有足够的空间可以放下它们。她在储物室里收拾了十多分钟后，又将装满书的纸箱子搬到了大厅的门口，这里面有一部分是考研的复习资料，还有一些是从冯朗处借阅来的心理方面的专业书籍。

经过咨询办公室门口的时候，她发现冯朗没走，便下意识地去看了眼大厅里的落地钟，按照冯朗平日的工作习惯，加班不是常态。岳默好奇心作祟，借着为冯朗送茶水的理由，轻瞄了下办公桌上摊开的卷宗，那些都是以往的访者案例。她又问了冯朗，是否需要自己留下来帮忙。冯朗摇头，示意她可以下班了。

岳默又退回到了储物室，继续将衣物和杂物分装在两个大纸箱里，在等待梁兮尘到来的空隙，她又将整个储物室收拾了一遍。收拾完毕，她又去了趟厕所，由于搬家折腾得上火，她最近痔疮又犯了，每次用力大解时都会出些鲜血，她打算忙过这一阵去中医院找同学弄点中药调理一下。

梁兮尘在这个时候闯进了莫羽心理咨询工作室，这不是她第一次来靳家花园，之前来的时候，她从没有碰到过冯朗教授。所以，当冯朗打开青铜大门看向她的时候，她才知道，岳默对男人的描述是有多么的苍白和流于表面。

站在面前的冯朗，一米九几的身高、身形瘦削挺拔，儒雅中带着几分出世的凉薄，五官立体、精致，那副黑框眼镜根本遮不住他的硬朗与俊美。

"不好意思，我们下班了。"冯朗站在青铜大门口。

"我，是来找岳默的，她在吗？"意料之外的紧张，梁兮尘的耳根突然烧了起来。

"她在，请去会客厅等她一下吧。"冯朗招呼完梁兮尘，自顾自地转身朝拱门走去。

"您是冯朗教授对吗？"梁兮尘并没想结束会话，紧跟在他的后边明知故问。

冯朗礼貌性地点了点头。

"我叫梁兮尘，是岳默的好朋友，我是一名律师。"说着，梁兮尘迅速地从自己随身包里找出一张名片递上，"这是我的名片，如果您有法律方面的需要可以随时找我。"

冯朗教授没有抬头，也没去接名片。

"还是留一下吧，没准用得着呢。"梁兮尘见冯朗如此冷漠，还是笑着脸把名片放在了冯朗的桌子上。

两年的助理律师生涯，见识过形形色色的人马，也让梁兮尘练就了十足的厚脸皮。

等岳默从洗手间里跑出来的时候，梁兮尘已经从冯朗的办公室里走出来。

"你怎么跑到教授办公室去了，你跟他说啥了？"岳默把梁兮尘拉得很远。

"就是自我介绍。"

"不是他的客户，他基本不搭理人的。"

"他以后没准是我客户呢，"梁兮尘嫣然一笑，"放心，我们做律师的开拓客户，一开一个准。"

岳默松了口气，将放在门口的纸箱子抱起来，"我巴不得你能拉个大客户，我是怕冯朗教授的态度让你尴尬，他可是什么人的面子都不给的。"

梁兮尘打开后备厢将自己手里的纸箱子放进去，又接过岳默手里的纸箱子并排放在了一起，她大笑着推岳默上了车，"脸皮要这么薄还怎么做律师？"说着她系好安全带，将车子开出了巷子。

岳默和她说起了冯朗教授最近的异常行为，楼上的奇怪声音，以及不准时的上下班时间。她说自己从上周三开始，每天都会刻意地观察冯朗的变化，他以前每天会穿不同的外套来上班，包括鞋子和配饰，样式得体而美观，而这几天，他每隔一天穿的都是相同的衣服，"冯朗教授一定是隐瞒着什么。"

"我现在有点担心你的人身安全了。"梁兮尘一本正经地说。

"我能有什么人身安全问题？"

"事出反常必有妖，从明天开始，只要不出差，我下班都来接你。"

"大可不必，"岳默把头摇得像拨浪鼓，"我在这已经工作快半年了，难不成你还怀疑冯朗教授要谋杀我吗？"

"你听我的没错，我的职业嗅觉告诉我，这里面一定会有事情发生。"梁兮尘像煞有介事地瞄向岳默。

一直到周五，冯朗都是早于岳默上班晚于岳默下班的，临近下班的时候，岳默终于忍不住又问了冯朗一句："教授您最近是在写什么论文吗？"

冯朗抬头望了她一眼，刚点头"嗯"了一声，便又看见梁兮尘出现在大厅里，她正堆着笑向他们挥手招呼。

回家的路上，岳默向梁兮尘表明了自己的态度，"梁大律师，依您的判断，看出冯朗教授有谋杀我的动机了吗？"

"反常就是动机啊，总不能形成事实再反回来推动机吧。"梁兮尘回怼了一句。

岳默接着大笑不止，最后笑得梁兮尘炸了毛，伸出手来捂她的嘴，"姑奶奶，你到底笑什么？"

"说出来就不好笑了。"岳默道。

"我倒非要听听怎么个不好笑。"

"依我作为心理学专业者的判断，冯朗教授谋杀我的动机我没看出来，但是你梁大律师的动机我却看出来了。"岳默不怀好意地看着梁兮尘。

"我有什么动机？"

"司马昭之心，路人皆知。"岳默笃定的眼神令梁兮尘瞬间失去了抵抗。

"但我劝你还是死了这份心，你这就是恋爱脑，感情来得快去得也快，要打冯朗教授的主意，没戏。"岳默摇头，"有这时间，还不如去考验考验韩明哲，我看他对你的感情可不一般。"

"韩明哲就算了。"

"我觉得冯朗教授这辈子可能都不会选择结婚，这个世界上能配得上他的人太少了，当然我不是说你条件不好，你们不是一路人。"岳默摇头。

"别小看你闺密，我看上的男人，上刀山下火海我也能追到手。"

岳默看着梁兮尘的样子，知道自己这一刻再说什么反对的话都无济于事，她只是有些担心梁兮尘，冯朗不是陈需，不是她发发爱情攻势就能拿下的，她不想她刚刚受过情伤，又去飞蛾扑火。

第十三章

按照情理来说，岳默是要好好感谢江石的。先不说他帮她租房子的事情，就说免费补习英语这件事，若是她这次考试能顺利通过，她都该拿着锦旗敲锣打鼓地给他送到家里去。

聚餐定在了周六的下午，岳默邀请了江石、梁兮尘和韩明哲在家吃火锅。在北方的老家，乔迁之喜一般都是要请朋友们到家里来聚聚的，这叫燎锅底，意在把旧房子的喜气、财气带进新房，让新房新喜气、新财气接连起来，岳默虽不是自己买了房子，但好歹也算是搬了新家，也算得上乔迁。

岳默早上起床后就跑去菜市场采购，新鲜的蔬菜、水果、牛羊肉卷、调料、饮料，摆了满满一大桌。火锅是岳家宴请朋友的传统，20道菜一个汤，一锅涮，不考验厨艺，朋友们皆大欢喜。岳默从小受此熏陶，自然手到擒来，洗菜、切菜、摆盘，一气呵成，待菜、肉、调料等都洗好摆盘端上餐桌之后，客人们也都陆续到达了。

最先到的是梁兮尘和韩明哲，两个人周末加好班后开了一辆车子过来。韩明哲带了盆绿萝作为礼物，梁兮尘大肆吐槽他是借了办公区域绿植的光，偷花献佛，岳默替韩明哲解了围，又感谢了一番。

大约是在火锅底料放入锅里的时候，江石捧着一束新鲜的百合和一瓶上好的波尔多红酒出现在大厅。他看起来亲切、随和，只几句话的工夫，便和梁兮尘、韩明哲聊得熟络。

"江老师这花选得不错，有它一点衬，整个房间都温馨多了。"梁兮尘又指着绿萝想要说些揶揄韩明哲的话，江石马上接过了话头，"有花有草，我和韩律师算是不谋而合。"

江石将开好的红酒给在座的每个人倒好，又举起了杯提议，"祝岳默以后的日子生机勃勃。"

"对对对，江老师和我太有缘分了，我第一眼就觉得亲切。"韩明哲被江石一抬捧，心里开心得要命，因为这盆绿萝，梁兮尘已经吐槽了他一整个晚上。

一轮吃食之后，肚子算是垫了底，韩明哲与江石天南海北地聊得不亦乐乎，竟喝成了兄弟。

"单从今天江老师的表现来看，确实看不出你们之间有什么关系。"梁兮尘倚靠在厨台旁接过岳默递过来的苹果，直接咬了一口。

"我说过很多遍了吧，我们就是可以互相利用关系的战略联盟。"岳默边哼笑着边推开了梁兮尘，从抽屉里找出了一把果叉。

"那我就不理解了，他图什么呀？帮你免费补英语，帮你租房子，帮你客串男朋友打掩护，我觉得这个人要是没有什么身体上的毛病，你都完全可以将计就计了。"梁兮尘一笑。

"我们这是革命的友谊，"岳默将最后一个果叉插在水果上，"说多了你也不懂，况且我也配合他打掩护了呀，帮我补英语我也请他下午茶了。"

梁兮尘还是不置可否，一边摇头一边判断，"他不是套路太深，就是对异性没兴趣。"

两个人端着水果盘从厨房走进餐厅，餐桌前的一幕让她们瞬时惊到了下巴，江石与韩明哲两个人谈得投机，竟喝起了交杯酒。

"他不会真喜欢男人吧？"这话声音虽小，但岳默却是故意说给梁兮尘听的。

"但他喜欢韩明哲这样的，真是让我诧异！韩毛毛在男人堆里这么有市场吗？"梁兮尘一脸狐疑。

韩明哲招呼着两人入座，又嚷着，"相见恨晚哪，江石兄，咱们换地儿，凯音 KTV 继续喝点怎么样？"他霸道地指挥着，"我请客，现在就走。"

"差不多得了，你们今天也喝得不少了，我看咱们早点撤吧，让岳默早些休息。"梁兮尘见韩明哲已经失了态，直接上前扯着他离开了餐桌。

"不多不多，酒逢知己千杯少，我和江老师还有好多话要聊呢。"韩明哲说着就去找自己的外衣。

"韩学长没事吧？"岳默担心地问了句江石，江石咧嘴一笑，摇了摇头，看着岳默的眼神又带了些妩媚和神秘。

岳默突感有些不自在，但是她不相信江石与韩明哲之间真的像梁兮尘说的那样，她又端详了一下江石，反倒是把江石给看得不好意思了。

在韩明哲的强烈坚持下，杯盘狼藉的餐桌没来得及收拾，四个人又叫了辆出租车，一行去了凯音 KTV。

凯音 KTV 算是中高档的娱乐场所，包厢有低消，韩明哲选了这个地方请客，不知道是酒壮怂人胆，还是他真对江石有什么企图。梁兮尘故意在坐车的时候将他们两个人隔开，安排韩明哲坐在了副驾驶位。

岳默坐在后排中间，刚开始还和梁兮尘小声地交流了些有的没的，后来觉得自己的身体挨着江石有些不自在，便又向梁兮尘那边挪了挪。这个时候，路两旁的灯突然集体亮了起来，一束光刚好打射在江石的脸上，像是罩上了一层薄纱，他竟然有些帅气。

车到达凯音的时候，天气已经开始转阴，风把满地堆集的黄叶吹得到处都是。江石侧着身挡在了岳默的身旁，他的个子不高，但刚好能将岳默的整个身体遮住。

别人没有注意到这个再自然不过的动作，但是岳默感受到了。

穿着整齐的服务生热情地给他们开了门，询问了包间号码后微笑着送四个人进了电梯。电梯在三楼停下，另一个服务生又热情地带他们进了一间中型包房。他也就 20 来岁，满嘴的世故老道，岳默多看了他几眼，心里五味杂陈。

几个人开始点歌，韩明哲又开始招呼江石喝酒划拳，房间里的歌声与划拳声交杂在一起，让岳默突然感到了心躁。她这几天来月经，小腹常规性不舒服，又在吃火锅的时候与众人喝了些红酒，与梁兮尘碰了杯啤酒后，胃又开始折腾起来。

她让梁兮尘留下来陪两位男士唱歌，自己一个人跑去了洗手间。洗手间设计得如同高级的补妆室，她在里面蹲了好久，终于感觉通体舒坦，方才缓缓地走向洗手台。

她在镜子前仔细地端详了会儿自己的妆容，稍稍修修补补后，便看见旁边有人盯着自己看。她先是一愣，定睛看去，不免一阵欣喜，站在旁边的女孩不是别人，而是许久没有联系的胡燕琳。

"好久不见。"两个人借着酒劲热情地拥抱在一起。

胡燕琳说，两个家族的关系枝枝蔓蔓、利益互缠，这场政商的联姻她终将无法逃脱，瞿清杨走了，她的心也死了。

"若不是他，嫁给谁都一样。"胡燕琳说到后来竟掉下了眼泪。

"事情没到最后一刻，总是会有办法的。"

"我下周末订婚。"胡燕琳轻轻地抚掉了眼角的泪花，"你和梁兮尘来吧，回头我把酒店的地址发给你们。"

洗手间里间走出来一个女人，胡燕琳叫了声小姑，然后又拉过来给岳默介绍。胡燕琳口中的这位小姑比她年长些，但年龄不会超过 30 岁，她的皮肤白皙光亮，五官欧化立体，深邃的眼睛，高挺的鼻梁，让她看起来明艳动人。

岳默觉得胡燕琳已经非常好看了，但她站在这位小姑身边却显得暗淡无光。

"小姑你好。"岳默连忙招呼。

"叫我胡玫就好，叫小姑就把我叫老了。"胡玫洗好了手，用纸巾将手擦干。

"我小姑是美国斯坦福大学的文学艺术学双博士，她可是我的偶像。"胡燕琳见岳默不知怎么回答胡玫的话，直接帮她解了围。

"斯坦福大学吗？"岳默有些惊讶，见燕琳问她是否有认识的人，她便解释说："是兮尘的哥哥，他也是斯坦福的博士。"

"他叫什么名字？没准我小姑认识呢。"

"吴璟尘，他妈妈是做化妆品的，好像在美国还挺知名的。"

"Christina 梁！"胡玫脱口而出。

"对，是的，小姑您认识吴璟尘。"岳默再看向胡玫时，胡玫的脸已经变得异常冷峻。

"何止认识，熟得很。"胡玫咬得牙根直响，她见胡燕琳和岳默都怔怔地望着她，欲言又止。

胡玫的这几句话困扰了岳默一整个晚上，她忽又想起吴璟尘来，想起了他在上海的那段日子，想起了他的那双眼睛。她不知道，她的梦里为什么总有一双眼睛，她看着他时，他也看着她。

自从冯朗教授恢复正常的工作时间后，梁兮尘已经有几天没来工作室了，她和韩明哲因案子的事情又去了北京。

都说心理师没办法为自己的至亲和朋友开释难题，因为没办法保持客观的立场，所以岳默一直拿不准梁兮尘对冯朗的感情。她的爱来得快去得也快，如果她真的能和冯朗教授成就一对佳话，她倒是万分乐意这桩美事。

江石与岳默的互动越发地频繁，单位里发些什么东西，他都会分出来一些给岳默送过来。最近学校里分了些东北的大米，每人100斤，25斤一个包装，他想着岳默从小是吃着这样的好大米长大的，就提了两个包装到后备厢。

车子开往莫羽的时候，又有车辆在内环高架上抛锚，所以他开到工作室的时候青铜大门已经紧锁了。岳默的手机下午静音后一直没有转换过来，他急得只能将车开到公交车站碰碰运气。

远远望见岳默站在公交车站前，他莞尔一笑，直接将车子贴边开到了她的面前，"想什么美事呢？"

"吓我一跳，你怎么在这啊？"岳默见江石将脑袋凑到了副驾驶室的窗玻璃上，反问，"你怎么不接电话呀？"

岳默被江石这么一提醒，马上从口袋里拿出手机看了一眼，又将静音调了回来，"我忘记调回来了，冯朗教授规定上班时间手机要静音。"

听岳默这样解释，江石只道她是个糊涂蛋，心情也愉悦了起来，正想调侃她两句，便看见一个交警向他的车子跑来。江石低吼一声"坏了"，直接冲着岳默喊道："快快快，快上车，交警来了。"

岳默不假思索，拉开车门就跳上了车，即使是这样的速度，也没能阻止住飞奔而来的交警的罚单。

"警察大哥，高抬贵手，女朋友闹脾气，哄不好了。"江石一脸可怜兮兮地解释，又一边乖乖地将车停到了交警指定的位置。

这也算是战略联盟的核心大戏，岳默见江石向她挤眉弄眼，马上过来配合表演，"交警大哥，我不该闹脾气，下不为例，这次是我不好，别别别，别撕啊。"

"道路千万条，安全第一条。"交警大哥直接将写好的罚单拍在江石的手上，"兄弟，惹老婆生气是要付出点代价的。"

"这代价还有点大。"

江石这可怜的动静让岳默笑了一路，她之前以为江石是那种为人师表活在自己人设里的人，没想到他竟有如此孩子气的一面，就像是小时候被老师抓到错误受了体罚的学生一样。

"求你了大姐，咱别笑了行吗，200 元三分呢，才停了三分钟。"

"知道不能停还停，让你长长记性。今天看在你给我送大米的分上，姐姐请你吃顿好的吧！"岳默打开手机软件找了家餐厅，在网上预约了个号。

"姐姐？"江石没把重点放在前面一句的安全训导上，也没有放在后面一句的请他吃顿好的上，而是捉住了这个字眼，"你比我小吧？怎么是我姐姐呢？"

"刚才是你叫我姐姐来着。"岳默一本正经地学着他刚才的样子，"求你了大姐，别笑了，200 元三分呢，才停了三分钟。"

"我，我那是语，气，词，"江石一脸的无辜，又说，"我记得徐来阿姨说你生日是 12 月份的，是几号？"

"我是冬月的，农历是冬月十八，我们东北老家那边都是过农历生日的。"

"那对应的阳历具体是几号。"

"身份证上是 12 月 19 号。"

"不是吧。"江石异常兴奋，"我也是 12 月 19 号。"

"你身份证呢，给我看看，你几点生的啊？上午下午前半夜后半夜？"

岳默眼睛睁得铜铃大，她看着江石的身份证和自己的身份证，一时竟不敢相信，剧本的巧合也没有这么写的。

"几点生的我也比你大，徐阿姨没有同你说过我比你大三岁吗？"江石笑得得意。

上次 KTV 之后，江石被学校派去厦门参加了一个全国英语学术高级研讨会，为期一周，他代表上海中学英语老师在会上发言，提出了一些非常有建设性的意见，在会上引起了多方的讨论。

会议结束后，他回到学校就接到了校方的谈话，说是他在这次研讨会上表现极佳，校领导接到了国家英语教研组的电话，点名表扬，校方已经开始考虑升他为初中部英语组组长。这样的好消息本是可以分享给岳默的，但是江石只是轻描淡写地讲述了自己去厦门参加研讨会的事实。

"这种研讨会每年都有，主要为了英语教学更好地实施和发展而举办的。"

"要我说，中国人就应该好好地学习国学，上下五千年历史，多博大精深哪，非得搞那么多时间来学习英语，从小学到大学，费了多少时间，到头来还是个哑巴英语，听懂了，说不明白。还有，这年年的考研还要被英语这一分两分地卡住，你说气人不？说到底，它就是个语言工具，是辅助我们各个学科来进行发展研究的，什么时候它变成了一道拦路虎，成为所有学科之首了呢？我跟你说，我亲戚家的小孙子现在中国话还没说利索呢，家里就给报了英语班，说是要赢在起跑线上，你说这多滑稽。"岳默说起英语来就一副义愤填膺的态势，也不怪她，这个拦路虎可是她近三年最大的敌人。

"我很能理解你的愤怒，毕竟一分之差就要辜负你一年的辛苦，但是国家通过考试来选拔高层次的人才还是需要借助这样的手段，从古至今都是这样。"江石顺手递了一瓶水给岳默，岳默接过来拧开瓶盖就喝了一半。

"借助考试的手段选拔人才我一点都没有反对，我反对的是唯英语论。高考很公平，比的是总分，你哪方面突出都可以为自己多赢得些机会，但是考研就不是这回事，有多少人才因为卡在英语上没办法继续深造，又有多少人因为英语的优势而挤进了并不属于他们的这扇大门。研究人才是培养专才的渠道，就更应该吸收在某些学科和领域非常优秀的人。"

岳默自己说完这通话忍不住又叹了口气，"算了，我的牢骚也改变不了什么，我只是觉得国家未来的发展方向需要改革，我考个心理学系研究生，却用了三分之二的时间来复习英语，我都觉得是个笑话，等我考上以后，我发誓再也不学英语了。"

"改革总是需要循序渐进的，算了，我们不说这个了，我现在对你这次的英语考试还是很有信心的，你几次的模拟试卷成绩都已经超过了分数线，这一次好好准备，肯定能成。"江石笑了笑，又自然地轻拍下岳默的肩。

两个人坐在餐厅的时候，岳默又想起了韩明哲的事，她又问江石："你和韩学长第一次见，怎么那么投缘？"

"男生嘛，即使不认识，喝一杯也可以马上变成哥们。"江石点好了菜，将菜单又递回给了服务员。

"可是，"岳默满脑袋搜罗着适当的词，"我和兮尘都感觉你俩比一般人投缘，不说你了，就说韩学长，他在律所可是一毛不拔的铁公鸡，梁兮尘都蹭不出他一顿饭来，他能请你去那么贵的KTV，是不是很奇怪？"

"难不成你是怀疑他爱上我了？"江石故意挑刺儿。

"不是真的吧？！"岳默一脸吃瓜的表情。

"当然不是真的了！唉，我说岳怼怼，你这脑袋都想什么呢？直男！我是纯种的钢铁直男！"江石直接将筷子拍在了桌子上。

"嘘！"岳默快要把手指吃进了嘴里，见江石还在大发牢骚，想也不想，直接上手捂住了他的嘴巴，"我一共才说五个字，你这至于吗？"

"太至于了！这直接影响到了我在你心目中的形象啊。"

岳默觉得今天的江石与之前的江老师完全不同，他的可爱，他的孩子气，都让他浑身充满了魅力，两个人打打闹闹，谈笑间，竟出奇地默契。

"我有个亲戚是房地产开发商，韩明哲就是想托我帮他找找人，我也就是随便帮他问了问，人家还真肯帮忙，可以打些折。"

"买房子？他请你去KTV是因为你能帮他买房子打折？"岳默一脸诧异。

"不然呢？他没请你们去过？"

"抠着呢！"岳默又笑，"这个韩毛毛可真行，我们还以为……"

"还以为他爱上了我这个瘦小干枯还不咋好看的臭男人？"

"就说是不可能！"

江石看着眼前的这个女孩闹着、笑着，心里竟获得了一种幸福感，恍惚间，他觉得两颗心在慢慢地靠近，而彼此的默契，也成了一种最强烈的吸引。

第十四章

梁兮尘从北京回来给岳默带了份全聚德的烤鸭，她在上飞机前打包好装在保温袋里，下飞机，直接送到岳默新家，烤鸭还带着余温。

两个人围坐在餐桌上，涂着酱，卷着饼，大快朵颐。

岳默向梁兮尘讲述了韩明哲托江石帮忙买房子的事，梁兮尘听得一头雾水，她与韩明哲刚刚一起去了北京出差，他可从未向她提起过这档子事。

"韩明哲平时省吃俭用的确是有买房子的打算，可他说近一两年攒不够首付的钱，"梁兮尘一脸疑惑，"再说，他这么着急买房干吗呢？"

"不会是买婚房吧？"岳默猜测着，"他平时没有一点蛛丝马迹？"

"他那人你还不知道，平时跟个铁公鸡似的，恨不得早午晚餐都长在律所食堂里，哪个女生愿意跟他呢。"梁兮尘将大片裹着的烤鸭面饼塞进嘴巴，一边用力地咀嚼着，"要说女生，他现在接触最多的女生可就是我了。"

说完，她自己都哈哈大笑起来，又问："你是说韩明哲找江石帮忙买房子？他有这方面的资源吗？"

"他本身就是上海人，应该有些资源吧，我也没仔细多问，不过我倒是问了他那个事情。"岳默神秘兮兮地看了一眼梁兮尘。梁兮尘一愣，马上又明白了是怎么一回事，"他否认了是吗？"

"江石脸都气绿了。"

两个人一个对视，瞬间爆发出一阵狂笑。岳默擦了擦眼角的泪，又一本正经地说，"按照我多年的心理学专业判断，江石不像，韩明哲就是想让江石帮他的忙，反正他俩不是那个就行，要不然，在我俩的眼皮底下秀恩爱可还行？"

梁兮尘前一番还没笑完，岳默的这句话直接把她还没咽下去的食物给笑喷出来，继而引发了一阵强咳。

"你说你急个什么劲，现在这社会，存在即合理，只要有爱，不分天地，不分你我，不分男女。"岳默转过身去帮她拍背。

"我可一点没反对，爱情是奢侈品，任何人都有权利去追求所爱。"梁兮尘掐着脖子，最后重咳了一下，"冯朗最近忙什么呢？我明天接着去靳家花园接你哈。"

"打住吧！你还是别去了。"岳默吃得撑，整个人堆在椅子上直拍肚子，"你俩，不合适。"

"你这总给我打退堂鼓，是不是你喜欢他啊，岳默，只要你跟我说你喜欢冯朗，我立马退出竞争，再好的东西，咱也不能抢姐妹的！"

"我什么就喜欢他，我不喜欢！"

"你不喜欢就行，我喜欢，我梁兮尘光明磊落，喜欢就得拿下。"梁兮尘伸出一只油手，想要得到岳默的击掌回应，却直接被岳默嫌弃。

打闹了大半个晚上，梁兮尘回去了，岳默和梁兮尘几乎同时收到了胡燕琳的微信：

本不想请你们来我的订婚宴的，因为，没什么意义，但是，还是来吧，跟我站在一起。

　　胡燕琳的订婚宴选在了周六的晚上，岳默在此之前特地跑去商场选了条裙子，她要稍微修饰一下自己，以配得上五星级酒店的档次。她见过瞿清杨，见过胡燕琳为了这段无疾而终的爱情做出过的所有努力，所以这场订婚宴在她看来，如同一场儿戏，有些讽刺。

　　爱情这个东西真的是两情相悦、生同枕死共眠吗？

　　订婚宴的时间是在晚上 6 点整，梁兮尘的车 5 点就到了岳默家的楼下，她知道岳默收拾自己要磨蹭一会儿，所以预留出了时间。两人于 5 点 20 分离开了小区。这个时间点若是在平日下班晚高峰期大概率是会迟到的，但在周末，凭梁兮尘的车技，那就是刚刚好。

　　虽在上海小住了几年，岳默还是很少到黄浦区来，特别是外滩这一片，她只有在朋友或者同学来上海玩的时候，才会抽出时间来陪他们遛遛。

　　相较于浦东的三件套而言，岳默更喜欢浦西的风光，万国建筑博览群是旧上海百年沧桑的写照，中国银行大楼、和平饭店、海关大楼、汇丰银行大楼再现了昔日"远东华尔街"的风采。这些建筑色调统一，轮廓协调，像是一幅曼妙的长卷徐徐展开，无论是极目远眺或者徜徉其间，都能感受到一种刚健、雄浑、雍容和华贵。

　　夜晚，它们在灯光的映射下，闪烁着古老而神秘的色彩，一点点地在岳默的视线中消失。

　　"燕琳不会就请了我们两个好朋友吧？如果是那样，我们确实得给她站台。"梁兮尘在一处斑马线前踩了刹车。

　　"应该不会，她是土生土长的上海人，哪可能就我们两个才认识了几个月的朋友呢？"岳默将车窗摇下来，用力地吸了口冷风，她看着人行道上来来回回的路人，无意识地笑着，"况且她小姑也特地从美国回来参加订婚宴，她们关系可不赖。"

"就是你上次说的那个特别漂亮的女人吗？"梁兮尘哈哈一笑，"今天晚上我可要大饱眼福了。"

岳默没再接话，上次因为胡玫的一句话扰得她一个星期没有睡好觉，这一次他们又要遇上这位神仙姑姑，岳默心里顿时忐忑起来。

订婚宴所选的位置极佳，是上海鼎鼎有名的S酒店。

这个酒店坐落在繁华的北外滩，沿江而瞻，浦东的繁华与浦西的古朴尽收眼底，历史和传统海派的文化元素表现得淋漓尽致，它是一座具有历史独特韵味和未来主义非凡格调的建筑。

酒店共有48层，从外观看去，每间客房都有着超大尺寸的落地窗，可饱览浦江的美景及浦东陆家嘴的天际线景致。胡燕琳的订婚宴设在47、48越层的顶楼豪华宴会厅，这是全酒店唯一带有超大露天泳池的豪华宴会厅。

岳默与梁兮尘从大门入口处递交上宴会邀请函后，被专职人员带上了外置的全景观光电梯。岳默背对着电梯门，将手贴在了电梯的玻璃窗上，由下而上，黄浦江面漫向东方明珠塔，飞向了无尽的天际。

洋洋洒洒的十里洋场，在她的眼里拉成了光怪陆离的大片，也成为永恒的记忆。

宴会厅很是豪华，水晶吊灯一字排开，照得餐厅明艳亮丽。以大门为轴，餐厅左右各摆放了四张转盘大圆桌，每桌设置安排八位嘉宾。岳默与梁兮尘被安排在右边靠近大门的那一桌，同桌的，都是年纪相仿的男生女生，在梁兮尘热络的打听下，得知这些男生女生们都是随父亲母亲以家庭的方式来参加宴会的。

宴会晚上6点58分正式开始。

音乐声中，胡燕琳挎着一位稍为年长些的男生，在司仪的带领下站在了舞台的中央。她穿着一件简洁但精致优雅的白色晚礼服，头发柔顺乖巧地披散下来，她的脸上略带着些礼貌性的微笑，但是这个笑，在岳默的眼里，比悲伤还绝望。

"如果现在站在上面的人是你，你会是什么样的心情？"岳默碰了碰梁兮尘，严肃地看着她。

"我压根就不会允许自己站在那上面。"梁兮尘坚定地回看着岳默，"有钱人有有钱人的烦恼和无奈。"

"这么看来，小老百姓还是有小老百姓的幸福。"

再望向台上的时候，很多的过场话已经结束，众人已经共同举杯庆祝了。岳默的视线穿过了数十只酒杯，在缝隙中看到了胡燕琳身边多了一位长者。那是她的父亲，50来岁，样貌硬朗、笑容可掬，他西装笔挺、气场强大，在他举起酒杯向台下众人表示感谢的时候，岳默觉得他周身的光环已经盖过了准新人。

确实是一场高端的宴会，美味珍馐，让人大快朵颐。席间的每位宾客都带着身份，没有拼酒声，也没有蒸腾的喧闹声，岳默第一次安安静静地享用婚宴，吃得格外满足。

其间，胡燕琳和准新郎及胡父和准新郎的父母被司仪引领着给众人敬酒，岳默一句"恭喜"说得不情不愿，但在这样的一个场合，总是要说句恭喜的。

晚餐结束，众人又被专人引到了不同的总统套房，继续下面的娱乐项目。岳默和梁兮尘被带到了有KTV的豪华总统套房，这个套房欧式皇家奢华感极重，凯音在它面前可就是经济适用型的存在。

岳默透过柔和的光线，可以看见沙发上坐着四五个男人，他们正在推杯换盏中。岳默和梁兮尘进入到房间后，与他们打了个招呼，便转到了自助酒吧，两个人弄了些果插和饮品，择了一处小咖位坐了下来。

落座不久，岳默便在门口处发现了一个熟悉的身影，她这一次一改清闲优雅的妆容，脸上多了一份庄重。岳默又一次见到了胡玫，还是被她惊艳的容貌给震撼到了，她的那双眼睛摄人心魄，岳默总是不太敢对望这样的眼神。

梁兮尘也看到了胡玫，当她看到她也望着她们时，下意识地碰了碰岳默，"我怎么觉得她特别像一个人。"

"她就是燕琳的小姑，叫胡玫。"岳默转回头给梁兮尘介绍。

"噢，原来……你有没有觉得她，特别像吴璟尘。"

连自己的亲妹妹都觉得像，岳默就更肯定了自己的直觉，或许，帅哥美女都有相似性吧。

胡玫进来后，先是与沙发上的几个年轻人打了招呼，又转头向岳默和梁兮尘走过来，她的笑声爽朗清脆，"你们好，岳默你好，这位如果我没有猜错的话，是梁兮尘吧，燕琳之前有和我说过邀请你们来，谢谢你们的到来。"

"你好，小姑。"岳默忙不迭地站起身微笑相迎。

胡玫的笑容非常治愈，她不笑的时候，像是高冷的欧石楠，一旦笑起来，整个脸庞就像是一朵绽放的牡丹，她的笑容很快破除掉了彼此间的陌生感。

"你是吴璟尘的亲妹妹？"胡玫抬眼端详梁兮尘。

"小姑认识吴璟尘？"梁兮尘又道，"我们是同父同母的异姓兄妹。"

胡玫诡秘一笑，"没想到梁盛威还有个女儿。"

"有点给她丢脸了是吧？"

"应该说，你们家还算是有个正常人。"

"英雄所见略同，我一直也是这么认为的。"

三个人哈哈一笑，在彼此的试探间找到了认同感。这个时候，胡燕琳和未婚夫在几个年轻朋友的陪同下进了房间。房间里的气氛瞬间热烈起来，胡燕琳拉过未婚夫给岳默和梁兮尘认识。

岳默刚刚在婚宴上并未看清这位未婚夫的样貌，如今近距离端详，发觉他的样子竟比瞿清杨还要俊朗，他的气质是从小金钱傍身熏出来的，即使是单眼皮，也单得洋气十足。单从样貌与家世看，胡燕琳与这位未婚夫算得上是门当户对的好姻缘。

他绅士地伸出一只手，自我介绍："你们好，我叫陶日岩，很高兴认识两位美女。"

"你好，我是岳默。"岳默大方地伸出手来。

"是哪个月末？本月末，还是下月末？"他应该就是想调侃一下，旁边几个年轻人也配合着发出了一阵哄笑。

"陶日岩，是真的讨人厌吗？"岳默也毫不含糊，没想到她的话音刚落，那几个年轻人的哄笑声就更大了。

"哈哈哈，美女，你太有才了，陶日岩，我们怎么没想到这么个雅号。以后我们就叫你，讨人厌！"

众人齐口说讨人厌，并没有令陶日岩恼火，他只道这是岳默在活跃气氛，却未想她是真的听差了音。

"讨人喜欢，百看不厌，我就是你们的讨人厌。"陶日岩说得兴奋，直接带上了动作，然后又笑着问梁兮尘，"这位美女呢？怎么称呼？"

梁兮尘见他们如此爱玩谐音梗，想起了小时候同学们给她起的外号，"凉奶昔。"

"这名好吃。"一个年轻人起哄。

"不过，朋友们都喜欢叫我中间字的小名。"

"奶，奶奶？"陶日岩脱口而出，在梁兮尘得意地应了一声后，才觉上当。

"就你没正经的。"见岳默和梁兮尘的玩笑开得差不多了，胡燕琳适时出面给陶日岩解围，不管怎么说，他毕竟是这场订婚宴上的男主人公。她又跟众人介绍道："兮尘的唱功和酒量可不是一般人能及的。"

"那还等什么，骰子摇起来！"众人欢呼着邀请梁兮尘和岳默的加入，梁兮尘兴致大起，叫嚷着，"来来来，今晚不醉不归。"

岳默心里惦记着其他的事，借口着姨妈期不方便喝酒，随胡玫进入了内间茶室。茶室设计得非常舒适，专业的茶艺师见二人进来，忙起身鞠躬微笑，给二人泡好了上等的龙井后离开。

"你想知道些什么？"胡玫放下茶碗，又拿起茶壶将两只空碗满上，岳默点头道谢，思忖半晌，又问："小姑与吴璟尘之间似乎有些恩怨？"

"有。我最好的闺密因为他在大上周跳楼自杀了。"胡玫脸上出现了极度愤怒的表情。

吴璟尘在胡玫的嘴里是个十恶不赦的负心汉形象，这与自己所了解的闺密哥哥大相径庭。如果胡玫所言属实，那么一个可以让别人跳楼自杀的男人确实不值得原谅。

在胡玫的口中，岳默听到了关于吴璟尘的另外一个故事。吴璟尘、胡玫和宁心是在美国斯坦福上学的时候认识的。宁心和胡玫同属一个专业，但宁心比她小两届，两人同是学校华人乐团的成员，私下关系要好，经常一起参加乐团组织的各项活动。

吴璟尘是学社会学的，和宁心同届，他因为是梁盛威的儿子，加上出众的外表，在学校里备受关注，有很多的女孩子喜欢。

"但他平时孤高清冷，一般人靠不近他。"胡玫继续说。

岳默这个时候脑海里突然出现了她初见他时的轮廓，他穿了一件黑色的西服，白色衬衫敞着领口，他的头发静静地贴在前额上，遮住了半只眼睛。

"去年毕业季的时候，我们社团受邀参加全美的毕业生汇演，恰巧这场活动的总赞助商是梁盛威集团，所以学校华人商会就希望让吴璟尘也加入到乐团中来，一是对梁盛威女士表达感谢，二是想借吴璟尘的名号为学校华人乐团带来更高的人气。这个任务就落在了宁心的身上，她需要说服吴璟尘与我们乐团一起表演节目。"胡玫停顿了一下，喝了口茶润了润嗓子。

岳默听着故事入迷，像是听一出老派狗血偶像剧，大男主多金、高冷、万众瞩目。

"刚开始吴璟尘是拒绝的，"胡玫继续她的故事，"宁心和我商量着打算放弃，说实话，我们乐团人才济济，不缺他这点人气，他若是加入进来，还可能会影响我们的排练进度，但商会领导不同意，这个压力就丢到了宁心的身上。"

"要他表演什么节目？"岳默好奇。

"一首中文老歌，《茉莉花》，我们乐团的交响乐伴奏。"

"中西合璧，听着不错。"

"反正老外又听不懂，怎么唱都行。"

"后来呢？"

"后来，这位公子爷竟爱上了唱歌。"胡玫表现得很无奈。

岳默吃惊。

"是的，他从那时候起三天两头地来找宁心练唱，学了大半个学期，竟给他培训出个专业歌唱二级来。"

胡玫说得夸张，岳默听得更夸张。

"很多人都认为是吴璟尘在追求宁心，而且两个人在相处的这段时间内也建立了感情基础。"胡玫叹了口气，"可就在宁心表明心意、喜欢上他时，他却突然失踪了。"

"失踪了？"

"对，这学期开学，她母亲到学校请的假。从那以后，宁心就再也没见过吴璟尘。宁心的情绪变得低落，对什么都提不起兴趣，我才知道她已经陷得很深了，后来她去看了心理医生，已是中度抑郁。"

岳默回想起吴璟尘回上海的时间，与他新学期开学的时间对得上，也就是说，他的失踪是因为梁爸突然的过世、突遇的车祸，还有那群混混们的殴打而导致的，她向胡玫一五一十地讲述了吴璟尘在上海所发生的事故，希望可以帮她解开其中的一些误会。

"他大上周应该是回了美国，我听兮尘说，他是接到了一通电话后马上赶回去的。"

"可是已经晚了。"胡玫苦笑了一声，"宁心跳楼自杀了。"

岳默心里一颤，她终于想起了"宁心"这个名字，吴璟尘梦醒之后喊的就是这个名字，那个时候，他应该就是有预感了。

第十五章

　　一连几天的梦里，岳默都无法摆脱吴璟尘的影子，胡玫故事里的那个吴璟尘让她感觉到了陌生和遥远，那个叫作"宁心"的女孩也一直盘旋在她的头脑中，她受此困扰，甚至开始失眠。

　　等到中午休息的时候，冯朗才得空询问了下她的状况，问她是不是复习太晚没有休息好，她便如实说了是受到了失眠的影响。冯朗跟她说了些对付考试焦虑的法子，让她不要太过紧张，还破天荒地送了她些管睡眠的药。岳默看着小药瓶上一串串的德文说明，知道冯朗是舍出了血本，那是一种很难买的进口药。

　　临下班的时候，她才想起梁兮尘上次拜托过她，要她帮忙邀请冯朗赏光吃饭的事，她其实也不是没有想起来，她只是纠结着一直找不到合适的机会开口。凭她对冯朗教授的了解，即使她开了这个口，得到的结果也基本上是回绝的，但是为了梁兮尘，她在下班的时候还是问了一句。

　　"是经常来接你的那个朋友吗？"冯朗回。

　　"对，就是她。"岳默觉得冯朗是明知故问。

"她是个律师？叫梁兮尘。"冯朗教授停下了手里的活，仔细地想了一下。

"教授您的记性是真的好。"岳默恭维着，紧跟着又追问了一句，"约吗？"

冯朗将自己案前的资料一一收纳好，等最后一册案卷也理清爽了，方才对等在一旁的岳默回道："今天方便吗？我来请客。"

"方便方便。"还未等冯朗话音落下，岳默便惊喜万分地替梁兮尘应承下来，虽然并不知道梁兮尘当天是否有空，但是是冯朗教授应的约，就算天上下了刀子她也应该来赴宴的。

"工作时间以外不做心理咨询。"冯朗教授又嘱咐了岳默一遍。

"明白，莫羽的规矩。"岳默甜甜一笑，心想，梁兮尘只是想追求你这个高冷的神仙，人家可没想把你当作她的心理医生。

三个人的座位安排在一间上海老式餐厅的一角，岳默本不想参与到这次的约会中来，但是冯朗执意邀请，她只能勉为其难地留下来。

这家上海本帮菜的餐厅客人不是很多，有着老上海的韵味，墙上还稀稀散散地贴着周璇、阮玲玉等人的大幅招贴，音乐放的也是淡淡的《夜来香》。在梁兮尘到来之前，岳默和冯朗先喝了些服务生送过来的柠檬水，吃了些小零食，岳默借着这个空当儿环视了下周边几桌用餐的客人。

这里的客人大多是上海的老克勒，他们穿着得体、打扮讲究，举止谈吐也有腔有调，虽说吃的是上海菜食，但却像是吃的西餐，该用的餐具一样也不会少，用餐完毕，起身，整理好衣装，然后向老板含腰、点头、告别。

岳默知道冯朗不是上海人，虽然他在上海待了很多年，但平常里也不见什么上海男人的腔调，便闲聊着，"据说现在上海很难见到纯正的老克勒了，这真是个宝藏餐厅。"

冯朗不动声色地喝了口水，然后默不作声地扫视了一下仅有的几桌客人，淡淡地说："真正的老上海人，能一眼看出你的西装是哪条路上出品的，甚至断定是哪家店做的，佣仆替你挂大衣上装时，习惯性地一瞥商标牌子，凡高等洋服店，都用丝线手绣出阁下的中英文姓名，缝贴在内襟左胸袋上沿，衬衫、手帕也都特制绣名。衬衫现熨现穿，才够挺括活翻，领带卸下就用夹板整形，衣架和鞋楦按照实况定做。穿鞋先拿鞋拔，不论长袜短袜，必以松紧带箍好吊好，如果被看到袜绉了，此人就太没出息了。夏季穿黑皮鞋是贻笑大方的，全是白皮鞋的市面，黄皮和合色的——春秋，黑皮与麂皮的——冬季。"

岳默听出了冯朗话里的意思，他虽未做评判，但就她刚才着迷赞赏的那位就很不合格，冯朗话里的老克勒透着极致的讲究。

"教授您真是博学，对上海文化研究得入木三分。"

"这是木心先生说的。"冯朗笑了笑，"我有幸在国外见过他一次，先生的风骨让我折服。"

岳默当然知道木心何许人，她对这位老人家尤其喜欢和敬佩，家里早前入手的那套《文学回忆录》她看了不止三遍，每看一遍她都多了一分共鸣和开释，没想到冯朗教授还与他见过面，她开始有些羡慕起他来。

梁兮尘在接到岳默打来的电话时，刚准备同韩明哲一起去看他交了定金的那套房子，韩明哲把那套房子夸得天花乱坠，梁兮尘也活泛了心思，虽说不急着搬家，但她本意上还是想换个新一点的小区。

冯朗的突然来约让梁兮尘欣喜不已，她马上跟韩明哲改了约，开着牧马人火急火燎地赶往餐厅。时间本是足够的，她一路哼着歌开下了匝道，可就在等红灯的时候，一个外卖小哥的摩托追了她的尾。责任方是小哥，他闯红灯乱转弯，自己横冲直撞地把车上的米饭菜汤洒了一地，还把红色牧马人的尾灯给撞了个稀巴烂。梁兮尘哭笑不得，没时间管了，只好硬着头皮给他竖了个大拇指，"行，兄弟你牛！"然后扔下了 200 元钱，拖着个被撞坏的尾灯前往餐厅。

几乎是毕恭毕敬地坐到了冯朗的对面，梁兮尘让自己勉强地沉静下来。今天的冯朗是恬静的，一副岁月静好、仙风古道的风韵，她的心里又多了几分喜欢。

冯朗叫来服务员，点了几道老上海的小菜，没有废话，直接开诚布公地与梁兮尘攀谈，"我今天冒昧邀请您来，是有一事想寻求帮忙。"

冯朗与人交谈的时候总是习惯真诚地看着对方，这是一种长期养成的职业习惯，但梁兮尘却有些不适，随手抓起岳默的水杯一口饮下，"冯教授有什么事尽管说，只要是我能帮得上的。"

"我的朋友，和他的一个远房亲戚有一些经济上的纠纷，我的朋友不方便出面解决，我也不太方便替代他来解决，所以想找个专业的人士来做这件事，但是，我也不太想让更多的外人知道这件事。"冯朗陈述。

"冯朗教授是希望我来代您处理这件事，还是希望听听我的建议？"梁兮尘听了冯朗的陈述，一秒钟回到自己的专业上来。

"我是想把这件事委托给你，你来出面帮我与对方对接。"冯朗强调了一遍，"我会付给你应得的报酬。"

梁兮尘听冯朗如此说，又皱了皱眉头，思索了片刻又说："冯朗教授，谢谢您对我的信任，但是按照律所的规定，律师是不可以私下接案的，您这边要通过律所统一接受委托，与委托人签订书面委托合同，然后可以指定我为专业代理律师。"

冯朗教授的眼神明显迟疑了一下，这样的变化自然逃不过梁兮尘的法眼，也逃不过岳默的第六感，两个人对视一眼，没等冯朗教授再说话，梁兮尘马上表明了自己的态度。

"所以，我刚才一开始就问您是需要我来代理解决还是需要我的建议，按照我的判断，您是希望后者吧。"

"嗯。"冯朗点头。

"那您看这样行不行，我可以以你朋友的身份来出面对接，我们之间不存在委托关系，说明白一点，纯友情帮助。"梁兮尘爽朗地一笑。

冯朗觉得不妥，刚想补充说明几句，但又被梁兮尘拉开话头，"但是，我们之间不可以存在给付金钱和贵重礼物的利益往来。"

自从梁兮尘答应了给冯朗帮忙后，她就开始频繁地出入靳家花园了，岳默每天会在他们一起共事的时候偷瞄上几眼，她看到冯朗较于之前对梁兮尘的态度上客气一些，但也仅此而已，看着梁兮尘剃头挑子一头热，她的心里总是不安。

烦心的事还有一件，她前几天接到了陈清风的电话，电话里说，岳英明这个周末要来上海出公差，开会三天，她会请假陪着他一同来看她。与父母有大半年没见了，岳默还是非常想念他们的，可陈清风说这次来是要与江石的父母会个面，她的脑袋嗡地一下就炸开了。

这一定是徐来阿姨的怂恿，只有她能请动陈清风远赴上海来面审未来的女婿。她本想等这次考试结束后再跟两位老姐妹摊牌，分手话本都草拟好了，谁会想到，他们会在这个节骨眼上安排这样的事。

岳默与江石面面相觑，岳默想到最后也想不出什么办法，只好自暴自弃。

"要不然咱俩和他们摊牌吧。"

"我倒是没什么关系，不过徐阿姨那边对咱们俩这么操心，这次又主动攒这个局，我们这么做有点对不起她。"江石思索了半晌。

"是有点对不住她，那你说该怎么办？"

"我听你的。"

"我想不出什么好办法，我听你的。"

"我是这么想的，你听听，要是不行就当我没说。你爸妈也只是待个两三天、一顿饭而已，就当是咱两家人多交了些朋友。"江石又说，"你考试前多一事不如少一事，我反正是这个意思，看你。"

"行吧，就按你说的，反正我爸妈来上海也是要和徐来阿姨一家聚个餐的。"岳默被江石的全面分析给说通了，这个时候，这个战略联盟还要走下去。

周五下班后，梁兮尘陪着冯朗出差去了衢州，虽然错过了与岳爸岳妈的见面，但她还是特地买了份礼物托岳默转交。这次的出差，是梁兮尘与冯朗第一次单独的出行，长路漫漫，孤男寡女，岳默心里暗喜。

周六中午的时候，岳英明和陈清风的航班平稳降落在上海浦东国际机场，两位打扮得隆重的家长风风火火地向女儿直奔而来，一个拥抱填满了所有的思念，这种思念不是打几通电话、聊几个小时视频可以替代的。

后视镜里的岳默与陈清风聊起天来，在出租车司机的眼里像是吵架，他小心翼翼地观望着后排座位。坐在副驾驶位的岳英明哈哈一笑，解释说："我们在家里都这么聊天。"

"我就喜欢你们东北人的性格，大块吃肉，大口喝酒，大声聊天，就跟郭德纲说相声似的，过瘾。"

三个人一路聊天聊到了岳默的公寓，进门的时候，岳默还在跟岳英明撕着皮。岳英明出公差的住宿酒店是提前安排好的，但江石提前给了岳默隔壁房间的钥匙，她稍微打扫了一下，就给父母整理出一间温馨的卧房。

下午的时候，陈清风和徐来又通了一个多小时的电话，路上的林林总总、七七八八、有的没的，女人们煲起电话粥来总是没完没了。等岳默和岳英明睡醒后，三个人收拾妥当，齐齐整整地赶去赴约。

这家上海本帮菜餐厅是徐来上一周找人预订下来的，外地人来吃上海菜都是选一些有名头的连锁店，只有本地人才晓得正宗的本帮菜在哪里，它们大多开在弄堂，几乎没有分店，先不说价格贵贱，能预约到位置就是口福不浅。陈清风和岳英明难得来上海，徐来总是想款待些其他地方吃不到的东西。

两家大人欢欢喜喜地入座寒暄，江石和岳默被安排挨坐在一起，岳默落座后，眼神一刻也没离开过几个大人，她生怕这几位老祖宗闹出些什么幺蛾子来。

"这两个孩子我怎么越看越相配，这就叫真正的郎才女貌。"徐来阿姨丈母娘看女婿越看越顺眼，在她的眼里，江石就像是块宝玉，毫无瑕疵。

徐姨夫也跟着应和，打趣着江怀仁，"老江，这回你可以了了抱孙子的愿望了。"

江石的父亲江怀仁比母亲鲁平之大了15岁，年轻的时候奔事业婚事就给耽搁了，等生江石的时候，他已经40开外，徐姨夫说他老来得子也不算夸张。鲁平之看起来显得格外年轻，与江怀仁站在一起像是两代人。她平时与徐来走得近，所以与陈清风也聊得来，总之上了年纪的婆婆妈妈们凑在一起总少不了话题。

徐姨夫招呼着江怀仁和岳英明一遍遍地干杯，三个人喝到兴起时，竟划起了拳，像是多年的老友重逢一般。

只有岳默和江石不在状况，岳默没有心思吃饭，眼睛不住地打量着几个大人，她又不时地看着手表，一秒一秒地数着。江石时不常地给岳默夹一些稍远的菜，摞在她小山一样的菜盘里。

　　徐来看在眼里，又将正事提上了日程，她问鲁平之："对了，你在宁夏路的那套房子买了有十多年了吧，现在那片环球港和 13 号线地铁开通后，涨了有好几倍了。"

　　"有了，买的时候还不到两万一平，现在十多万了。"鲁平之笑着看向陈清风，又介绍说，"那一片的交通和地段都不错，当时买来就是给小石结婚用的，两个孩子早住晚住都是住，以后你们来上海了就住在那儿。"

　　陈清风被鲁平之的这番说辞给震惊到了，她不是个老思想的人，也不会反对女儿婚前同居，但这件事被鲁平之如此说出来，她还是感到了难为情，一时竟有些语塞。

　　鲁平之说得兴奋，丝毫没有注意到陈清风情绪上的变化，她直接规划起儿子的未来，"我现在代表我们家老江表个态，我们都很喜欢岳默这个孩子，漂亮，又知书达理，和江石也处得来，所以，我们是想等过了这个新年，就把两个孩子的事给办了。"

　　"明年抱大胖孙子。"三个姨夫喝多了，又在一边起着哄。

　　"对，明年我退休，正好给他们带孩子。"鲁平之的开心溢于言表。

　　岳默听到鲁平之说到公寓的时候，浑身就起了层冷汗，她瞟了眼江石，心里的怒火一下子蹿了上来。江石知道这个事早晚会暴露出来，但是没想到会这么快，他怕岳默一时情急搅了大人们的美梦，便一把按住她的胳膊，借口上洗手间拉着她出了宴会厅。

　　"那房子原来是你的？我就说你哪来的朋友那么大方。"岳默边说边气，满脸涨红。

　　"当时不是没有更好的办法嘛，我怕说是我的，你推辞。"

　　"我肯定推辞啊，我可不想占你们家的便宜。"岳默越说越气，红了眼圈，"现在大家都以为我是为了房子和你住在一起了，我浑身有嘴都说不清。"

"有那么重要吗？"

"一个女孩的清白你说重不重要！"岳默克制着自己的情绪，临时下了个决定，"我会马上搬出去的。"

"这又何必呢？你不是每个月都正常交给我租金么，我只是你的房东而已。"江石拉住了岳默的手臂，不住地解释着误会，"当时确实欠考虑了，我只是觉得住在我这儿最适合你休息和复习。马上就考试了，考好了再搬也不迟。"

岳默根本不想理会江石的建议，她已经不信任他了，或许，当初的什么战略联盟就是有所图的。她知道自己有些矫情，但是她完全压不住自己的情绪，她要和大人们把事实讲清楚。

"鲁阿姨，我觉得这里面有一点小误会。"她回到餐桌后开诚布公地说着，见三个女人都停了下来望着她，她的心里五味杂陈，"我确实现在在那个房子里面住，但是，我是租的。"

"租的？"

"对，我每个月向江石交租金的，而且江石，他也不在那住。"岳默横下一条心，"其实，我和江石，我们……"

"我们没同居。"江石接着岳默的话也站起了身，"房子是我借给岳默住的，不收租金我怕她不住，我现在是在学校的教师宿舍住。"

几位家长大眼瞪小眼地互相看了几眼，顿时一阵哄笑。

"你看我就说，我们家江石没那个歪心思吧。"江怀仁哈哈大笑，他有些自豪地指着江石说，"他这点和我这个当爹的一模一样，我当年和平之谈恋爱的时候，新婚之夜才敢碰她。"

"怎么什么都往外说呀！"鲁平之一声尖叫，显然是不好意思了，看着岳默和江石别别扭扭地站在一块，又笑了起来，"你们俩用不着在这解释呀，现在都什么社会了，这点事情我们做家长的可是看得开的呀。"

陈清风这会觉得女儿给自己找回了面子，腰板也硬了起来，她接着说："他们这样最好，不管社会发展成什么样了，女孩子的矜持、本分还是要的。"

岳默和江石的最后默契，是没将两个人的联盟和盘托出，给彼此留了颜面。但是话已至此，江石这里她是没办法再住下去了，岳默找了几个中介，但年前的短租房源少得可怜，拖了有一个星期，她只能求助于梁兮尘。

梁兮尘哈哈大笑，"你又不是白住，管他们怎么说，你就是脸皮太薄了，我觉得这没什么关系啊，我不是说不欢迎你来我家住，我家，就是你家，随时欢迎。"

在岳英明开完会和陈清风回东北老家后，梁兮尘就开着车帮着岳默将全部家当搬到了她隔壁的房间。那个房间梁爸住过，吴璟尘也住过，家具虽旧一些，但比原来那间破屋要好太多。岳默和梁兮尘事先讲好了租金，梁兮尘也不坚持，留了大门钥匙便和韩明哲去南京出差了。

岳默用了一个晚上整理自己的又一个新家。衣服、被子、化妆品一一摆好铺好，书籍、复习资料理整齐，摆放在书架上。梁爸退休前是中学的语文老师，他房间里有一整面墙的书，文学类、史学类、哲学类、小说、散文、各种名著。岳默理得累了，一屁股坐在地上，随手抽出一本新书。

这本书的名字叫《别相信任何人》，封面是一只大大的眼睛，宣传语写着，如果你怀疑，身边最亲近的人为你虚构了一个人生，你还能相信谁？她又看了看腰封，上面有很多明星的推介语，非常悬乎，然后又写，别动情，别认真，别让自己陷进去。

岳默带着好奇翻开了首页。这本书讲述的是一个叫克丽丝的女人，20

年来记忆只能保持一天，每天早上醒来，她都会完全忘了昨天的事，包括她的身份，她的过往，甚至她爱的人。她的丈夫叫本，他是她在这个世界上唯一的支柱，但是有一天，她找到了自己的日记，上面写着，不要相信本……

　　岳默有滋有味地读着故事，完全忘记了时间，当她翻到一半的时候，一张手写的便笺从里面飞出来，她弯腰捡起，上面的几行字吸引了她的目光：

> 我喜欢月亮
>
> 它静谧、明亮
>
> 可如果月亮奔我而来
>
> 那还算什么月亮
>
> 我想要它永远清冷皎洁
>
> 永远天穹高悬

第十六章

作为心理学专业的学生，岳默清楚这几句话的意思，这是性单恋典型的写照。那么这本书就一定不是梁爸留下的，是吴璟尘，是他上一次回来住在这里时留下的。

失眠有些严重，冯朗的进口药也不好用了，岳默看着眼前读了一半的书，和那张只有几行字的书签，焦虑瞬间爬了上来。

吴璟尘高大纤瘦的身影又出现在她的眼前，像是无数次在她梦里出现过的一样。他看着她，眼神冰冷、忧郁，他好像要说些什么，但是她听不见，她越是听不见，他说得越大声。

幽灵恐惧又一次找上了她，在梁爸走的这三个月里，她第一次觉得，夜晚，让人毛骨悚然。人有的时候，是越感到恐惧越恐惧的，她甚至不敢再去想这个人的名字，因为这几个字已经将她的脑袋装满了。

她丢盔弃甲似的抱着被子逃到了梁兮尘的房间，便笺上的 42 个字困扰了她整晚。她一遍遍地默念着：吴璟尘喜欢的是自己喜欢月亮的感觉，而并不是想要得到月亮。

"教授，你说一个男人拼命追求一个女人，追到手了就玩失踪，这是渣还是心理有病？"她一副无精打采。

"失恋了？"冯朗抬着眼皮看了她一眼。

"没，不是我。"岳默赶紧解释，"我那天看新闻看到的，有人说他是渣，但我觉得他应该有病！"

"如果是心理上的问题，那可能是 Lithromantic，性单恋。"冯朗抛出了这样一个专业名词，这与岳默最初的判断不谋而合。

这是一个综合的心理病症，网络上对它的描述基本上都是差不多的内容，害怕被表白、不喜欢承诺，一旦发现对方也喜欢自己，会马上逃避。

岳默在大学的时候只在课堂上听老师提过，连专业的课本里都没有明确的说法。拿这个病症与吴璟尘的行为对证，似乎有些相似的地方。

"教授你遇到过性单恋的案例吗？"

"没有，这类人不少见，但是很少有人来看心理咨询师。"冯朗教授边收拾案边的资料，边应对着岳默的问题，"访者不需要别人的配合，自己就可以完成整个恋爱的过程，如果对方一旦回应，这段美好的过程就结束了。"

冯朗又走回到自己的办公桌前继续写着什么，岳默听得悬乎，便马上跟过去继续追问："如果他不想失去对方，唯一可能的办法就是对方不回应？"

"这可能是一个好办法。"冯朗点头。

"那这永远没有结果啊。"

"这也是一种结果啊。"

岳默连着几天的晚上都住在梁兮尘的房间里，她把电脑上有关性单恋的资料几乎都翻了一遍，不过没能找到对付这种心理疾病的破解办法。梁兮尘这次出差去昆明要七八天才能回来，岳默感到度日如年，每次起夜去洗手间的时候，她的心都会跳得厉害，会臆想出来一个吴璟尘，他就站在梁爸房间的门口，一句话也不说。

一天凌晨时分的时候，她蒙眬中听到了大房门钥匙转动的声音，便知道是梁兮尘出差回来了，迷糊中还唤了声她的名字，听到有人应，便安心地睡去。

再醒来时，已是日照三竿。岳默伸了个懒腰，望向窗帘缝隙间透进来的阳光，觉得分外可爱，她想去给梁兮尘一个大大的拥抱，她没有任何一刻这么思念过她。

听着她在洗手间里冲马桶的声音，岳默调皮地藏在了墙边，等人一出来，一个拥抱及时奉上。

"岳默？"对方惊呼。

"吴璟尘？"眼前站着的不是梁兮尘。

吴璟尘正顶着一头乱发同样睡眼惺忪地看着她，岳默吓得差点坐在了地上，是幻觉吗？

吴璟尘是凌晨两点半左右到达的浦东机场，下了飞机后乘坐出租车回到了老房子。他进门的时候，隐约听到了有人唤他的名字，他还以为是梁兮尘收到了他的短信，便轻车熟路地回到了自己的房间。

再次见到岳默，吴璟尘倒有些欣喜，但他没想到两个人如此地坦诚，没有比这更狼狈的了。吴璟尘说自己是为了梁爸的百日祭赶回来的，岳默找不出理由来质疑，是梁兮尘说他可能永远不会回来了，但是，他没说过。

"我，是临时搬这儿来住的，不知道你会回来。"岳默换了身衣服出来。

"我给梁兮尘发了信息，她没回。"

岳默觉得这个早晨有点撞邪，她始终坐立不安，索性跟吴璟尘打了招呼后就去了公交站。一路上，她都有些恍惚，她的失眠与幻觉让她又开始质疑自己刚刚的经历，吴璟尘是真的回来了，还是她的想象？她一点点地回忆着，想到最后，她自己都模糊了。

为了确认这个事实，她又给梁兮尘拨去了电话。梁兮尘是在第二天早上醒来时，收到吴璟尘发来的信息的，她低呼一声"坏了"，想着岳默此时是否已经见到吴璟尘了。

电话的这头，岳默正挤在公交车上，一脸的迷茫，听着电话那头梁兮尘的解释和道歉，她确定吴璟尘是真的回来了。她告诉梁兮尘，他是为了梁爸的百日祭专程回来的。

没想到父亲已经走了三个多月了，梁兮尘手忙脚乱地找来日历查看，这个忌日自己又要缺席了。为了这个案子，她和韩明哲每天都只有三四个小时的休息时间，日夜连轴转，她基本上搞不清哪天是哪天了。

她跟岳默又发了会儿牢骚，说人的最终追求是时间自由和金钱自由，如果工作让人身不由己，还不如选择放弃。聊到岳默快下车的时候，基本上是岳默在给这位牢骚满腹的女士做心理安慰了。

整整一天的工作岳默都是心不在焉的，下了班，她没有直接回家，而是跑去中介公司跟着中介又看了两处房子，不过，不是位置太偏就是价格太贵，岳默感觉自己的心情差到了极点。

回家的路上，她接到了江石发过来的信息，上次与江石吵架赌气搬出公寓后，他们已经有些天没联系了。她有点后悔从那里搬出来，如果自己能坚持到考完试再搬，现在可能就不会有这么大的麻烦。在信息里，江石又问了下她英语复习的状况，告诉她如果需要帮忙，他随时都有时间。

她有多长时间没好好地复习英语了，她已经不敢再想考研的事，一想到复习，她就又开始焦虑。

给梁爸做百日祭的事，不用梁兮尘开口她也是要亲力亲为的。由于上次车祸意外，这次吴璟尘提前预租了商务车，吴璟尘坐后排，岳默便坐在了副驾驶位。

前半段的路程，车子开得平稳，岳默跟司机聊了几句之后就睡着了。她这一周缺觉很严重，考前的焦虑加上乱七八糟的事，已经影响到了她的情绪，她不愿意再去想接下来的事，想了，就会头痛。

不知道睡到了什么时候，她感觉身体失重，跌落下了座椅，猛地惊醒过来，一阵唏嘘。她看向车外，车子已经停好，吴璟尘手里提着个零食篮子正在为她打开副驾驶的车门，她惊奇地看着他，他笑了笑，伸出手将她牵了下来。

还是那双深邃迷人的眼睛，离她很近，她挺害羞，但随即又热烈地迎向他，他蜻蜓点水般地吻了下她的脸颊，她整张脸红透了。草地上，她和他围坐在一张毯子上，吃着、喝着、笑着，两只蝴蝶飞向了他们，他伸手去抓，惊飞了一对眷侣。她笑靥如花，吸引住了他的一双炯目，慢慢靠近，呼吸慢慢变得急促，他望着她，她望着他……只有0.1毫米的距离。

"服务区到了。"岳默被司机拍醒，她怔怔地望着他。司机说，"我加点油，你们可以自行方便一下。"

"噢。"岳默马上应道，又下意识地朝四周看了看，她见吴璟尘正一脸漠然地从后排座站起身。她一阵紧张，在他经过她的车门又径直绕过车头走向洗手间方向的时候，方才嘘出一口长气来。

她用力地甩了甩头，直揣测自己刚刚的这个梦，臆想？意淫？白日梦？不管是哪个，她都不能也不应该做这样的梦。她突然有些难为情，不敢再去直视那个去了洗手间又回来的男人。

她清楚地记得，胡玫上次见面时说过的那个女孩的名字，她叫宁心，是宁波人，在那之后，这件事和这个名字就一直刻在她的海马区，她甩不掉。

不管他是性单恋患者，还是一个不折不扣的渣男，这个女孩是因他而去。他，是个刽子手。

车子继续行驶，她佯装瞌睡，然后通过后视镜来偷偷观察吴璟尘。他上车后继续倒头入睡，姿态与第一次来给梁爸做头七时无二。商务车出了服务区在高速上堵了一会儿，然后很快又恢复了正常，岳默却再也睡不着了。

快到半山公墓时，吴璟尘醒了，他舒服地伸了伸双臂又打了个哈欠，这个哈欠由视觉映像对大脑皮层造成刺激，刺激神经反射，直接传染到了岳默和司机师傅，两个人不约而同地也打了两个哈欠。

岳默不觉得什么，司机师傅反倒警觉起来，估计是怕客户认为自己不专业，连忙找了话题，"你们去半山公墓是祭拜什么人啊？"

"闺密的父亲。"岳默应着，"闺密赶不回来。"

"真羡慕你这闺密有你这么个好朋友，你男朋友可真能睡。"司机笑哈哈地看了眼后视镜里的吴璟尘。

"不是！"岳默听着司机又在乱点鸳鸯谱，马上否认，"他是我闺密的哥哥，我们来祭拜的正是他的父亲。"

"哦，别介意啊。"司机忙点头，自言自语道，"我老婆总批评我这个嘴没把门的，总不长记性。上次我载了两个乘客，那个女乘客一路上都在照顾着那个男乘客，那个男乘客年轻帅气，一看就是富家贵公子，我这个人有的时候爱闲聊几句，就说，大姐，你这儿子真是帅气，像个大明星。没想到我称赞完这句话，两个人马上都不高兴了，那女的说，他是我老公，很帅是吧？我当时那个脸你都不知道有多绿，我只能说，帅帅，太帅了，大姐好福气。"

岳默一阵子笑，自己刚刚的紧张感也被司机师傅的这个笑话给缓解了不少，"这个确实挺尴尬的。"

"所以后来不管上来什么样的乘客，我都不敢乱说话了，刚刚实在是抱歉，好在你们都是高素质的人，不会跟我计较。"

吴璟尘本来就不太喜欢中国人自来熟似的拉家常，刚开始见岳默和司机有一句没有一句地聊着，也还能忍，到后来，这司机一马车的废话让他有些吃不消。

他直接回怼道："就算素质高，也要分什么事。"

吴璟尘说得字字坚硬，令司机有些不知所措，他又看了眼后视镜，见岳默故意转过头去，只好作罢。

接下来的路程，车厢里一片安静，没有人再挑起话头，直到司机将车停好，他才舍得说了句，"下车小心。"

岳默下了车，径自从后备厢里拿出了祭祀要用的东西，吴璟尘捧着后排座上的两束菊花从另一边下车。他从岳默的手里抢过了装有吃食和酒瓶的袋子，又把轻一些的纸钱和金元宝的袋子留给了她，岳默又从他的肩窝里扯过了那两束菊花，虽然没有一句交流，但两个人配合默契。

上一次来，还是古木成荫，绿树成林，泥草香伴随着阵阵暖风的季节，百日祭时令冬月，即使阳光正好，岳默也觉得上海的冬天阴冷多过了北方。她将捧着菊花的手缩回了袖管，然后又哈了口气，那团轻薄的气体就在眼前散开了。

两个人一前一后拾级而上，来到第十七排中心位的墓前，梁爸的相片以微笑欢迎了他们。

来的路上，岳默还在思索着这次会不会像上次那样碰到陈需，但一直走到梁爸的墓碑前也未见到任何人影，她不仅哼笑出声，女人可以长情一世，男人只能守住一时，她突然觉得梁兮尘离开他是对的。

她这么想着，眼睛不自然地又瞟向了一旁的吴璟尘，她看见他正在清理梁爸墓旁长出来的杂草，他清理得认真，并没理会到岳默的注视。性单恋这几个字又出现在岳默的眼前，正常的男人都如此靠不住，更何况这可以明目张胆渣人的人。

岳默将手里的花摆放在墓碑前，然后又将纸钱和金元宝的袋子打开，她从里面拿出了提前准备好的抹布，一边擦着墓碑上的灰，一边若无其事地与吴璟尘闲聊："你的伤都恢复好了吗？"

"好了。"

"上次你突然回去都没来得及打声招呼，"岳默不想八卦，但又忍不住想多了解些什么，又问，"是有什么要紧的事吗？"

"嗯。"吴璟尘已经将自己周边的杂草清理完毕，又过来清理墓碑上的枯叶。

"这次给梁爸做完百日祭就回去吗？"

"不一定。"

不一定？岳默有些蒙，又追问了一句："你要打算在上海待一段时间吗？"

"你不欢迎？"吴璟尘一本正经地望着岳默，岳默尴尬万分，"欢迎，热烈欢迎，我想梁爸更欢迎吧。"

"他未必欢迎，他一定在怪我薄情冷血。"吴璟尘蹲下身将烛火点燃。

"那为什么不早一点回来看他呢，在他还在的时候。"

"当年，我哭着求他把我留下来，我不想跟着那个美国大胡子去一个陌生的地方，但是他选择了兮尘，在我被抱上飞机的那一刻，我就发誓一辈子都不会原谅他了。"

梁兮尘的不原谅，是母亲和哥哥背叛了这个家。吴璟尘的不原谅，是父亲抛弃了自己。所有的症结都在于父母当年离异时种下了仇恨的种子。

"这个世界上，没有任何父母不爱自己的孩子。"岳默双手合十，在梁爸的墓前拜了三拜。

"年少不知曲中意，再闻已是曲中人，人只有失去了才懂得珍惜。"

岳默听出了弦外之音，她觉得他心里一定也在祭奠宁心，那个失去了才让他懂得珍惜的女孩。再接下去，岳默也没再问什么话，既然吴璟尘回来了，她也要尽快地找到住处，搬出去。

她其实想过跟冯朗教授商量一下，让她暂住在靳家花园里，那里二楼三楼的房间都空着，空着也是浪费。但是回想了一下，她还是打了退堂鼓，先不说冯朗教授是否同意，就说她的幽灵恐惧，若是住在那个古堡里，不出一天，她就会被吓死。

吴璟尘回来得不是时候，没有早一个月，也没有晚一个月，她不能埋怨他，所有的一切都是因自己开始的。没有能力帮助别人的时候，当机立断地拒绝就是最大的善意。

娴熟的祭拜仪式过后，岳默像上次一样先行下了山，留下吴璟尘独自凭吊。

早上来的时候气温虽然偏低，但是风没有刮得这么凶，才过了不到一个小时，风力就加足到了五六级，岳默走下石阶的时候身体都有些晃动。云层很低，已经完全看不到阳光，岳默下意识地打开了手机上的天气预报软件，她昨天查的时候还是多云转晴，这一会儿，已经变成了未来几个小时90%的雨水，呵，这个世界上最不靠谱的，是昨天的天气预报。

风力已经威胁到了她这不足一百斤的小身躯，好在他们租了车，顶着强风，她走了差不多20几分钟才走到了停车场。她快跑了几步，快到车门的时候，脚底突然一滑直接坐在了地上，等在车前吸着烟的师傅连忙上前扶了一把，关心地问着："没事吧？"

岳默顾不上回应司机，赶紧活动了一下脚踝，她怕之前还没有完全恢复的伤势又再次加重。活动了半天，好在无事，她谢了司机，转身狼狈地拉开车门上车。

"那个，闺密的哥哥呢？"司机也上了车，打开了火。

"估计要等一会儿。"

司机焦急地看了眼手表，催促着岳默，"你给他打个电话，让他快一点，我这边有个急事得马上返回去。"

"我们不是说好了包天的吗？而且我也没有他的手机号码。"岳默有些不悦。

"是包天的没错，但是我现在必须马上走，我儿子课间上厕所的时候被同学给绊到了，下巴磕出了一道大口子，刚被救护车拉走，我得马上赶回去看看。"司机一脸的歉意，见岳默的脸上出现了不悦，又解释说，"我马上给公司打电话叫公司再派别的车过来。"

岳默望了下窗外的天空，乌云不断地翻卷而来，远处的天空如幕布一般，一场暴雨即将来临。她犹豫着是否放司机先行，僵在后面，司机不断地拨着软件上的虚拟号码，依然没有接通。

司机呼了一口气，斩钉截铁地跟岳默说："我必须走了，如果我的儿子有什么闪失，我会后悔一辈子的。"

"可这马上就要下大雨了！"岳默拿着司机的手机又拨打过去两遍电话，对方还是无人接听。

吴璟尘等蜡烛燃尽了，将墓台前摆的食物一一理好后才下了山。闪电将天空炸开了一条锯尺花，轰隆隆的雷声，暴雨倾盆而下。他皱着眉头寻找着商务车，又从随身口袋里拿出手机查看，屏幕上，几十通未接电话，回拨回去，才知道了事情的原委。

偌大的半山公墓下，吴璟尘孤零零地站在那里，像是公海中一艘漂泊的小渔船。他将大衣脱下擎起雨棚挡在了头顶，但这在暴风雨面前丝毫没有用处。大衣被吹得像是超人的披风，能遮住他的也只有头顶那么点的地方。

吴璟尘连着打了几个喷嚏，浑身一个痉挛，一阵冷意瞬间袭击全身。他看了眼腕表，已近午时，他打算先到公墓管理处去避避雨，便顶着风艰难地向前行走，突然一阵怪风将他头顶的披风卷走，雨滴如万把穿心箭，一下子向他砸过来，他大吼了一声，突觉耳边传来了父亲的声音。

他责怪他为什么这么多年不回来看他，怪他为什么如此薄情冷血，他站在原地，突然仰天狂笑，质问着："你可知这许多年我都经历了什么？我是如何背负着所有的委屈长大的？你为什么要抛弃我，为什么要让我离开自己的家？为什么让我遇到宁心，为什么让她死？为什么你们都要离我而去，为什么？！"

雨点疯狂地拍打在他的脸上，麻木而冰冷，但他此生没有任何一刻如此放松过，他歇斯底里地狂喊狂叫，喊着父亲，喊着宁心，喊着风，喊着雨，喊着弃他而去的一切，一切。

第十七章

吴璟尘睁开眼睛的时候已经躺在一辆 SUV 轿跑车的后座上，他身上盖着一件棉布毯，感觉很暖和。他突又想起什么，四周环视了一下，发现这车并不是来时的那辆，再抬头望时，发现岳默正盯着他看。

"你醒了。"坐在副驾驶座上的岳默回头问道，她又递过来一瓶水给他，见吴璟尘仍然看着她，便解释说，"我们回到墓园的时候，你已经躺在地上了，到底发生了什么事？"

她心里是想问，是不是被雷给劈到了，这不是玩笑话，她心里真就这么想的，但是感觉这么问肯定是不妥，"为什么会突然晕倒呢？"

吴璟尘没有去接水，一脸严肃地看着岳默，她不是早已经离开半山公墓了吗？他的头又是一阵子的疼，表情也跟着痛苦了几分，他转眼看向了正在开车的人，这位男士年纪 40 岁上下，从侧影的穿着和气质再加上这个车的档次判断，他应该是个有身份的人。

"别破案了，是张涛大哥救了你。"岳默说。

岳默跟着出租车司机开出了半山公墓，包车公司派车再来至少要 1 个半小时到，她决定跟着司机骑驴找马，在公路上遇见出租车就可以直接拦下。

商务车开出了差不多十分钟后，雨点已经变成水流狂拍在挡风玻璃上，这雨来得太急，容不得人反应，岳默一路上没寻到一辆空驶的出租车又再次商量司机掉头回去接人，可司机哪肯掉头，雨下得越大，他脚下的油门踩得越用力。

岳默闭上眼睛，眼前那摊血迹又出现了，红得耀眼，正一滴一滴地朝她的脸上袭来。她一个晃神儿，吴璟尘那双深邃的眸子便盯住了她，他不说话，就像是那道光能直射入她的五脏六腑。很快，他的头部、唇角处，四面八方齐齐地流出鲜血来，她吓得喊出了声。

"不行，我要马上回去。"她直觉里吴璟尘一定出事了。

她厉声地逼着司机停车，见司机并不理会她，她伸手去碰方向盘，这个时候，她看到了一辆沪字牌的 SUV 轿跑车从后面呼啸着超过了他们，又生一计，指挥着司机，"超过他，把他给我逼停了。"

见司机一愣，她又大声地说："你回去见你儿子心切我理解，但是你毁约在前是你不对，我朋友还在半山公墓等我回去，你现在必须帮我马上找辆车，超过去，就前面那辆车，把他逼停了。"

师傅只能乖乖地听岳默的指挥，一脚油门，左道超车，回归车道，双闪减速，一气呵成。几个回合之后，他硬生生地把那辆 SUV 给逼停了。岳默谢了司机师傅，拿起包快速跑下商务车，又快速地拉开 SUV 的副驾驶车门。

SUV 的车主是个东北大哥，叫张涛，在上海做五金生意，他在哈尔滨、沈阳、杭州都有分公司，见岳默操着一口东北腔的普通话求救，便直接掉转车头去公墓救人。

车外的雨一阵大过一阵，雨刮器不停地在挡风玻璃上劳作，只有它刮回来的时候才能勉强看清前方的路。张涛尽量将车速保持在稳定的状态下，过了半晌，雨势小一些了，窗前的水流变成了大颗的雨滴，不需要借助雨刮便能看清前方的路，两个人紧绷的神经才稍微松懈下来。

岳默心里庆幸自己拦下的是一辆老乡大哥的车，只要乡音一出，帮忙就是分内的事，东北人在活雷锋的名头上是没输过谁的。

张涛大哥的穿着很是讲究，一副老板的派头，他虽然看起来有 40 来岁，但是皮肤倒是相当光亮。他长着东北人标准的浓眉，眼裂很宽，双眼皮、高鼻梁，嘴巴上缘的唇峰很是明显，不胖不瘦，素净的衬衫内肌肉感明显，他平时一定是坚持健身的。

"不怕我是坏人？"张涛操着一口地道的东北口音问。

"万一我是坏人呢？"岳默一本正经地搭着话。

张涛一笑，觉得身边的这个女孩有点意思，便继续打趣她："也是哈，按照逻辑，你是坏人的可能性更大一点。不过你这看起来柔柔弱弱的，当坏人估计也不及格。"

东北人天生的幽默感总能让人很快拉近彼此的距离，在上海待得久了，岳默已经很久没有和家乡人这么过瘾地抬杠了。她突然觉得有趣，又问张涛："大哥你见过哪个狐仙是个强壮的人呢？"

"你别吓我啊，我可胆小。"张涛突然收回了笑容，"我爸妈原来在东北老家家里就供奉着保家仙，逢年过节上香点灯好酒好菜的，我爸前几年走了，我本是要接我妈到上海来住，但是我妈不同意，说是在老家住习惯了，亲戚朋友都在那儿。"

张涛又看了一眼岳默，那张不施粉黛的脸白皙如雪，透着淡淡的粉色，面如银月，眼似水杏，唇不点而红，眉不画而翠，瞬间吓得磕巴起来。

"我妈上个月末也走了，我就把她和我爸从老家接到上海来安葬，今天是她的头七。"张涛又瞄了眼岳默继续说，"我下个月正好回哈尔滨出差，打算把家里的保家仙也请到上海来供着，既然爸妈一辈子供奉，我就接过来，好吃好喝地伺候着，只要保佑我们一家平安就行。”

岳默听完张涛的一段话，才知道她刚才的玩笑他当了真。东北很多的生意人都是供奉神灵的，有的供佛，有的供关二爷，也有很多家里供奉保家仙的，保家仙顾名思义就是狐黄二仙，可以保一家子人平安。岳默小时候听说过这些，所以并不觉得奇怪。从心理学的角度来说，它也是人谋求心理安稳的一种依托，或许，成功人士的心里都需要一种依托吧。

她连忙向张涛表明了自己只是玩笑话，无意冒犯，又表明了自己的心理学专业背景，张涛才又开始谈笑风生起来。从他的话里得知，他高中毕业后参加工作，在朋友开的五金店里帮工，工作的第四个年头，这个朋友把乡下亲戚家的女儿介绍给他做了媳妇。两个人22岁结婚，23岁就有了个大胖儿子，媳妇出月子后被介绍到一家饭店当了服务员。两个人这么过了五年，虽有吵闹，小日子也还过得下去。后来，他在外面陪着老板出差跑生意，她在家里照顾儿子饮食起居，有的时候半年也回不去一次家。直到有一次，他发现了妻子与饭店老板丈夫的不轨行为，两个人才彻底闹翻。

“其实我们两个彼此早就有分开的想法了，只是差一个借口。”张涛无奈地笑着。

“你老婆出轨在前，她是过错方。”

“谁过错又怎么样，本来就是一段过不下去的婚姻。”

张涛拐了个弯，进入了半山公墓的那条主路。

雨没有停的意思，聊天总是能让时间过得很快，岳默这会儿才又担心起吴璟尘来。

“所以啊，人这辈子遇上个自己真正爱的人不容易，一定要好好珍惜。”张涛感慨了一声，“一定不能为了结婚而结婚。”

"爱情本身也是短暂的，维持婚姻关系更多的还是靠亲情，我觉得你和你的爱人经历了这么多，还是有感情的。"

岳默本身虽不赞同破败关系的修复，但她还是觉得，宁拆十座庙不毁一门亲。

"我这辈子被她伤得透透的了，等儿子高考完，我就自由了，还是一个人快活。"张涛说完哈哈大笑，那笑声非常的治愈。

车子开回上海市区的时候已经是下午 3 点多了，雨也停了，虽是白天，但是路灯都是亮着的，顺着车窗向外瞥去，连成片的霓虹让人有了时空上的错觉。

吴璟尘一路未寐，听着岳默与张涛有一句没一句地聊侃，也没搭上一句茬。他的头异常疼痛，喉咙处也奇痒难忍，喝了几口岳默递过来的水，察觉吞咽困难，便知自己是感冒了。

张涛将岳默和吴璟尘送到了家门口，岳默执意要付些车费给他，张涛也没推托，捡了些零钱放在车筐里，又把整钱留给了岳默。他一本正经地邀请岳默下次参加他们在上海的同乡联盟会，又把自己的名片留给了她。

"下次我们举行活动的时候，你有空也来参加，他们那些人都有可能成为你的潜在客户。"

"好，我也要为自己的家乡人民多出一份力。"

两个人寒暄着告别的时候，吴璟尘自顾自地从后排下了车，招呼也没打便向楼口走去，岳默忙与张涛说了声再见，并再三感谢了一番。

梁家虽说是几十年的老房子，但却临街，政府工程把这条街面的楼房都贴上了墙砖，所以从外观上来看，这栋老房子比岳默原来租住的那处要新的多。只有住在里面的人清楚它的实际状况，楼道依然老旧，内墙斑驳，楼梯扶手也生满了锈迹。

梁家住在五楼，岳默追到三楼的时候也没见到吴璟尘的人影，她突然意识到吴璟尘或许是尿急才跑走的，想到这里，她就又不急着往上赶了。

吴璟尘的突然空降打乱了岳默原本的生活节奏，她原本只是打算在梁家过渡一下，但现在，她的借住也同时打乱了别人的节奏。回到梁兮尘的房间里，她呆坐了半天，想着自己接下去的日子该怎么办。吴璟尘没有明确答复她何时离开，她也没办法追问这个问题，这里本来就是他的家，他住一辈子都行。

离考试还有一个月，她考虑是否干脆找个经济酒店去过渡一下，她查了一下自己的账户余额，又觉得住酒店这个想法也并不太实际。脑中乱成一团，突然隐隐作痛，岳默打算等梁兮尘回来后好好和她聊聊。

案子结束后，梁兮尘并没有和韩明哲赶去机场，而是被他反锁在了房间里。昨天晚上，他们俩为了她私下给冯朗代理律师的事，大吵了一架，韩明哲说佟亚涛已经知道这件事，直言梁兮尘这么做会断送掉她的律师生涯。

"我就是友情帮忙，一分钱也没收！"

梁兮尘大吵大嚷，然后手脚并用地对韩明哲拳打脚踢。刚开始韩明哲还抵抗了一会儿，见梁兮尘下了死手，只能将她扛起来压在了床上，他一边抓她的手一边骂道："你还有完没完？你知不知道佟经理知道你在外面接案子想要处理你？上次客户儿子的那件事他就想要开除你了，是我帮你压下来的，现在这件事往小了说，叫公私不分；往大了说，你这是挑战律师的底线。"

"我说了我一分钱没拿，你让他去查啊！这单客户是我的朋友，我是友情帮忙，你凭什么让人家给我们律所交费用？有谁规定，律师不能有朋友的，我帮朋友点小忙我碍着他佟亚涛什么了？"

为了防止梁兮尘再揍他，韩明哲直接用手臂压住了她的胳膊，梁兮尘在床上挣扎了半天，根本无法起身，她气得直接用头撞向了韩明哲的头。

"韩明哲，你个王八蛋，遇到事了你从来不站在我这边。"

"能不能消停一会儿？"

"不能！我跟你说韩明哲，你告诉佟亚涛，他要是拿这事压我开除我，他偷开发票的事我立马给他报到上面去。"

"这是两码事！"韩明哲顿时眼冒金星，大声呵斥，"咱俩是什么关系，我怎么可能不站在你这一边，你能不能动动脑筋？这事佟亚涛要是追究起你的责任来，你以后都别想在律师界混了。"

梁兮尘一个挣扎坐起了身，一口唾沫直接吐到了韩明哲的脸上，"韩明哲，你站没站在我这边你自己心里明白，当初我为什么和你分手？我就是看清了你的真面目，你就是个卖主求荣、自私自利、唯利是图的东西，是狗改不了吃屎。"

"这事不是说这辈子都不许提了吗？"

被梁兮尘提起了往事，韩明哲又恼怒起来，一拳头打在了墙上，"你还好意思说我？要不是你写的那封举报信，徐恩俊就不会被开除！我也会顺利留校，等你毕业后我们也会顺理成章地结婚，一切都被你的自以为是给弄砸了！"

"可自始至终，你有想过我吗？"

梁兮尘不想回忆的一切又浮现在了眼前。她和韩明哲在学校期间共同撰写的一篇专业论文在业内的核心期刊上发表，由于论点独树一帜，引起了行业内的大讨论。这篇论文后来获得了不少提名和奖项，这本是一件值得高兴的事情，但是这件事仿佛又与他们没什么关系，因为论文上的署名只有韩明哲导师徐恩俊的名字。

梁兮尘与韩明哲为了写好这篇论文花了很多时间和精力，她本指望着这篇论文去争取保研的机会，当看到所有的一切与她丝毫没有关系时，哭着质问韩明哲，韩明哲告诉她，徐恩俊答应了他的留校机会及梁兮尘的保研名额，所以他做了交易和妥协。后来，徐恩俊因为这篇获奖论文得到了升任，在他的活动下，韩明哲也顺利地留了校，只是梁兮尘在保研的过程中出了些岔子，使她成了这个事件中的唯一失益者。

梁兮尘与韩明哲狠狠地吵了一架，她认为韩明哲不该拿着他们的成果与导师做交易，吵到后来，竟鬼使神差地收集了相关资料上传到了学校的论坛，一时论坛激愤，风头无两。再后来，徐恩俊因学术造假被学校彻查并开除了公职，组委会也取消了他的获奖资格，而韩明哲向老师提供论文行贿，留校名额也就此泡汤。

"这里的是非你自己要好好想清楚，想不清楚，我们就留在这，谁也别回上海。"韩明哲将梁兮尘一个人扔在了屋子里。

岳默醒来的时候已是华灯初上，外面的路灯透过玻璃窗射进来，晃得她眯起了眼睛。这一觉睡得昏天黑地，像是死过去了一样，这会儿醒来，一阵子饿意马上袭来。

岳默打算做点粥喝，经过客厅的时候，她见吴璟尘的房门半开着，又过去向里张望了一眼，吴璟尘还在睡着，她打算再做几个小菜，等他醒来的时候一起吃。

突然的关心让岳默自己也吓了一跳，她的脑海里又出现了她赶到半山公墓的那一刻：吴璟尘躺在大雨里，蜷缩着身子，见岳默喊他，他一把将她抱住，抱得死死地，像是大海中遇见的一根浮木。眼泪与雨水融合，她听不到他的哭泣，只听得到他在她耳边微弱地呐喊，不要离开我，不要离开我……岳默汗毛微耸，他是说给宁心听的吗？

在厨房里傻站了十几分钟，岳默方才回过神来，她感觉浑身一阵痉挛，遂双手用力地拍打着双颊，告诉自己，不要乱想，不能乱想。

她煮了粥，炒了小油菜，拍了黄瓜，还煮了四个鸡蛋，半个小时之后，电饭锅也唱起了歌。她将小菜碟端到了餐桌上，一一摆放好，又等外卖的牛排送上门，方才起身去敲吴璟尘的房门。

第十八章

岳默听到了呻吟声，心里一慌，她突然有了一种不祥的预感。偌大的床上，吴璟尘的身体蜷缩成了一团，他的表情痛苦万分，由于持续的高烧嘴唇已经干裂得坑坑洼洼，额间伴有大颗的汗珠向下滚落。

岳默用手背试了试他的额温，感到一阵滚烫，她立即跳起身跑去小药箱里找出了温度计。温度计上很快显示出了 40.7 度的高温，如果再高一点，吴璟尘就能烧成肉干。

岳默回到洗手间后接了盆冷水，将毛巾浸到里面，拧干，然后又将毛巾搭在了吴璟尘的头上。少顷，她拿下了毛巾，感觉毛巾已经被吴璟尘的人体烘干了，她又再次将毛巾浸到了水里，拧干，重新搭到他的头上。

吴璟尘烧得迷糊，嘴里嘟嘟哝哝地不知道说了句什么，岳默没听清，只看见他蜷缩的身体慢慢打开，双手又一把将岳默环抱住，整个头埋在了她的肚子处。

这样一连串的举动又令岳默一阵慌乱，她整个人僵立在那，一动也不敢动。很快，吴璟尘的体温把她的小腹烘得热乎乎的，像个暖水袋一样，竟让她感觉到舒服。他一边蹭着，一边胡言乱语，"爸，咱家的房子着火了，梁兮尘跑了，她不管我。"

吴璟尘紧闭着眼睛，又痛哭起来，"宁心死了，她真的死了，她真的死了。"

岳默知道他这是又被烧糊涂了，出现了谵妄症状。但是这次和上次在医院里着的火不一样，那次是因为手术后体内残留着麻药，而这一次，应该是被雨淋发烧成了急症。

再这么下去，吴璟尘不被烧成肉干，也会被烧成傻子，岳默打算叫救护车来帮忙。这么决定之后，她将吴璟尘重新安放在床上，从身上摘下他的时候还费了不少力气，他抱着她的双手像是焊在她的身上一样。

无奈中，她只好搬出牛排来救场，"我要去给你买牛排了，你好好躺下来，不然就没有牛排吃了。"

"牛排。"

"对，我们现在去医院，去晚了就没有牛排吃了。"岳默贴在吴璟尘的耳边胡诌。

120来的时候，岳默已经帮吴璟尘收拾好了随身要带的衣物，经过这几个月的"培训"，她发现她对照顾病人的这项技能达到了娴熟的程度。她和他所有的相遇，基本上都是在墓地、病房、太平间，而相遇的事情基本上都是车祸、暴风雨、生病、受伤，他和她之间算是什么样的缘分呢？

梁兮尘的手机还是关机状态，岳默猜想她应该已经登机，就又给她发了个短信。她陪着几个医护人员将吴璟尘送上了120救护车，看着吴璟尘输上了液，她整个人才安静下来，她忍不住打了两个喷嚏，只觉得浑身冰冷。

看着这个孤傲清冷、潇洒不羁的贵公子如今乖顺地躺在救护车里，岳默竟发出一声嗤笑来，她的眼前又飘出了"性单恋"这几个字，在这副迷人的躯体之下，究竟安放着怎样的一颗灵魂？

她在给他收拾行李箱的时候，发现了一张女孩子的照片，四寸的标准尺寸，照片中的女孩非常漂亮，长发明眸、阳光美好。照片的背面是一串英文，Love is a vine that grows into my hearts。岳默直觉，这个漂亮女孩应该就是胡玫和吴璟尘口中的宁心。

宁心死了。

救护车一路呼啸着驶入了市中心医院。吴璟尘被几个护士配合着抬下了车，又送往了急诊室。岳默一路跟随着前行，眼前刹那间出现了一片白，一团一团的白，上次车祸后吴璟尘被送进手术室时的场景又显现了，来来往往的人在她眼前出现，又消失，她又一次感觉到了腾空，直到吴璟尘被顺利安排进了输液室。

她向护士要了温度计，体温量出来到了 37.5 度，护士说还不算烧，让她随时留观，她问护士租了陪床，在吴璟尘的病床旁搭好，等他输好液后，便昏昏沉沉地进入了梦乡。

护士每隔两个小时来换一次输液袋，她们每次推门进来的时候，岳默都会醒，后来就完全睡不着了。她盯着她们把打完的输液袋拿下来，再把新的输液袋挂上去，往复几次，整夜无眠。

早上天亮的时候，她又看了眼手机，梁兮尘还没有回复信息。她开始无聊地删除着手机里的垃圾信息，一边看着一边删除，她突然发现好几条相同内容的视频排列开来。

"昨天夜里，一架从广州飞往上海的波音 737 客机在广西上空失联坠毁，机上人员共 132 人……"

每一条新闻报道的内容都差不多，失事原因不可能这么快就出来，所以也没有太深入的报道。

广州飞上海？岳默突然头皮发麻，梁兮尘昨天就是从广州飞回上海的，她快速翻到了与梁兮尘的微信对话界面，她发给她的最后一条信息在 19:10，按照这个时间推算，她乘坐的飞机落地时间应该是 23:20。按照正常情况下，她下了飞机后是该给她回个平安的，或者是询问一下吴璟尘的病况。

可是没有信息。

岳默突然有了不好的预感，她连忙给梁兮尘拨了通电话，手机是关机状态，她有些不相信，便又拨了几通。直到拨了十余分钟后，她才开始完全崩溃了，她感觉，梁兮尘和韩明哲就在那架飞机上。

人的恐惧是会控制大脑神经的，就像是鬼压了身一样，她半天动弹不得，挣脱不开的枷锁让她难受万分，但意识是清醒的，她希望吴璟尘这会儿能唤醒她。

"你没事吧？"吴璟尘侧着头看着岳默折腾了好一会儿。

岳默被解了穴，她慢慢地缓了过来，呼出一口长气，她回头望向吴璟尘时，眼睛已布满了血丝，"有飞机失事了。"

吴璟尘轻点了下头，不知道岳默想表达什么，又转回身去继续睡。

"兮尘昨天乘坐的可能就是那班飞机，我刚才打她手机一直关机，昨天发她的信息也没回。"岳默焦急地说。

吴璟尘一个折身坐了起来，他呆愣地看着岳默，又拿着手机看了半晌，"你确定她乘的是这班飞机吗？"

"我感觉是的。"岳默的声音是抖的。

吴璟尘开始躁动不安起来，又给梁兮尘拨了通电话，依然关机。他再也坐不住了，又问："她是和她的同事一起去的，你有她同事的号码吗？"

"有。"

岳默突然想起韩明哲，马上在通讯录里找到了联系方式。韩明哲的手机同样是关机状态，两个人对视着，彼此都能听见对方的心跳。岳默又拨打了航空公司的客服电话，登记了梁兮尘的具体信息，等待对方核实消息之后再来电话通知。

等待的时间是最可怕的，岳默感觉自己已经没办法待在病房里了，索性收拾了一下，打算去外面买些早餐来。

医院旁的早餐摊 24 小时无休，岳默买了白粥和包子，又加了四个茶叶蛋，付好钱后，她又查看了下手机，依然没有任何消息。往回走的时候，她又想到了什么，又折返回去打算给吴璟尘买块牛排，他一天没吃东西了，他或许需要来块牛排。

转了几圈，没有正经牛排馆这么早营业的，她的目光落在了一块 KFC 的招牌上，她进去买了份牛排汉堡。回到医院时，吴璟尘的目光变得恍惚起来，见岳默摇头，他一句话也不说。

"谢谢。"吴璟尘接过了岳默递过来的勺子，他在上海下飞机后就一直没有进过食，这一刻他感到饿得厉害，给什么吃什么。

岳默却连最简单的"不用谢"三个字也说不出来了。一夜的折腾加上为梁兮尘的事着急上火，她的嗓子突然失声，她感觉自己整个人越来越不好，胸口疼得厉害，医生简单地检查过后，给她也开了单子，入院输液。

近中午的时候，梁兮尘才从酒店的大床上爬起来，几天没日没夜的奋战让她这一觉睡得昏天黑地。她顶着一头乱发去摸手机，想看看时间，却发现手机已经没电关机，只好充上电再去找韩明哲。

她的房间被反锁着，她嘴里骂了句"王八蛋"，又用力地拍门踢门，叫韩明哲给她把门打开。踢了半晌，外面根本没有动静，她只好返回床头给前台服务员打了电话。

上了个厕所、洗漱回来，手机已经能开机了，瞬间，一连串的信息和未接电话蜂拥出来。其中的三分之二是岳默打来的电话和发来的信息，还有两条是韩明哲昨夜发给她的信息。

她迫切地先看了韩明哲的信息：主任说明天所里有个会要我必须参加，所以我还是乘今晚航班飞机先回了。这些天你辛苦了，好好睡一觉，昨天的事是我不对，主要是方式不对，我给你赔个不是，我用里程积分给你兑换了明天下午航班的头等舱，你可以舒服一点地回上海。

信息的后面还有两个作揖的表情，梁兮尘看到这儿，嘴角一咧，不禁发出"切"的声音。

接着又看第二条：这个头等舱积分可是我攒了三年多才积够的，所以我够诚意吧？要想谢我的话，等回上海帮我去选一些装修的内饰就行，我相信你的眼光。

"一张头等舱就想免费使唤我？！"梁兮尘哼了一声，然后连岳默的信息都没看，就直接拨打了过去。

电话几乎是响了一声就被岳默接起来的，但是她已经失声严重，说不出半句话来。她先是把手机贴在耳边屏气聆听，待听到梁兮尘慵懒的声音时，整个人马上从病床上跳起身，她扯过一旁的吴璟尘，又将手机贴在他的耳边。

"喂？岳默，怎么不说话？"

"她在打吊瓶。"吴璟尘听到了梁兮尘的声音，悬着的一颗心总算放下。

"不是你发烧被拉去医院吗？怎么她在打吊瓶？"

"应该是昨天淋雨感冒了。"

"怎么我一出差，你们俩就往医院跑？我可告诉你吴璟尘，好好照顾我姐妹，我下午就回来。"

梁兮尘放下了电话，开始满屋子收拾起自己的物品装箱，没出十分钟，律所主任佟亚涛的电话又打了进来。韩明哲在上午本该出席的会议中缺席，手机一直关机，所以他担心他们两个会不会坐了昨天的那班航班。听到梁兮尘的声音，对方明显松了口气，但梁兮尘却不淡定了，她浑身一个激灵，预感不好，因为她知道韩明哲是乘了昨晚的飞机回去了。

梁兮尘一切平安，岳默悬着的心总算放下来了，她身体细软地瘫在病床上，昏昏睡去。

不知睡了多长时间，岳默被饿醒了，早餐光顾着给吴璟尘吃牛排饼，自己一口粥都没喝，她睁开眼睛的时候，肚子正有一声没一声地叫唤着。她下意识地转过头看了眼吴璟尘，见他也看着自己，瞬间难为情地用被子蒙住了头。

"别动。"吴璟尘将被子拉下了她的头，又上手去摸她的额头，再试试自己的额温，感觉烧已经退了，便说："我带你去个地方。"说着，他从床下把岳默的鞋子拿出来，放在了她的面前。

岳默一脸疑惑，自己说不出话来，只有比画，吴璟尘便说："我饿了，你陪我去吃点东西。"

岳默跟着吴璟尘又走进了那家商场，一路跟在他的后面，电梯上去是那家上次排队未吃成的牛排馆。中午时间，牛排馆的人没有那么多，所以两个人到时，服务人员直接给他们安排了不错的位置。

"有什么忌口的吗？"吴璟尘一边翻着菜单，一边柔声和气地问岳默。

岳默摇头，刚想说自己不吃辣，吴璟尘马上意识到她不能说话，直接交代着服务生，"不要辛辣的，牛排给我七分熟，给这位女士九分熟。"

服务生送上来餐前面包，吴璟尘挑了一块涂了果子酱递给岳默，岳默接过来吃了两口，顿觉美味，一边点头一边朝吴璟尘竖起了大拇指。

不吃并不觉得饿，这一口餐前点进口后，岳默感到胃口大开。接着，是两杯蜜桃甜酒，一人一杯，吴璟尘拿起酒尝了一口，感觉不错就又喝了一大口，见岳默不喝，又说："这个可以喝一点，我记得你是喝酒的。"

岳默摇头，一脸尴尬，她正值月经期不宜喝酒，只好低着头又涂了些果子酱在面包上。

吴璟尘点头，将自己杯子里剩下的一些酒又喝了下去。接着，服务生又端上来鹅肝菲力牛排、卡布奇诺菌菇浓汤等主菜，岳默嗅了一下，五体通畅，没等吴璟尘再交代些什么，直接捧起，一口气喝了半碗，暖汤下肚，心都暖了。

这世界上最美好的事，就是失而复得和虚惊一场，梁兮尘的平安无事让岳默感到了心里从未有过的欣喜，像是中了 500 万彩票一样。

"先吃鹅肝吧，时间久了会不新鲜。"吴璟尘娴熟地切着牛排，又将切好的牛排盘放在岳默面前。

鹅肝又嫩又软又滑，岳默以前在老家的时候也吃过混在整只鹅肉里的鹅肝，那和猪肝牛肝没什么区别，就是一牲畜的内脏，但这份鹅肝入口即化，美味沁脾，她打算下次岳英明和陈清风来上海时，一定也要请他们来吃上一顿。

想到这儿，她又下意识地抬头望了吴璟尘一眼，对吃食如此讲究的人，之前是如何忍受那些水煮牛排的呢？

接下来的提拉米苏和酸梅汤也特色十足，店家在提拉米苏外罩上一件瓷瓶一样的糖衣，吃的时候需要敲碎瓷瓶，岳默舍不得丢弃那糖瓷瓶，便夹到碗里慢慢地享用。

梁兮尘不间断地给韩明哲打了足足半个小时的电话，也给航班公司及机场打了无数个问询电话，给她能想到的一切和他有关的人和公司打电话，但是，韩明哲就像人间蒸发了一样。

机场暂时不能提供有关失事飞机的相关乘客名单，他们需要反复核实之后才能官方披露，梁兮尘一边用力地拍着值机台，一边冲着服务人员大喊大叫。机场确认的消息一时没出，她悬着的心就一刻没法放下来，脑袋里像是放电影一样寻找着所有的蛛丝马迹。

她还是心存一分侥幸，因为韩明哲那个骗子，是什么事都能做得出来的。她呆坐在头等舱的座位上，看着一旁的空姐提供着各种服务，她根本听不见她说的话，她也不想听见，这一刻她只想知道韩明哲的下落。

"韩明哲，是死是活，你最好是通知我一声，否则咱俩这辈子没完。"

第十九章

　　吴璟尘颇有诚意的这顿牛排令岳默大快朵颐，好像喉咙也不那么痛了，感冒症状也好了大半。不管他是为了满足自己的食欲，还是为了感谢岳默的照顾，初衷也没那么重要了。

　　享用美食之后，两个人从牛排馆里走出，岳默又想起了什么，下意识地扭了头。那家密室逃脱店还在，只是他们已经换了新的主题，看着大幅招贴一字排开，岳默依然心有余悸。

　　回到病房，护士刚巧推了小车来送药，两个人相视过后乖乖地躺在自己的床上继续输液。一个小时过后，岳默的手机铃声响起，电话是梁兮尘打来的，她已下了飞机，在到达厅的服务台前询问着航空公司坠机的具体情况，她没有获得任何有效的信息，整个人瘫软如泥，完全崩溃。

　　这趟韩明哲为她积分换来的头等舱让她如坐针毡，眼前专用的食物美酒也一口未动，每次空姐空少走过来，她都神经质一样地拉住他们询问韩明哲的消息，问到最后，空姐和空少开始绕着她走。

　　这是梁兮尘坐过最惊恐与绝望的两个小时航班，她害怕到达，害怕下了飞机之后扑面而来的确定消息，害怕韩明哲真的在那架飞机上。

"喂……"梁兮尘蹲坐在机场的一角，没等岳默回应，她又继续说："韩明哲可能就在那架飞机上，我怎么都联系不上他，我要疯了，岳默，我要疯了。"

说着，梁兮尘直接号哭出来，岳默拼命地清理着喉咙，希望能说出几个字来，可她尽力说出的几个字连自己都听不清楚，她只好求助吴璟尘。

"慢慢说。"吴璟尘接过了岳默的手机。

"我们本来是买了昨天晚上的机票，但是我俩因为吵架怄气没走成，就改签到了今天下午的航班。韩明哲由于昨天晚上接到了公司的通知，所以他一个人就先飞回了上海。可是公司领导说他今天没有去开会，手机一直是关机状态，我联系不上他，他是不是死了？！我好害怕！"梁兮尘已经泣不成声。

"你发个定位过来，我们过去找你。"吴璟尘听着梁兮尘语无伦次的讲述，当下做了决定。

语毕，他沉着地看了眼岳默，岳默马上点头，两个人默契地拔掉了输液针头，不约而同地起身向外走去。

电梯下行至七楼的时候，岳默透过涌出的人群看到了一个熟悉的人影。他戴着口罩，跟在医生和护士的身后，他们推着病床上的患者从手术室专梯上下来，他没有理会周边任何人的眼光，推着病床划过了众人的视线，转弯，消失。

她太熟悉冯朗教授的这个背影了。可是他怎么会在这？病床上的人又是谁？

这一切发生得太快，容不得岳默思索，反正躺在病床上的人不是冯朗，不是他就行。

　　岳默需要与吴璟尘交流，但是她现在已经没办法发出任何声音，她在副驾驶位置上回头将微信码出示给吴璟尘，吴璟尘干脆利落地扫码、添加，动作自然流畅。

　　两个人通过微信之后，岳默的信息便雪片一样地发了过来。

　　"我现在没办法说话，所以接下来对于梁兮尘的帮助由你来执行。"

　　"如果真的是遇到了坏的结果，我们需要注意的是，以陪伴为主，不要刻意的安慰。"

　　"她可能会出现一些应激反应，比如说肌肉震颤，双手发抖，双腿无力，反复地回忆她和韩明哲这两天发生的事情，甚至出现严重的焦虑和恐惧、悲伤和沮丧，甚至大发脾气，这都很正常，你不要害怕不要慌，我们要做的就是耐心地听，情感上予以共鸣。"

　　"机场方面可能需要联系他的父母亲前来，我估计律所的领导和同事也会在，我们所能做的就是保护好兮尘，并在能力范围内协助她处理一些事情。"

　　一条条信息"嗖嗖"地飞进了吴璟尘的手机里，吴璟尘一条条地细看，又不住地点头，看到最后一条信息时刚要回复，岳默又一条新信息飞了进来，"当然，我更希望这一切只是虚惊一场。"

　　吴璟尘默默地点头，又默默地回了一个字"好"。

　　机场临时的家属接待区已经被屏风隔离开来，里面传出了令人心碎的哭声。岳默和吴璟尘奔进机场大厅后，按照梁兮尘分享的位置先行寻找了一番，但没有找到梁兮尘，她的电话一直没人接听，两个人只能跑去临时接待区询问。

　　接待区的门口有两位机场人员，他们在一一核对着名单上家属的姓名，岳默从屏风的缝隙处向里张望，她看到有家属趴倒在座椅上哭得死去活来，她深呼了口气，心里默念着，"不会有事的，不会有事的"，回过头时，吴璟尘已经确定好信息向她走来。

当岳默看着吴璟尘向她走来，默默地点了下头时，她的眼泪一下子夺眶而出。韩明哲并不算是她非常熟识的人，但即使是陌生人经历了这惨烈的空难，也是让人难以接受的。她无法控制住自己的情绪，没办法停止哭泣，就像是被上了弦的铁青蛙，只有动力耗竭才能停息。

很快，一只手臂揽住了她，然后将她拥入怀中。他一边轻抚着她的头，一边轻拍着她的背，他在她耳畔小声说着："哭吧，没事。"

偌大的机场大厅按部就班地吞吐着它的运力，岳默的哭声融入到这轰隆隆的节奏里，打远望去，就像是再平常不过的一对小情侣，依依不舍，你依我依。

终于可以控制住自己的情绪了，岳默呼了一口长气，难为情地望了望吴璟尘，吴璟尘一笑，用食指节刮去她睫毛上的泪珠，"可以了吗？我们现在进去。"

岳默点头，整理了脸部的表情后，跟随吴璟尘进入了接待区。接待区里，陆续从各地赶来的家属成簇而立，岳默看到了一位年约70岁的大爷，他正拿着手机上面的照片指给一位工作人员看，"这是我的女儿、女婿还有小外孙女，我女儿、女婿在上海刚刚买了房，这回是接小外孙女过来上学，小外孙女在我们老家的学校回回考第一……"他哽咽着说不下去了，与一旁的老伴抱头痛哭。

这怎么能受得了，岳默的眼泪又开闸一样地落下来，这可是完完整整的一家人啊！遭遇了这样的事，让老人以后怎么活，怎么面对这一切！

转了一圈，岳默和吴璟尘终于在人群中发现了梁兮尘，她正被五六个人围在一处座椅上。她整个人蜷缩在上面，眼神呆滞，像是裘索那样被封在了一层壳里。岳默用力地咽下了眼泪，直扑过去抱住了梁兮尘，梁兮尘望见岳默，委屈得撕咧开嘴巴，大声号哭起来。

韩明哲就在失事的飞机上。

他当天晚上与梁兮尘吵完架后，为了防止梁兮尘武力报复，直接将她的房间反锁，自己住在了外间客厅的沙发上。两个人为了办案方便，每次出差基本上都是租住一间大的商务套房，一间办公，一间休息，两张标准床，谁困了谁睡，也没有什么男女授受不亲的尴尬。韩明哲将梁兮尘锁在休息间后，自己躺在沙发上浅睡了一会儿，又接到了佟亚涛打来的电话，佟亚涛以为两个人已经办好案回了上海，所以安排他翌日出席区里的司法会。这样级别的会议有很多业界的重要人士出席，是一次很难得的机会，韩明哲思索片刻，当即订了当天最晚的一个航班赶回上海。

也就是这阴差阳错的决定，将他送上了不归之旅。

但在梁兮尘看来，韩明哲遇难的主要原因，是因为与自己吵架才错过了原订的航班，如果他们按原计划航班飞回上海，这一切就不会发生。他的悲剧，是因为她的执拗而造成的，她没办法原谅自己。

围在她身边的几个人都是律所里的领导和同事，佟亚涛见到梁兮尘的时候无论问她什么她都不说，她不哭不闹，整个人像被罩在一层结界里，与世隔绝。直到岳默拥抱她的时候，她才活了过来，"岳默，韩明哲，韩明哲，韩明哲在那架飞机上……他死了，他死了。"

梁兮尘嘴里一遍遍的就是这几句话，然后又在一遍遍地解释着昨天两个人吵架的前因后果，逻辑不通，前言不搭后语，岳默知道，她的创伤后应激障碍已经非常严重，她紧抱着她，陪着她流泪。

梁爸走的时候，梁兮尘也哭过，但并不是这样的崩溃，她甚至连求生的欲望都没有了，胡言乱语中，可以听到她想替他去死。

"我们现在回家。"岳默发了信息给吴璟尘。

失声之后，她似乎与吴璟尘之间形成了一种默契、一种依赖，有他在，他们就有了依仗。吴璟尘收到信息后，转过身，蹲下，很自然地背起了梁兮尘，这个从小一直在他背上玩耍的妹妹，又一次靠在了哥哥的背上。

回程的途中，岳默一直思索着一件事，她需要马上给梁兮尘找一个心理咨询师介入援助，她最希望冯朗教授来帮她这个忙。可冯朗教授与梁兮尘之间算是多重关系，在心理学上，多重关系是不适宜进行心理咨询的，她又满脑子搜罗着合适的人选。

回到家里，梁兮尘躯体反应症状明显，一直呕吐不止，岳默索性留下来照顾她，决定翌日上班后再和冯朗提这事。

对于暂时还未恢复语言功能的岳默来说，这一夜她确实有心无力，她说不出话，只能陪着她哭，听着她诉说内心的遗憾和愧疚，听她追忆所有的过往，然后在她快到崩溃的时候再抱紧她。这世界上没有真正的感同身受，岳默知道自己无法代替梁兮尘，无法代替她悲伤，无法承受她心里的痛。

这一夜，是异常难熬的一夜，韩明哲的魂魄在空中飘荡着，梁兮尘时不时就会看到他，然后又惊喜地呼唤着他的名字。

吴璟尘的重感冒还没有好，晚上的时候又复烧起来，但是他没有告诉岳默，这种情况下，寸步不离地守护着梁兮尘才是重中之重。他负责接听所有来电来信，然后按照岳默的指令再回复回去，两个人像是演着双簧，从未有过的默契。

岳默配合着她表演着一切，就好像一切本就存在着一样。

岳默看过一篇文章写死亡，说一个人接受另一个人的离开是有三个阶段的，第一个阶段是心脏停止跳动，从生物学的角度来说是身体的死亡。第二个阶段是在葬礼上，亲人好友来为你送行祭奠，从社会学的角度来说这是社会角色的死亡。第三个阶段是最后一个记得你的人死后，这个世界上就再没有人记得你了，你就真的死了。韩明哲无父无母，从小跟着爷爷奶奶长大，上大学的时候，爷爷奶奶也双双离世，岳默觉得，韩明哲最终是要被人遗忘的。

晨光熹微的时候，岳默见梁兮尘终于合上眼小憩了一会儿，这时她才小心翼翼地抽出发了麻的手臂，一点一点地挪出了房间。

吴璟尘一直睡在客厅里，他听到了推门的动静，便一个鱼跃从沙发上弹坐了起来。岳默向他走过来，跟他比比画画，他很快明白了梁兮尘的处境。两个人通过微信作了短暂的交流，吴璟尘留在家里照顾梁兮尘的饮食和情绪，以及随时上报她的状况，岳默正常去上班，然后想办法请冯朗教授来进行援助。

她提前半个小时搭乘公交车去了靳家花园，这个时间，冯朗基本上不会出现在莫羽心理咨询工作室，她可以在他到来前好好想一想怎么和他说梁兮尘的事。

在岳默走向青铜大门口的时候，她发现旁边的甬道上停着一辆白色的小轿车，这个位置平常是禁止停车的，所以她不免多看了车上的人几眼。车上坐着两名中年男子，坐在副驾驶上的人正在给坐在驾驶位置的男子点着烟。他们见岳默望向这边，又见她打开了青铜大门，便马上下了车。

岳默见两个人朝自己走过来，以为是慕名而来的来访者，便停下来冲着他们礼貌性地笑了笑，由于她暂时丧失了语言交流能力，便只能用手势和表情来打着招呼。

"我们是来找靳莫羽的。"那个坐在副驾驶的男子说。

岳默一愣，摇了摇头，又摆了摆手。

"哥，这是个哑巴，要不然我们进去等吧。"坐在驾驶室的男子说，他有些不耐烦地猛吸了一口烟，将烟圈吐得专业。

岳默又不是真哑巴，对于他们的语音语调听得清清楚楚，她见两个来者推开青铜大门便往里闯，情急之下，只好拿出手机打了几个字推到他们的眼前。

"这里没有你们要找的人，是不是搞错了？"

两个人一个字一个字地读着，副驾驶位上的人又抬眼望了望眼前的建筑，一脸疑惑，"这里不是靳家花园吗？"

"没错，就是这儿，小姑娘，我哥叫靳莫生，是靳家老太爷的亲孙子。"

岳默曾经听说过些靳家花园的历史典故，知道些关于靳明杰当初给阮小茹建这座花园的爱情故事，她又上下审视了一下眼前的男人，他 40 来岁，穿着普通，样貌气质也是乡下人的特征，联想到他口中要找的靳莫羽，便恍然大悟，他们的工作室不就是"莫羽心理咨询工作室"么。

第二十章

这两个管靳莫生叫哥的男子很快占据了心理咨询大厅的中心位置，他们像是对着自己的房子一样品头论足，讨论着它设计上的不足。

岳默心生疑窦，一边做着手里的准备工作，一边留意着他们的举动。当这两个人起身向楼上走去时，岳默直接挡在了楼梯口处。她皱着眉头将手臂伸成了个"一"字，然后做着手势告诉他们一楼以上的位置生人勿访。

两个男子见状叫嚷着："靳家花园是靳家人的财产，你一个打小杂工的人就别掺和了。"然后他们硬生生地把岳默推到了一边，毫不客气地向楼上蹿去，他们一间间地推着门拍着门，零乱的脚步声打乱了心理咨询工作室从未有过的平静。

岳默看了眼客厅里的落地钟，这个时候离冯朗教授平时上班的时间还有五分钟，她只能再忍耐五分钟，等待着冯朗的到来。

冯朗教授在回莫羽心理咨询工作室之前，已经在医院里安排好了靳莫羽的事。这位众人口中靳家花园的继承者，便是岳默那天在电梯间瞥见的病床上的患者，他此刻还没有醒过来，整个人被纱布包裹得像具木乃伊一样。

当落地钟敲响的时候，冯朗准时地出现在工作室的大门口。岳默听着他熟悉的声音，哑哑地唤了声"教授"，冯朗一边点头，一边走向那两个强行入室的人。

"我已经安排私人律师与你们对接了，我们之间没有什么好交流的。"

很显然，他们是认识的。

"我们之间是没有什么好交流的，我们是来找我哥靳莫生的，他上次来上海找靳莫羽之后就再也没有回去，现在人联系不上，我们合理怀疑他的失踪跟靳莫羽有关。"副驾驶男子挑起了眉头。

"我没有见过靳莫生。"冯朗平静地回答。

"不可能，他两个月前从村子走时我们还一起喝过酒，他说他把靳家的祖业要回来以后，就会请我们来上海做客，但是现在人根本联系不上。"副驾驶男子又说。

岳默耳闻过豪门子女争夺家产的戏码，也看过不少豪门恩怨的剧集，但是靳家花园里发生的故事却让她有些恍惚，她感觉自己不是这个世界里的人，她像是看客一样，沉浸式地看着他们的发生、发展到演变。

两位不速之客的底气与冯朗教授的防卫性回应形成了鲜明的对比，岳默注意到了对方的咄咄逼人，他们口中的靳莫生应该是与靳家有着千丝万缕的关系。双方从不客气的对话变成了非常不客气，到后来激烈地争吵起来，岳默随时保持着机警的状态，眼神一刻也不敢离开。

双方都以主人的姿态驱逐着对方离开，到最后，过激的话竟引起了双方的打斗。岳默听到的大意是，靳莫生的祖母是靳家保姆的女儿，当年有传言其怀上了靳明杰的私生子而被阮小茹赶出了靳家花园，靳明杰为了安抚住老婆，花了巨资为她修建这所花园。另一边，他放心不下保姆女儿肚子里的孩子，给他们寄去了一笔可观的生活费，有的人也说那是封口费。至于靳莫生为什么到现在才来讨要自己应该继承的靳家祖业，也是因为这笔封口费的缘故。因其祖母上两个月才刚刚过世，靳莫生在整理遗物时发现了那封信，才知道自己原是靳家的后代，所以当即改了李姓为靳姓，成了靳莫生。

岳默终于清楚冯朗前段时间找梁兮尘帮忙的原因，如果事实确凿的话，这确实是一件棘手的家丑。对方来者不善，而那个帮腔的驾驶座也是个练家子，岳默怕冯朗会吃到什么亏，自己又没有半点战斗力，她捏紧手机，做好了随时拨打 110 的准备。

不知道双方吵到哪一句的时候，那个帮腔的驾驶座直接飞起脚踢在了冯朗的胸口处，冯朗毫无准备，被这突如其来的惯性带出去好几米，脑袋差点磕在沙发边角上。

岳默见状大惊，冲口而出：“你们怎么打人啊？”

“哟？！这位不是个小哑巴吗？怎么突然能说话了？”驾驶座一脸戏谑地跟副驾驶座说，“难不成我把她这个疑难杂症给治好了？”

副驾驶座跟着一阵狂笑。

“你们赶紧离开这里，不然我就报警了。”岳默费力地发出声音。

“报警？报呀，我们正好找人找不到，让警察叔叔快来帮帮自己。”副驾驶座笑看着冯朗。

岳默从未见过如此狼狈的冯朗，在他被那驾驶座一脚踢倒之后，他还在用自己的修养强忍着情绪，对方不断地用羞辱的字眼骂着靳家老太爷，听到后来，其实已听不清他们说了什么，只看得见冯朗猩红着眼睛，缓缓地站起身，猝不及防地将面前的两个人撂倒在沙发上。

冯朗最终还是选择了用武力解决问题，他选择了这样的解决方式基本上没打算给对方留什么翻身的机会，即使驾驶座找了个练家子的副驾驶座来帮忙，他在冯朗面前也完全不是对手，想当初年少的时候，他一个人就可以以一敌众。

几个回合之后，对方倒地，口鼻蹿血。

再接下来，冯朗教授自己报了警。在警察到达之前，他向岳默吩咐了几件事情：第一，短时间内工作室无法正常营业，需要她与预约过的来访者分别签订一份补偿协议，协议内容按照草拟的补偿条款进行，如果来访者不同意签订协议的，均按照预约金的三倍进行赔偿；第二，他需要配合公安机关处理与此二人的纠纷，希望岳默可以代替自己帮忙照看靳莫羽。

岳默在 120 和 110 将几个人带走后，用了足足一个小时的时间来处理一周内来访者的补偿协议。本是想找冯朗教授来帮忙援助梁兮尘的，岳默没料到横生枝节，便只能先将心理咨询室的工作处理好。

在处理工作的间隙，她又给吴璟尘发了条信息，简单说明了自己的情况，又在途经医院的花店里挑了束百合，赶去看望靳莫羽。

到达医院的时候，她轻车熟路地乘着电梯到了 7 楼。7 楼是神经外科病房，岳默根据冯朗发给她的病房号，直接拐到了走廊，经过护士站的时候，她又灵机一动地想在护士那里了解些靳莫羽的病况，便走上前去笑呵呵地与护士搭讪。

"7021 靳莫羽吗？"护士谨慎地审视了一下岳默。

"对。"

"你是他什么人？"护士又看了眼记录簿。

"我们的关系，一言难尽。"岳默本想解释，但又觉得一句两句也解释不清，便故弄玄虚地低头闻了闻手里的百合花。

小护士八卦得很，瞬间领会，不再追问。

"他的情况怎么样？"岳默紧盯着护士的嘴巴，"手术成功吗？"

"还好是从二楼跳下来的，不然这命肯定保不住。"护士收回了记录簿又看向岳默，"不过你也别担心，抢救及时，脑出血量不算大，恢复好的话，不太会影响到患者日后的生活。"

跳楼，自杀？

这么令人震惊的消息让岳默更加震惊，靳家花园的主人会跳楼自杀，这简直让人匪夷所思。带着所有的疑问，岳默敲开了 7021 病房的门。

7021 房在走廊的最后一间，房间门上没有玻璃窗，门是紧闭着的。敲了一会儿门后，一位 50 岁左右的阿姨来开了门，她穿着利索、不施粉黛，整个人威严中透着和气，岳默向她说明了自己的来意，阿姨便点头说，自己已接到了冯朗交代的信息，辛苦岳默跑这一趟。

第一次走进这样的高级病房，岳默还是觉得贫穷限制了想象，这间病房所有的物件摆放都是人性化的，如果没有必备的治疗监测仪器，她会觉得它更像是一处私人的疗养会所。会客厅里有一大两小三个布艺沙发，茶几上有专用的茶艺小盏和一些蜜饯、果糕，很显然，靳莫羽的病床是在里间。

一路上的好奇即将揭幕，岳默竟突然有些激动，她跟着阿姨轻手轻脚地进入了里间。这间病房是普通病房的两倍大，按照普通病房的标准，这一间可以排得下三到五名患者。病房有两张床，一张躺着靳莫羽，另一张是陪护床，病床上的靳莫羽头上裹着纱布，脸是肿的，岳默看不太清他的长相，被子盖到了肩处，也猜测不出其身形的胖瘦，唯一可以确定的是，他不是老头子，而是一个青年。

阿姨送过来一杯清水，岳默连忙道了谢，又将手里的百合花放在窗台上。窗台前已经摆放着一捧鲜花，花束中有康乃馨、玫瑰和百合花，所有花色都是粉红系的，岳默知道这一定是冯朗放在这的，那束花就像是刚从靳家花园里采摘来的一样。

"医生说靳先生什么时候可以醒过来？"岳默放好花后，又接过了阿姨手中的清水。

"估计还要三到五个小时吧，看情况。"阿姨淡定地看着手里的清单，数着上面的数量，然后有条不紊地检查了输液袋，又在一个本子上记录着什么，她忙里偷闲地问岳默，"你是叫岳默？哪个默？"

"默默无闻的默，我是冯朗教授的助理。"

"我见过你。"阿姨点头，"我们最近住在靳家花园。"

"住在靳家花园吗？"岳默吃了一惊，她又想到了二层和三层。

"我们本来是住在松江的，因为莫羽有哮喘，市中心的空气质量对他的病情恢复不好。上次应该是你请了长假，冯朗一个人忙不过来，就把我们接到市里来了。"

车祸之后，岳默回工作室听到的尖叫声难道是靳莫羽的声音么？岳默回想起了冯朗那段早到晚归的日子，原来这栋古堡里早就不止她和冯朗两个人了。可这个靳莫羽与冯朗是什么关系呢？是他的病人吗？职业的敏感性让岳默又再次兴奋起来。

"他是从二楼房间里跳下来的吗？"岳默试探地问。

阿姨没有正面回答，而是用棉签蘸了水在靳莫羽的唇角处擦拭了一圈。

靳莫羽是自杀吗？岳默不敢再问。她接过了阿姨递过来的零食袋子，里面什么吃食都有，薯片、梅子蜜饯、酸奶、牛肉干等。

"在这里很无聊，你吃点东西。"

"谢谢。"岳默昨晚陪了梁兮尘一整夜，早上也只是喝了碗稀饭，这会儿的零食大礼袋正合她意，便从中抽出了包牛肉干来充饥，"阿姨，您这的吃食比我平时要丰富得多呢。"

"都是莫羽的，他醒来的时候总要吃点零食的。"阿姨见岳默只拿了包牛肉干，便又拿出了一包薯片放在她的座位边，"年轻人多吃点，零食总是会给人带来快乐的。"

"阿姨，您一直和靳……先生，在一起的吗？"岳默突然不知道如何称呼靳莫羽，只能唤作先生。

"是啊，我们从美国回到上海，差不多有 15 年了。"阿姨将东西放好，又转回来坐在岳默旁边的沙发上，"当时，还是冯朗把我们接回来的。"

15 年前，冯朗还在澳大利亚墨尔本大学心理学系读博士，一天，他收到了一封靳莫羽发来的邮件，上面的内容不多，只是告诉他靳莫羽出了严重的车祸，车祸导致靳家父母当场去世。靳莫羽虽保住了命，但一条腿高位截瘫，精神也出了问题，邮件附件里还附了一张靳莫羽的照片，以及他的联系方式。自从靳落英因生意举家迁往美国之后，冯朗已有三年多没有与靳莫羽有过联系了，看着这封信，他很快跟导师请了假去美国看望靳莫羽。

再见冯朗时，靳莫羽已认不出熟识的人，由于 PTSD 及重度抑郁，他尝试过几次自残自杀，所幸被他的前女友及时发现，给救了回来。听他的主治医生说，他的求生意志非常弱，随时都有自杀离世的可能，所以必须 24 小时全天候不离人的陪伴。

"我那时候住在美国的西部，跟表姐一家联系得并不多，当时也是跟美国的丈夫刚办完离婚，所以，当冯朗找到我时，我没什么犹豫就跟着他们一起回到了上海。"

"您是表小姨。"岳默连忙叫了人，她突然想到刘培明之前和她说过此事，便问，"这么说，冯朗教授没有读完博士。"

"当时的情况很混乱，莫羽的病几乎是每天都要发作的，只有冯朗在身边的时候，他的情绪才会好一些。"表小姨说着，这个时候，靳莫羽的被子动了一下，她暂时结束了与岳默的谈话，起身查看。

靳莫羽并没有如期待那样醒过来，表小姨打开被子里里外外检查了一遍，又给他仔细地盖好，回到了沙发上。

"他的前女友是个华裔，家里做生意的，两个人相处了三年。不知道什么原因，两个人突然闹了分手，女朋友心里不甘缠了他一阵子，莫羽为了躲清静便计划外出旅行，父母怕他临时跑回国内，就跟他一起上了路。后来，他们的车子在西部的一个高速上出了车祸，表姐、姐夫当场去世。"

"冯朗教授和靳先生是在国内认识的吗？"岳默又问。

"对，冯朗在靳家花园也住过一段时间，这里是靳家的祖产，是莫羽爷爷奶奶留下来的。"阿姨有问必答，"莫羽截了肢后患了重度抑郁，身体抵抗力非常弱，他又有哮喘的老毛病，所以，我们平时是住在松江的平层里的。"

这就不难解释冯朗教授每天必按时回松江的缘由了，这些年里，他一直都在守候着靳莫羽。她突然又想起了什么，梁兮尘曾质问过她，为什么工作室每天的四个来访者中会有三个是抑郁症，这么想来，这样的工作安排应该是与靳莫羽有关吧。

冯朗教授与靳莫羽到底是怎样的关系呢，竟可以为了他，连博士的毕业证都不要就陪着他回了上海，为了他种了满园粉红色系的花，为了他每天来回长途奔波，为了他与靳家人大打出手……

一个又一个谜团将岳默越卷越深，待她又想向阿姨多问一些事情的时候，靳莫羽的床位剧烈地震动起来，阿姨一个反应飞扑了过去。

第二十一章

　　阿姨扑过去的时候已经为时已晚，靳莫羽像是一只怪物一样从床上滚落下来，很快，跟着他齐齐摔落的还有输液架、输液袋，地上一片狼藉。

　　"抓住他的腿。"阿姨双手娴熟地握住了勒莫羽的两只手臂。

　　岳默应了一声蹲下身去，握住了靳莫羽的一条腿，靳莫羽虽然少了一条腿，而且另一条腿也是粉碎性骨折，但他力大无比，岳默与阿姨两个人合力起来也不是他的对手。他像是一头发疯的野兽，扯着针头当武器，看到谁就攻击谁，眼看着针头就要扎在岳默的脸上，一只大手突然从岳默身后伸了过来。

　　岳默惊魂未定地转头去看，只见吴璟尘正不紧不慢地卡在了岳默的位置上，他没多做解释，而是直接将岳默推开，轻松地抱起靳莫羽又将他安放在了病床上。

　　很快，医生和护士相继赶来，护士给靳莫羽打了镇定针后，他又慢慢地恢复了平静。

　　岳默也算是见过大风浪的，但面对着求死心切的靳莫羽，她还是手足无措，若不是刚刚吴璟尘及时地挡在了她的面前，那一针肯定会扎到她的脸上或是眼睛上，发了疯的靳莫羽是什么事情都能干得出来的。

阿姨见怪不怪似的收拾着满屋狼藉，等她将扫把归位后，她又拜托岳默和吴璟尘看着些靳莫羽，她要去重新买批必需品回来。

在岳默的追问下，吴璟尘如实报告了自己是如何出现在这间病房的。早上岳默上班走后，吴璟尘喂梁兮尘吃了些流食，随后他接到了佟亚涛打来的电话，他告知梁兮尘机场会安排家属去出事的地点，问她是否前去，梁兮尘坚持要去，但她悲伤过度又加上一夜未睡，在前去机场的途中她突然呕吐起来，吴璟尘只好将她拉到医院吊盐水。

"她现在情况怎么样？你怎么就留她一个人跑出来了呢？"

"已经输完液睡着了。"吴璟尘一边回答，一边又弯腰收拾了残局，为了让岳默安心，又说，"我拜托了护士看着，放心。"

梁兮尘的状况不是一时半会儿就能解决的，她知道那种切肤之痛，岳默打算等表小姨购物回来就去梁兮尘那边看一眼。本想指望冯朗教授能帮上点忙，可现在他自己都泥菩萨过河，她只有靠自己了，好在还有吴璟尘在，他确实是个好帮手。

"你打算什么时候回美国？"这一次是认真地问。

"暂时先不回，还有一些事情需要处理，而且，现在这种态势我也走不了。"

他确实走不了，岳默甚至都不再计划着搬出梁家，起码最近一段时间内都不打算考虑。她收拾床边的时候，见靳莫羽又动了一下，她本能地向外蹦了一小步，然后连忙跑过去检查他的捆绑带。

"跳楼自杀未遂的人第二次自杀一定不会选择同样的方法。"吴璟尘自顾自地说着。

"为什么？"岳默反问。

"第一次就失败的死法谁会傻到第二次还用。"

可宁心第一次就成功了是吗？岳默看向吴璟尘，话在嘴边却马上止住，她不该问。

"你认识胡玫吗？她说她和你是校友。"

"胡玫吗？你认识她？"吴璟尘怔住。

"她是我朋友的小姑，兮尘也认识，前些天我们去参加朋友的订婚宴认识的。"岳默回想起胡玫口中的故事。

"噢，她都说了些什么？"吴璟尘问得风轻云淡。

"没说什么，就说和你是校友，婚礼上人挺多的，也没时间聊得太深入。"岳默思虑再三，没有将那天与胡玫的谈话说给吴璟尘听，这种场合不适宜聊这些。

表小姨购物回来后，岳默和吴璟尘一起去看了梁兮尘。梁兮尘已经醒了，从她的面色上看，她已经从昨天的悲伤中恢复过来，好像韩明哲的这件事情从来没有发生过一样。她轻松地从床上坐起身，招呼着岳默，问她去了哪，岳默如实回答，然后又把冯朗打人进了派出所的事和盘托出。

梁兮尘皱起了眉头，"怎么这么沉不住气，我就迟处理了一天，他就给我惹了这么大个麻烦。"

梁兮尘若是继续悲伤胡闹，岳默和吴璟尘反倒觉得正常，这会儿她突然变得正常起来，他们倒担心起来。岳默已经判断出，梁兮尘因悲伤过度患上了选择性失忆症，悲伤的人为了逃避现实而自我开启的一种心理防御机能。

与更为糟糕的结果相比，较为糟糕，或许是更好的选择。

梁兮尘前段时间帮忙冯朗处理的就是靳家花园房产纠纷的事，他们一起到靳莫生的老家暗访、调查取证，从其族人的口中得知了当年靳明杰写给其祖母的一封信，里面提到了靳莫生的父亲李有学的名字，而且还随信寄了100块大洋。靳莫生从小没见过父亲，有说他父亲被国民党拉去充军的，也有说其父当年得了重病而亡的。后来母亲改嫁，他由祖母抚养长大。祖母福大活到了百岁，陈年旧事这才又翻腾出来。

靳莫生结过一次婚，因为常年赌钱，妻子带着小女儿远走他乡。为了给祖母、给父亲讨个公道，也为了给自己的后半生讨个说法，他两个月前就来过靳家花园，来之前，他还专门找了律师了解过关于私生子分配家产的法规法条。

现在他们的村子里，很多人都知道靳莫生是上海滩资本家遗落在民间的太子爷，这回他要鸟枪换炮发达了。所以，为了证明他与靳家的关系，他直接找到了靳家花园，开口就是半个院子。岳默之所以没有这个印象，是因为他来的那段时间，刚好是她和吴璟尘出了车祸留在医院里陪护他的那段时间。靳莫生误撞进靳家花园的时候，一开始是把冯朗认作了靳莫羽的，他与他周旋了一段时间，他还扯了些冯朗的毛发去医院做 DNA 比对，他说只要 DNA 比对结果出来，他就可以证明自己是靳家老太爷的孙子。

梁兮尘没有见过靳莫生，但在这件事情上，她给了冯朗不少专业性的意见和建议，对付无赖，她有的是经验。答应了给冯朗保密，这件事她连岳默都只字未露，所以当岳默描述冯朗与前来寻找靳莫生的表弟起了冲突，并打到了派出所，她立马愤慨起来。

下午晚一些时候，梁兮尘输好液后便执意回家，岳默又嘱咐了吴璟尘一些注意的事项，独自返回到 7021 陪表小姨一起看护靳莫羽。表小姨给她拿了床厚实的毯子，让她在厅里的沙发上休息，说是有事情会过来叫她，岳默陪梁兮尘一夜未眠，又吃了些感冒药，身体刚沾上沙发便昏睡过去。

又是一个乱七八糟的长梦，梦里她早上起床赶去考场，是吴璟尘开着车送她去的，她一路上背着英语单词，在梦里她好像什么单词都会，而且还用英语与吴璟尘流利地聊着天，胸有成竹的样子连自己都忍不住地笑出了声。车开到了内环高架上后，很快就被堵住了，她焦急地看着时间一分一秒地过去，额头上的汗大把流下，她不断地按着吴璟尘面前的喇叭，快要哭出来，待转回头时，她发现吴璟尘的位置上坐着一头狗熊，那只狗熊伸着长舌头看着自己，好像一张嘴就能将她整个人吞下去一样。她吓得屁滚尿流，然后那狗熊竟长了翅膀飞了起来，她跑到哪儿他追到哪儿……

这个梦让她辛苦万分，稍晚一些的时候，陈清风的电话又打了进来，询问了一下她的近况及考研的具体时间。她有一段时间没有好好复习过了，甚至有两周没有去学院里蹭课，她也谢绝了江石的私教，按照目前自己的这个状况，该是满盘皆输的局面。如果这一次的结果再不如人意，她可能就要妥协，去选另一条路，去考个心理咨询师的资格证，然后央求冯朗让她留下来。

她告诉陈清风自己搬到了梁兮尘家，但是她没有告诉母亲吴璟尘也住在家里，甚至没有说因给梁爸扫墓染了风寒导致了短暂失声的事，更没有说梁兮尘因为韩明哲坠机而出现了心理问题，没有说她此时正在医院里看护着跳楼自杀未遂的靳莫羽。

曾几何时，她与母亲无话不谈、亲密无间，她愿意把生活中的点点滴滴分享给她，但这回，她撒了谎，这么短时间内发生了这么多的事已经让她自顾不暇，她不想让陈清风和岳英明担心，也不想解释。

电话结束前，陈清风给她的卡里打进了 2 000 元钱，嘱咐她考前要多注意休息，买些有营养的食物补补身体，岳默感到了亲情带来的温暖和幸福。

表小姨回来后，手里多了个大的塑料购物袋，她见岳默已经醒来，便从里面拿出了些面包、牛奶类的食物，又嘱咐她："你先吃点垫一垫，我跟护士订了晚餐，一会儿送过来。"

"谢谢表小姨。"岳默从沙发上迷迷糊糊地爬起来，感觉浑身一阵酸痛，嗓子还是红肿着，有一大块痰堵在里面，她顺势咳了一声，一大块固体脓痰被送出了喉咙，她不好意思地扯过纸巾吐出，上面遍布了血丝。

岳默虽然能开口说话了，但喉咙的炎症还未消去，这会儿已经下行到了胸腔，她的感冒已经向肺炎发展了。为了方便照顾她，表小姨与护士交涉了一下，让岳默在里间的陪护床上打了消炎吊瓶，本来是被冯朗派来帮助表小姨照顾靳莫羽的，岳默现在反倒成了被照顾的一个。

再次醒来时，靳莫羽也醒了，她看着他的时候，他也在看着她。

岳默吓了一跳，这具被纱布包裹着的"木乃伊"突然转动起眼珠来，她的幽灵恐惧又全面袭来了。他脸上的伤口消肿了很多，能看得出他肤底的白皙，他的眼睛很好看，比冯朗的还好看，内眼角尖细，外眼角上挑，重心靠后、眼睑下至，眼白充斥着血丝但依旧清爽纯净，这是岳默最喜欢的那种眼睛，无辜且勾魂。

两个人相望了一会儿，直到表小姨再次推门进来，她拿着两个人的饭盒，分别放在了各自床边的桌子上。

"你就是岳默？"靳莫羽发出的声音，很软，很好听。

"是的，靳先生。"岳默不知道该怎么称呼靳莫羽，叫他老板有些不太合适，叫先生总归是挑不出什么毛病来的。

"听说你一直在准备研究生考试。"

"是的，今年已经三进宫了。"

"祝你成功。"

"谢谢靳先生。"

与发起疯来的靳莫羽不同，这会儿的靳先生温暖而有力量。岳默甚至非常喜欢与躺在隔壁病床上的"木乃伊"聊天，他的声音充满了魅力。

岳默期望他能好好地活着，因为冯朗希望他活着。

临近9点30分的时候，吴璟尘来医院接岳默回家，她本是打算陪表小姨在这里过上一夜的，但是表小姨再次强调自己一个人完全可以，岳默方才放下心跟着吴璟尘回了家。

冯朗在派出所录完口供后被吴璟尘单独约聊，听完他的描述后方知变故，于是答应将梁兮尘留在靳家花园。有冯朗的照顾，岳默是放心的，这是她能够想到的最好的结果，她希望梁兮尘在冯朗的援助下尽快走出阴霾。

相对比坠机、跳楼这等大事来说，岳默和吴璟尘的小感冒不值一提。吴璟尘来医院的路上给岳默买了份夜宵，四个小菜，荤素搭配，岳默突然来了食欲，在医院的时候，她只吃了一半的医院餐。

"没买牛排吗？"

"你要吃牛排？"

"不是我。"岳默看着吴璟尘，"你不一起吃吗？"

"我生病的时候才吃牛排，那是我的特效药。"吴璟尘笑了笑，又递给了岳默一瓶水，"我已经好了，就不用吃药了。"

把牛肉当药？岳默嘀咕了一声，心想，他怎么不把空气当饭吃，把阳光当养料，天天光合作用多好。

"这其中有什么典故吗？我是说牛肉当作药的事，如果按照心理学分析，牛肉是不是应该成为一个精神符号。"

"是。"吴璟尘没有否认，"我9岁离开中国的前一天晚上，我爸请我吃的最后一顿饭就是在一家牛排馆吃的，那家店是他之前答应过我等我生日的时候全家一起去的。"

在吴璟尘的世界里，牛排就等同于父亲的拥抱，这当然算是药。岳默突然对水煮牛排的事感到汗颜，如果早一点知道缘由，她该是会好好地为他准备这份父爱的。

"什么时候考试？"吴璟尘见岳默半天没有出声，又问，"我是说你的研究生考试。"

"下个月13、14号两天。"

"考完有什么打算？"

考完了她还真没什么打算，等成绩，在冯朗的心理咨询工作室工作到年前，然后回东北陪爸妈过年，过完年回工作室工作，等成绩出来后，如果初试通过就全力准备复试，如果没通过……如果初试没通过，她还会选择再考一年吗？

好像自己一直没有勇气去好好思考过这个问题，吴璟尘如今问起来，她心里突然有些惶恐和茫然。

"没想那么远，先解决好眼下的事情。"不想再聊自己的事情，她又转了话题，"你呢，毕业之后是打算自己找工作还是回家族企业去工作？"

"对我而言没有什么家族企业一说，我从18岁开始就不用我母亲的资助了，她的事业也跟我没有任何关系。"吴璟尘说得云淡风轻。

"你学的是社会学？"岳默记得胡玫上次说过，见吴璟尘点头，又说，"社会学的范畴很广。"

"社会学是我博士生研究的专业，我的本科和硕士生都是学计算机与控制自动化。"

"我知道这个学科，就是研究 Artificial Intelligence 人工智能的是吗？现在国内 AI 技术非常流行，已经被运用到很多领域了，你研究的是哪一方面的？"岳默突然有些兴趣。

"Artificial Intelligence Holographic superconductor。"

"和 AI 有什么不一样吗？"

"AI 是计算机科学的一个分支，它主要是通过了解智能的实质，生产出一种新的能以人类智能相似的方式做出反应的智能机器，比如说机器人、语言识别、图像识别、自然语言处理和专家系统等。人工智能不等同于人的智能，但是它能像人那样思考，也可能超过人的智能。我在本科毕业后就成立了自己的工作室，主要是研发与人工智能相关的项目，这个项目工作需要涉猎很广，不光要懂得计算机的知识，还需要有心理学、社会学和哲学等学科的背景，通俗一点说，就是使它能够胜任一些通常需要人类智能才能完成的复杂工作。"吴璟尘说起自己的专业领域来突然话就多了，"我研究的更多的是人工智能全息超导控制自动化。"

岳默听得认真，不由一声感叹，"也就是说以后的科学发展可以把人类从繁重的劳动中完全解放出来，不光是体力还有脑力，那么以后人类还需要做些什么事情呢？"

"人类可以更有效地工作和生活。"

"怎么个有效法？"

吴璟尘看着岳默求知若渴的脸，突然有了新的想法，他将车子靠近路边停了下来，又转回身从口袋里拿出了自己的手机展示给岳默看。岳默还是第一次见吴璟尘这么认真地对待一个问题，从他对牛排这个问题上的决不妥协，她就知道，他极度偏执。

吴璟尘将手机翻开，又翻开，岳默第一次见到一台可以被折成四折的手机，它瞬间变成了原尺寸的四倍，界面成了一台便携式的电脑，吴璟尘在上面点了几下，很快连通了美国的工作室。

在吴璟尘展示的画面里，岳默看到了另一个吴璟尘的身影，他正在一间会议室里给他的员工们开着会，他的声音、神情、表达的语调与本人一模一样。

"我还以为是实时连接的，原来是录像。"岳默有些失望。

"是正在进行时。"

"画面的人是？不可能是你啊！"岳默斜睨着吴璟尘，又伸手掐了掐他的手背，"这个是真的。"

"里面的，是我，你面前的，也是我。"吴璟尘笑了笑，"我们通过全息9D 影像与人工智能超导控制实现人类所能想象触及的极限。"

当很多人还不知道"全息"这个概念或者只停留在 3D、4D 的层面上时，岳默就已经知道了 6D、7D，她自以为自己对新鲜的高科技事物的认知是超前的，但看着吴璟尘操作着 9D 的画面时，她点头称赞，"9D 吗？"

"对，里面的这个'我'可以代替我做一切我想做的事，管理我的团队，传达我的思想，我只需要编程代码给他指令。"

"你就不怕你的这些员工摸鱼？"

"他们完全可以摸鱼，因为他们也可以设置他们的分身来上班。"吴璟尘得意地咧嘴一笑。

"这意思是说，以后所有人都不用亲自去上班了，派自己的分身去工作就好了？"岳默兴奋极了，"你们还研究过什么特别有意思的项目？"

"比如呢？"

"比如，可以帮助我们人类完成一些不可能的任务。"

"不可能的任务……"吴璟尘眼神转动了一下，终于搜索到一个他觉得可以满足岳默的猎奇欲的项目，但他又得意地卖起了关子，"一般人即使有钱也买不到什么？"

"健康？爱情？亲情？命！"岳默掰着手指，一个一个地试猜，吴璟尘一一摇头，岳默有些泄气，"说句实话，我觉得现在只要有钱，什么都可以买得到。"

"有一样买不到。"吴璟尘盯着岳默的眼睛，"后悔药。"

"后悔药？"

"对，我们之前做了一个项目的名称就叫'后悔药'。都说这世界上没有后悔药，我们就让它成为可能。很多用户在人工智能全息超导控制自动化的帮助下按照自己最初的事件意愿进行全真全程模拟，在得到事与愿违的结果后重新选择生活和事业的轨迹。"

"你是说，如果有一件事情我拿不定主意，或者我一意孤行地想去做某一件事情的时候，可以通过你们的这个'后悔药'项目容错，预知后果。"

"可以这么理解。"

"这脑洞也太大了。"岳默慨叹道，"什么样的客户比较多呢？"

"想要自杀的，我们可以让他体验到他选择的自杀方式给他带来的所有感受和后果。"

"所以你才说，第一次跳楼未遂的人不会第二次还选择同样的自杀方法。"岳默大叫，"这太有意思了，要是我们的心理咨询工作室有这套系统，真应该让那些一心求死的严重抑郁症访者们都试一试。"

"或许未来的某些时候，它可以变成一种可能。"吴璟尘又看了眼时间，将手机屏幕对折成原有的大小塞进口袋，他重新启动车子，一踩油门向前开去。

　　"美国的驾照在中国是不能开的，是吧？"岳默每次想问这个问题的时候，都被别的事岔过去了。

　　"是不能开，但是我已经考到了中国驾照。"

　　"什么时候？"

　　"上次来的时候。"

　　"你为什么要考中国驾照？"岳默一脸不解。

　　"因为我要完成一次环中国旅行。"

第二十二章

梁兮尘被冯朗带回了靳家花园，她并不知道这是吴璟尘拜托给冯朗的事情，而且是以命令的口吻拜托给他的。

梁兮尘坐在副驾驶位置上端详了冯朗好一阵，她终于忍不住开口发问："靳莫生的失踪跟你到底有没有关系？"

"你是认为我把他灭口了吗？"冯朗呵呵一笑，又说，"我还是懂法的。"

"你完全可以不用自己动手？"梁兮尘盯着他的眼睛。

"你的意思是我买凶杀人？"冯朗又笑，"在你们这些律师的眼里，是不是每个案件里都应该有一个完美的罪犯，如果犯罪轨迹不是和你们推测的相配，罪犯就是个 loser。"

"并不是。"梁兮尘摇了摇头，突然有一点难过，但她不知道自己因为什么难过，她好像遗忘了一件难过的事，但她想不起来。

"我只是……"她揉了揉眼睛，继续道，"算了，我想问你个问题，你要如实地回答我。"她顿了顿，"靳莫羽和你是什么关系？"

"朋友。"冯朗答。

"什么性质的朋友？亲情上的，还是利益上的？可以让你为了他的家产链而走险。"梁兮尘继续追问。

"我们是家人。"冯朗从来没有想过朋友也要分什么性质，很显然，他和靳莫羽不是利益上的朋友。

"那他为什么要跳楼自杀？"梁兮尘又问，"你做了什么对不起他的事情了吗？"

"没有。"

"那是他有病？"

"对，他有病！"冯朗有些被刺激到了，脚下的油门不自觉地踩到底，车子一下子冲了出去，在超过几辆前方的车辆后方才在梁兮尘的尖叫声中死死刹住。

吴璟尘载着岳默回到了梁家，这种情况下，她已经完全放弃了寻找新住处的想法。她感觉梁兮尘的状态需要陪伴，真正的暴风雨还没有来临，待官方在各媒体头条电台电视台上的播报铺天盖地地袭来时，那才是最强的冲击波。她很希望梁兮尘能在靳家花园待上几日，冯朗教授是有能力帮她快一点走出阴霾的。

在与吴璟尘密集相处的这几天，她感觉自己已经慢慢地撕掉了贴在他身上的标签，她开始有些敬佩他，很显然，他在自己的领域里确实优秀且超前。

翻着日历做考前的最后冲刺计划，岳默发现自己斗志全无，自从江石那边停了英语辅导后，她几乎就没做过一套完整的英语模拟试题。之前背过的核心词汇已经歇业待岗，若要在这不到一个月的时间里将这六七千个单词再度召唤上朝，恐怕是天方夜谭，况且，她要备考的是四门科目，其他三门科目同样需要分配复习时间。

学习计划做出来后，她发现每天只有 24 个小时是不够用的，她有些崩溃，她想去偷一点儿时间，或者干脆一头躺下去，再睁开眼睛时已经是下个月的 14 日，那样，一切就都结束了，她的梦也结束了。

她在微信的好友添加栏里发现了涛声依旧的名字，上面的附言里写着，我是张涛。岳默查看了一下日期，张涛是在他们回来的第二天就添加了她的微信，所以，她马上加了回去。她又想起张涛留了名片给她，便跳下床去翻包查找，她印象里那张名片的抬头上写的是什么五金贸易公司还有什么联合会的创始人，张涛和她聊天的时候说过这个联合会，是一个家乡人在上海的联盟组织，岳默当时还笑称说这是个"团伙"，不过岳默找遍了包里包外并未找到那张名片。

第二天起床的时候，岳默发现自己的喉咙没有那么痛了，身体的病症也好了一半，她高兴地吊了吊嗓子，发现高音也能上去了，遂欢天喜地地跑去洗手间洗漱。她打算早餐过后就去莫羽心理咨询工作室看看，虽然冯朗安排了她照看靳莫羽的任务，但是昨天表小姨告诉她上午不用急着去，因为靳莫羽上午大部分时间都在睡觉，所以，她打算先去趟工作室，她更担心梁兮尘的情况。

岳默从洗手间出来的时候，发现餐桌上已经放好了早餐，吴璟尘还留了张字条给她：律所领导来电话说，韩明哲留下了遗物给兮尘，让我过去看看。

韩明哲留了遗物给梁兮尘？遗物？！韩明哲不可能预料到飞机失事，那就说明这个"遗物"是他早前就写明了的，可他为什么要给梁兮尘留遗物？

岳默脑袋里一团糨糊，满脑子官司地推开了咨询室的拱门。她瞥见梁兮尘正呆坐在客厅的沙发上，她脸色铁青、神情凝重，她知道她的应激症状又找回来了。

四下望去，没有找见冯朗的身影，岳默心疼地快跑了几步，将梁兮尘一把拥到了怀里，"怎么了？别哭啊。"

见梁兮尘的眼泪如珠线一样滴落不止，岳默显得有些手足无措，她一边轻拍着梁兮尘，一边又四下里寻找冯朗的身影，冯朗是用了什么样的援助方法把梁兮尘又打回到了悲伤的呢。

梁兮尘痛彻心扉地哭了有十分钟的时间，冯朗才从楼上款步走下来，他将手里端着的一杯温开水递给了岳默，吩咐她："好好照顾她，我过去医院看一下。"

"好。"岳默忐忑地看着冯朗，又说，"我是想先过来看一眼兮尘就去医院照顾靳先生的。"

"没事，我也正好要去医院看看的，刚好你来了。"

岳默应了下来，等冯朗离开后，梁兮尘又痛哭了一会儿，哭得痛快了，她接过岳默手里的温水杯，一仰而下。

"没事了。"梁兮尘元神附体，眼泪还没有擦干就开始冲着岳默大笑。

"梁兮尘，你别吓我，你这样我害怕。"

"我跟冯朗表白了。"梁兮尘收回了笑，"但是他拒绝了我。"

岳默睁大了眼睛，头脑中一万个问号，她没想到梁兮尘会在这个时候跟冯朗表白，韩明哲还尸骨未寒呢。

"他有喜欢的人。"梁兮尘一脸的意难平，然后直勾勾地望着岳默。岳默被她吓得连连摆手，"不可能是我，我不是他的菜。"

梁兮尘没搭理，依旧看着岳默。

"反正就是不可能！"岳默急得从沙发上跳下来，难道冯朗为了拒绝梁兮尘把自己拉出来垫背？绝对不行！如果他那么做了，那他可是把自己置于不义之地，她和梁兮尘的友谊就彻底完了。

"我不喜欢他。"岳默实在找不出别的借口。

"我也没说他喜欢你。"梁兮尘见岳默吓得像是烧到了尾巴的猴子，一顿大笑。

岳默有些恼羞成怒，皱着眉头过来捶打梁兮尘，"耍我你，快说，他喜欢谁？"

"你认识。"梁兮尘的表情一下子又变得凝重，然后默默道，"靳莫羽。"

"？"岳默的惊诧度不是一分半分，而是十分百分，她万万没有想到过这样的结果，脑海中，靳莫羽那双漂亮的眼睛又一次浮现在眼前。

"你是说……"

"没错，就是跳楼自杀未遂的那个。"

冯朗这么多年身边确实连一个绯闻对象都没有，甚至除了助理，身边连异性都没有……岳默只是以为他对另一半的要求比较高，或者是他的婚姻非必选择论。

"是不是一种婉拒的借口呢？"

"我倒相信是真的，因为他完全可以让你来背锅，又何必去找一个男人来呢，他如果不是真的爱这个人，怎么可能用牺牲自己声誉的方式去公开这段关系呢。"

岳默觉得梁兮尘的这段逻辑分析得很是缜密，她确实想不出任何理由来驳斥，再结合表小姨讲的美国故事，岳默突然觉得一切又那么顺理成章了。

"可，靳莫羽有过女朋友啊。"

"这有什么问题呢？不矛盾。"梁兮尘无奈地哼笑了一声。

"我对这个没有偏见，只要是相爱的人在一起都值得祝福，只不过，冯朗教授……和靳先生，我实在是没想到。"岳默深呼了一口气。

岳默将表小姨给她讲述的美国故事，又复述了一遍给梁兮尘听。

"你是说是靳莫羽的女朋友发邮件给冯朗，冯朗才去的美国，而且他读了三年的博士，后来没有拿到学位就带着靳莫羽回了国？"梁兮尘一脸的吃惊，"他女朋友是知道了他们两个的关系吗？"

岳默摇头，"不知道，表小姨只是说是靳莫羽提的分手，至于因为什么她没有说。"

"莫羽工作室注册多少年了？"

"20 年。"

梁兮尘算了一下，"那就是冯朗在国内读硕士的时候，两个人认识的。"

"你的意思是，他们俩在国内的时候就已经互相喜欢了？"岳默的话音还未落，大门铃声适时地响了起来。

来访的人不是访者，而是两个民警，梁兮尘认得他们。他们此次来是通知冯朗明天到派出所配合调查李莫生的失踪案，梁兮尘与他们交涉了一会儿，拿了张单子从花园回到了客厅。

"冯朗教授的事很麻烦吗？"

梁兮尘没有正面回答，她先是摇了摇头，而后又点了点头，她不知道该怎么跟岳默说这些事，岳默也不多问，低头看了眼手机翻了翻有没有吴璟尘的信息。

梁兮尘拿着那张单子转身去了冯朗的咨询室，开始整理起明天冯朗去派出所需要提交的相关资料。岳默没有接到吴璟尘的信息，突然又想起了二楼的房间，她有些好奇表小姨口中那扇很小的窗户，她想看一看靳莫羽是从哪个位置跳下去的。

忐忑着走到了二楼，她又想起了那次偷着上来遇见冯朗的瞬间，冯朗那张禁欲的脸让她放弃了这个念头，或许有些事情不知道会更好。她重又转回了小花园，绕过古堡楼体转到了后面，她依照着那扇小窗的位置所对应的地面，寻找他砸下来的痕迹，没有任何痕迹。古堡楼体后面是一大片松松的湿土，她踩进去，鞋子落下了半寸的距离，她恍悟，这应该就是靳莫羽从二楼跳下来没有被摔死的原因。

再转回工作室大厅，岳默有了更为强烈的另一个想法，为了证明自己的猜测，她又跑去档案室翻找出了过去半年间来访者的案例，一页一页地看着。果不其然，冯朗教授所规定的莫羽心理咨询工作室室规，每天只接受四名来访者，这四名来访者中，有三名来访者都是抑郁症访者。

吴璟尘的信息是在她快翻到最后一个客户的时候发进来的，他已经从律所返回，他向岳默询问了一下梁兮尘的状况，岳默便轻描淡写地搪塞过去，又问他是否拿到了韩明哲留下的遗物，吴璟尘便将一张房产证的图片拍给了她。韩明哲唯一值钱的遗物就是这个房产证。他通过江石帮忙以优惠的价格选到了心仪的精装房，而且刚刚付好首付办理了产权证拿到了钥匙。若不出意外的话，他会在新年之前简单收拾好后搬进去住。

梁兮尘从吴璟尘手里接过了房产证，她看见产权所有人一栏里是她和韩明哲两个人的名字，眼泪再也无法控制地夺眶而出。众人口中的"韩一毛"通过几年的省吃俭用，终于在大上海落下了脚，拥有了一份属于自己的安全感、一份底气、一份可以向心爱的女孩表白的勇气，这份美好的愿景最终成了遗物。

岳默终于明白冯朗昨夜诱使梁兮尘表白的原因，在心理学上，这被称为阶梯式内心防御机制，他用无情的拒绝打击替梁兮尘先释放了一部分悲伤。

让岳默没有想到的是，她又一次见到了林莹皓。他说他是过来与冯朗告别的，父母在伦敦帮他联系的学校需要年前就要过去报到。岳默在莫羽咨询工作室接待过众多的来访者，唯独林莹皓最为特殊，可能是她窃取了她不该得到的他的隐私，她心里总有一些愧疚感。

"冯朗教授有事在身，大概要过会儿才能回来。"岳默给他倒了杯温水。

"没事，我就是过来看看，我妈让我给他带了些礼物。"林莹皓说，"他每次去我家都会捎带些特别的礼物给我，我们很是过意不去。"

"他去过你家？"岳默的印象里，冯朗每天都是准时回松江的，风雨不误。

"每周一次吧，他给我制定了特别的治疗法，我感觉自己比过去好了很多，过去我连厕所……"林莹皓说到这时马上又止住了话头，岳默意识到，他一定不知道自己知道他的全部状况，便会心一笑，又说，"没事，类似这种强迫症状，有的人连女生都不敢靠近呢。"

林莹皓尴尬地挤出了些笑。

岳默忙又转换了话题，听林莹皓讲述了父母带他去伦敦待的大半个月里，见了些朋友和生意上的伙伴，还在那边买了公寓。岳默看到林莹皓的改变，由衷为他感到高兴，这对于一个患过强迫症的访者来说，弥足珍贵。

等了差不多一个小时后，林莹皓告辞，他再三叮嘱要岳默替他和父母转达对冯朗教授的谢意，并邀请冯朗和岳默有机会到伦敦去玩，他们一家人会好好地招待。

冯朗大概是在下午快下班的时候回到的莫羽心理咨询工作室，他先用了一个下午的时间处理了靳莫羽在医院里的调养事宜，约见了他的主治医生，与他探讨了靳莫羽接续下来的治疗方案，又跑去面见了自己的精神科医师好友，拜托他继续为靳莫羽治疗躁郁症状。

他把一切安排得妥妥当当，然后赶回莫羽心理咨询工作室与岳默开了个会。

"我们聊聊。"冯朗将岳默请到了心理咨询室，并示意她在对面的沙发上坐下来。

"好的，教授。"岳默毕恭毕敬。

"谢谢你这段时间认真负责地工作，帮助我处理了很多棘手的问题，尤其是几个访者的回访，他们对你都很满意。"冯朗先是表扬了岳默一番，又说"但是"，岳默知道他会说"但是"，所以心里并无波澜。

"今天是莫羽心理咨询工作室最后一天上班，明天这里要无限期暂停营业，有些事情，我需要配合派出所调查。"冯朗直接将一个信封递给了她，"这是我给李多九教授写的推荐信，希望对你有点用处。希望你考试一切顺利。"

岳默点头，她知道他需要配合调查的是李莫生失踪案，便也不多问，冯朗又将另一个信封递给她，"这是两个月的薪水，这两个月你可以安心地考试，不必为生活费犯愁。"

岳默推辞了一下，又被冯朗强行塞在了手里，"希望结果可以顺你心意。"

"谢谢教授。"岳默突然有些伤感，在莫羽的这段日子里，冯朗教授总是能教会她做人做事的道理，总是能给她光一样的温暖，她不舍这段岁月，更不舍她遇见的人，他们的告别，她恍惚中觉得是诀别。

"是不是有什么想问我的？"冯朗看出了她的小心思，又点了点头，"可以问。"

"在国内，你们发生了什么？"

自从表小姨给岳默讲述了两个人在美国再次相遇后，有个问题就一直在困扰着她，他们是怎样相识的，又是怎样的感情会让他舍弃了博士学位带他回国治疗？

在与冯朗作别的这个时刻，岳默听到了一个绝美的故事。

冯朗是在读研二的时候认识靳莫羽的，他通过中介去靳家花园给正在读高三的靳莫羽补习数学。那个时候，靳莫羽的父母生意做得很大，经常不在家，冯朗就在靳莫羽的邀请下住进了靳家花园，他住在三楼的客房，靳莫羽每天会去他的房间里补习、玩耍，两个人的感情越发深厚。靳莫羽从小体弱，初三长到 1.7 米之后就不再长个了，他在学校里经常受到坏孩子的欺负，自从冯朗到来之后，学校里就再也没有人敢欺负他了，冯朗替他摆平了几个校霸。

为了感谢冯朗，他偷偷找人帮忙注册了一家心理咨询工作室，作为生日礼物送给了他，这是冯朗的梦想，是他毕业后最想拥有的一份事业。日子本来过得顺风顺水，可有一天靳家父母从海外回来，学校校长便把冯朗打他们学校学生的事和盘托出，靳落英大发雷霆，直接将冯朗赶出了靳家花园，他扬言要去冯朗的中介机构举报他，让他以后都接不到工作，除非他不再与靳莫羽联系。

冯朗知道靳家父母的势力，刚巧这个时候父亲又生了重病，需要他的补习费续命，所以，他回到学校后便一直没敢联系靳莫羽。直到高考结束后，他忍不住想要打听他的成绩，才发现他的手机号码已经注销，靳家人已经移民到美国了。

再后面的故事岳默就都知道了，冯朗硕士毕业后没有留在国内发展，而是申请到了澳洲学校的全额奖学金。靳莫羽在大二的时候与父母世交的女儿相恋，相恋了半年后分手，后在与父母旅行的途中出了车祸，父母双双身亡，他只保住了一条腿。

岳默听到了一个好故事，她觉得这是她和冯朗之间最好的告别，她甚至很羡慕他们之间的情谊。

"我的故事，你听完了，在分别之前我还想对你说一句话。"冯朗站起了身，"上次你问过我，如果喜欢上了一个性单恋的人该怎么办，我的建议是，先不要尝试着去回应，隐藏好自己的情感，让他慢慢地习惯你的存在。"

"教授您……"

"把你的感情变成他生活中的一部分，这份情可以是爱情、亲情、友情，也可以是三者的杂合，他便离不开你。"

第二十三章

岳默就这样正式宣告失业了，在自己还没有完全反应过来的时候。

结束这份临时的助理工作，她并没有感到多么可惜，不舍的也只是对靳家花园的不舍，对喷水池边那些小水珠的不舍，对冯朗教授的不舍。

对冯朗的情感，岳默觉得更多是尊敬，甚至是崇拜，她觉得他就像是神一样的存在，神有着神自己的世界，她祝福着他的一切。

离开靳家花园的时候，她在小花园里逗留了半刻，虽然这个时节大大小小粉红色系的花都已凋零，但是她依然感觉这儿姹紫嫣红，那是靳莫羽喜欢的颜色，冯朗将整个花园装点成了童话。

岳默慢慢地走过每一寸雨花石铺成的小径，感受着它的温度，细忖着它的故事，恍若梦中，这世间男男女女的情感如何比得了这一分的宁静从容。

"再见。"她站在喷水池边，驻足凝视着女神像，向她的水珠告别。

回来的公交车上，她拣了一处靠后的位置，将耳机塞进耳朵里，轻缓的音乐很快带领她陷入了混沌。夜色中的车水马龙显得不太真实，她像是从一扇门出来又跨入了另一扇门，如同宝玉从太虚幻境中走出来一样，她与靳家花园之间的缘分只是黄粱之梦，走进这个梦，又走出这个梦。

张涛通过了她的邀请后，马上发过来一个笑脸的表情，岳默也回了一个笑脸。张涛说自己最近在哈尔滨出差，问岳默有什么想吃的家乡特产，他正好顺便给她带回来，岳默连连感谢，并说自己下个月考完试就回去了，就不劳烦了。虽然只有一面之缘，但是岳默感到张涛是亲切的，像自己的堂哥表哥一样。

在等待机场官方搜救结果通报之前，岳默帮梁兮尘请了几天假，虽然冯朗教授给了她心理上面的干预治疗，但是梁兮尘的情绪依然时好时坏。

"莫羽关了。"岳默跟梁兮尘说，"我也失业了。"

"他打算自首了？"梁兮尘的神情很快焦虑起来，"他不能做这样的傻事。"

"你别激动！冯朗教授做什么事自有他的道理。"岳默叹了口气，又将冯朗与靳莫羽的故事讲给她听。

梁兮尘听得仔细，为这段精彩的故事称赞，也流下泪来，"太他妈男人了，即使冯朗不喜欢我，我也依然爱他。岳默，我真的爱他。"

"我信。爱他，就祝福他们吧，男女之间有一种比爱情更高级的情感，叫作互相欣赏。"岳默抱了抱梁兮尘。

梁兮尘睡了三天三夜，其间只有上厕所和三餐的时候才会走出来。第四天晚上，岳默做完一套英语模拟试题打算洗漱睡觉的时候，梁兮尘突然醒了。她醒来后便跑去衣柜开始寻找行头，一件件地翻，岳默怀疑她是觉睡多了出现了梦游症，但一顿折腾测试后证明不是，又看见梁兮尘翻出了一件满意的裙子，她展示给她看，"好看吗？"

"梁兮尘，我警告你，你要是再这么吓唬人，我就跟钟馗拜把子去。"

"那你带我一个，咱仨拜，刘关张一个不能落下。"梁兮尘哈哈一笑，

"来，三弟，我跟你说个秘密。韩明哲上次在 K one 存了一瓶好酒，那瓶酒这个月底就要失效了，咱们和大哥得赶紧去把它干掉了。"

岳默双手叉在胸前，未置可否，看着梁兮尘一边穿戴着，一边絮絮叨叨，"上次一个客户请他喝的洋酒，当时没喝完还剩了半瓶，那客户说那瓶酒要 8 000 多元一瓶，韩毛毛一听毛都炸了，非要把酒存起来，说要等个特别的日子去喝，你说好笑不好笑。"

梁兮尘说着笑着，眼泪又涌了上来，回忆也涌了上来。岳默别过脸去，泪水夺眶而出。她临时决定陪梁兮尘去把那半瓶酒喝掉，那瓶酒对于梁兮尘来说，是韩明哲最后的温度。

"圣诞快乐！"

"圣诞快乐！"

夜色里，主街的法国梧桐被缠上了彩灯，抬眼望去像是一条时光隧道，街两旁的各大小商场前摆放着各式的圣诞树，以及戴着红帽子的圣诞老人，圣诞树上挂着炫彩的礼物包装盒，圣诞老人背着大的礼物袋子坐在雪橇上疾驰。

酒吧里灯红酒绿，音乐声高亢热烈，身材苗条的漂亮姑娘在台子上跳着热舞，宾客尽欢。梁兮尘拉着岳默到吧台跟小哥交涉了一下，很快拿到了韩明哲存下的那瓶 XO，又被小哥带到一处卡座上坐下，梁兮尘瞭着台上舞动着的姑娘们，感慨道："年轻真好！"

"庆幸我们还年轻着。"

"韩明哲永远留住了年轻，当我们头发花白、牙齿掉光的时候，他依然年轻。"梁兮尘举起酒杯与岳默的酒杯相碰。

"说得我有点羡慕他了。"

"余下的酸甜苦辣，我们替他来走吧，韩明哲，一路走好。"梁兮尘将杯中酒轻轻地洒在了地上。

"一路走好。"岳默也同样将酒洒在了地上。

不过几个月的光景，岳默陪着梁兮尘送走了两位身边最亲的人，即使她内心再强大也无法在短时间内平复伤痛。岳默知道，这世界上的伤痛，永远无法感同身受。

"韩明哲留下来的房子你打算怎么处置？"岳默又问。

"我打算留下来。"梁兮尘饮了一杯酒，"毕竟那是他留下来唯一可以当作念想的东西，他那么想把它作为礼物送给我，我又怎么忍心把它处理掉呢？"

梁兮尘自从拿到新房子的产权证后一直没有提及这个问题，岳默也一直没敢问，因为韩明哲的这处房子虽付了30%的首付款，却还有余下的70%银行贷款及利息要还，更多的是，这里同样也是一处留有悲伤和回忆的地方。

"那还房贷可能要辛苦一些了。"

"本来想把卡里的200万元还给吴璟尘的，但现在我改主意了，回头我给他打张欠条，暂时就用这个钱来还。"梁兮尘诡异一笑，"吴璟尘看在同爹同妈的分上总不会收我利息的。"

"他确实不差你这点钱。"

"韩明哲走之前还一直央求我陪他去看电器和屋内的装饰，他应该是想把房子装饰成我喜欢的模样。现在就如了他的愿，等你考完试陪我去逛逛家居商场，我们把它装起来，等你年后来上海读研就可以住进去。"梁兮尘规划着未来。

"你怎么就笃定我这次能顺利考上呢？万一考不上我不一定会留在上海的。"岳默眉头一皱，烦心事又如期而至，她现在的心里慌得很。

"考不上也没事，反正那个房子有你一个房间，你想怎么收拾就怎么收拾。老房子么，吴璟尘不想卖就不卖，他愿意住就让他住在那吧。"梁兮尘又问，"吴璟尘最近几天干什么去了，他有和你说吗？"

岳默摇头，自从处理完梁兮尘的事，吴璟尘就不知去向了，他总是这样来去无踪影，但岳默直觉，他应该还在中国，还在上海。

"我哥这人神神秘秘的，总是不靠谱，唉，有个问题我一直想和你说，你还记得胡燕琳那个小姑吗？"梁兮尘靠近岳默，"我总感觉她和吴璟尘的关系不一般，你看没看出来，她明显是整过容的，而且像是照着吴璟尘去整的，他们两个特别像，比我这个亲妹妹还像。"

"确实比你还像。"岳默同意，"我看到她的时候，脑袋里就觉得她像是女版的吴璟尘。如果不是龙凤胎，就太巧合了。"

"难道她是吴璟尘的女朋友？"梁兮尘盯着岳默看。

"不是。"岳默摇头。

"你怎么知道不是？"梁兮尘一愣，岳默这才意识到自己说漏了嘴。

"岳默，你有什么事瞒着我！我梁兮尘可从来没瞒过你什么事。"梁兮尘用力地将岳默的手从嘴里拉下来。

岳默只好举双手投降，"吴璟尘的女朋友叫作宁心，其实也不知道算不算是女朋友。"

"宁心？"

"嗯，是胡玫的闺密，她们俩都是吴璟尘的校友，都是斯坦福的。"

"你的意思是吴璟尘脚踩两闺密，然后两闺密因为他反目成仇。"

"你电视剧看多了。"岳默无奈地摇头，"有点复杂，简单地说，就是吴璟尘好像一开始喜欢这个叫宁心的女孩子，后来等这个女孩子也喜欢上他的时候他就失踪了，这个女孩子到处找不到他，得了很严重的抑郁症，上个月跳楼自杀了。"

"天哪!"梁兮尘一拍桌子,"这不是渣男么,这跟孙宁浩有啥区别,简直跟他妈一模一样啊。"

"你先别激动!"岳默拉扯着梁兮尘坐下来,自从她发现了那本书里的便笺后,她对于吴璟尘关于"渣"的这个事情就有了别论,而后,她又在冯朗那里得到了些确定,她就更大程度地倾向于"性单恋"的可能了。

"性单恋是什么?"梁兮尘拍着胸脯,"也是这里有病?"

"确切地说,就是他可以喜欢上别人,但是别人也喜欢上他时,他就不喜欢人家了,这种人就是一个人恋爱,一个人失恋。"

"那不就是渣么,你和他确认过?"

"怎么可能?!"岳默无奈地看向梁兮尘,心理学咨询只有在来访者主动向其倾诉和寻找帮助的时候才会就事论事,她怎么可能主动去问吴璟尘是否有性单恋倾向。

"梁兮尘,因为你是我的闺密而且是他的亲妹妹,我才和你说,这件事没有得到证实,所以你得答应我,对吴璟尘,不问、不说、不论。"

"放心,我们做律师的有自己的职业操守。"梁兮尘打了包票,"其实,抛开这些不论,我有些私心的。我挺希望你和吴璟尘在一起的,我觉得你们在精神上有契合度,别看我平时对他挑三挑四的,其实我哥他人不错,外形帅,又多金,这些都是不错的考虑因素。"

"你说什么呢?"岳默的脸一下子娇羞起来。

"算我乱说算我乱说,你别生气啊!我其实就是想和你亲上加亲,就这么胡思乱想了一下,不过算了,吴璟尘这个渣男,配不上我大闺密。"

岳默不知如何接住梁兮尘的这个话题,只能喃喃道:"时间是检验渣男的唯一标准,后面的日子还长着呢,总能论证的。"

"也是，韩明哲到死才证明他并不渣，至少对我不算渣。"梁兮尘又将酒一饮而尽。

梁兮尘的视线里出现了另一个人的身影，她酒还没有饮尽便拉扯着岳默回头张望，这个人也望着她们，等梁兮尘将酒杯放下时，他才笑意盈盈地打起了招呼。

"江……老师？"岳默先是一愣，等眯眼躲过彩色灯球的频闪后，她才确认眼前站着的便是江石。

江石穿着一件休闲的线衫站在卡座旁边，他的头发烫过了，嘴巴上没有一丝胡子茬，整个人显得非常清爽。自从岳默上次从江石公寓那里搬出来后，两个人已经好长时间没有联系过了，岳默不想给他错觉，更不想与他暧昧不清。

"我在那边看了半天，感觉好像是你们。"江石指了指远处自己的座位。

"坐坐坐，好久没见了江老师，你这是又帅出新高度了。"梁兮尘热络地招呼着江石坐下，又让服务生去拿了只杯子。

"圣诞快乐！"梁兮尘举杯。

"圣诞快乐！"江石也不推脱，直接端起了杯，碰杯，饮下。

"你自己一个人吗？"岳默放下杯子，又转回头朝江石刚才指的方向看了看。

"没有。"江石笑呵呵地也看向了那个方向，他指着一个坐在那边的女孩说，"和我女朋友一起来的。"

岳默又顺着那个方向仔细地辨认了一下，虽看不太清楚那女孩的面部轮廓，但是从身形和打扮来看，是个漂亮苗条高挑的年轻妹子。

"新盟友？"岳默故意地打趣着。

"我们学校新来的老师，教音乐的，大学和我一个学校，算是小师妹，我们算是一见钟情吧。"江石有些害羞。

"我说你这么长时间不联系我们了，原来是有新情况了。"梁兮尘又给江石倒了一酒杯，"当罚！"

"好好，罚，我应该及时向两位女侠汇报的，主要是我们的关系也是这两天才定下来。"江石直接仰头将酒喝光，"明哲兄怎么没和你们一起呢？我也好久没和他联系了。"

江石的这句话使欢闹的气氛瞬间又降到了冰点，得知韩明哲出了空难后，江石的情绪也突然受了影响，他感叹地说起韩明哲当时求他帮忙买房子的事。

"你父亲是江怀仁？"梁兮尘问。

"你认识我爸？"

"你爸的大名谁不认识，区建投的二把交椅。"梁兮尘又斜眼看向岳默，"岳默，你从来没告诉我说江石是江怀仁的儿子。"

"我和江老师只是盟友。"岳默笑笑，这一会儿，她感觉自己从未有过的放松。

"没错，岳默以后有什么需要帮忙的尽可以找我，只要我能力范围之内的。"江石拍了拍胸脯，见梁兮尘也看她，马上又补充道，"当然也包括兮尘。"

"那必须，江石以后就是我们俩的盟友了，不不不，我们仨，得把韩明哲加上，你什么时候办喜事可得通知我们，我们作为婆家人必须到场祝贺，韩明哲欠你的感谢我必须替他还上。"梁兮尘喝得兴奋。

"咱们都是盟友了还说什么见外的话。"江石哈哈一笑，转头见远处卡座上的女孩子向他招手，便起身告别，三个人约好了等年后找时间再相聚。

等江石转身潇洒地离开之后，梁兮尘端详了岳默好一阵，"岳默，你错失了一次让自己在上海滩翻身的好机会。你知道江怀仁是什么人？别说是在区里，就是在市里面，他也是数得上数的。"

"可这跟我又有什么关系呢？"岳默笑道，"我，这辈子只能靠自己的这双手为自己打天下。"

"傻吧你！江石表现得那么明显，傻子都看得出来，就你傻呵呵硬扯什么盟友，你知道这样的官二代有多少女孩子挤破了脑袋都抢不到。"梁兮尘简直是恨铁不成钢。

"好，我傻，我傻行了吧！梁兮尘女士，咱俩谁也别笑话谁，你不也是放着那么个好几十亿资产的妈不认吗？"岳默穿好了衣服，也帮梁兮尘披好了外套、拿好包，将她直接拉出了 K one。

"那能一样吗！"

出租车上，梁兮尘靠在后排的座椅上很快入睡，岳默却突然酒醒。再次见到江石，她竟有些欣喜，两个人除去了情感的牵绊，她真的很喜欢这个朋友。

第二十四章

岳默和梁兮尘回到家时，吴璟尘已经回来了，满满一桌的熟食、水果、饮品，琳琅满目。她俩看到了有圣诞 LOGO 的甜点，明白吴璟尘是在等她们，美国人的圣诞是新年。

吴璟尘这几天去了宁波，特地去看望了宁心的父母，陪同他们将宁心的骨灰落葬，又请了寺庙的高僧给超度。宁心的父母都是高知分子，对于女儿的轻生虽然悲痛欲绝，但也保持着清醒的认知。宁心从初中的时候就已有了抑郁症倾向，到高中她开始厌学、完全不愿意与人交流，父母为此想了不少办法，在心理咨询师的帮助下，她顺利地考入斯坦福。只是没有想到，女儿会是以如此决绝的方式离开了这个世界，他们感谢吴璟尘来送宁心最后一程，也让他不要受此事困扰。

吴璟尘陪同了全程，将宁心送走后，他又马不停蹄地在圣诞夜赶回了上海。他想和梁兮尘与岳默一同过一个温暖的圣诞节，她们的心需要温暖，他的心，也需要温暖。

不知道岳默和梁兮尘都喜欢吃些什么，他索性就每样都买点，买来买去竟装了大半车。在家里等到了很晚，两个女娃才一个扶着另一个，歪歪倒倒地进了门。

岳默费力地扛着梁兮尘的手臂将她拖进门，见吴璟尘端坐在沙发上看笑话，便马上招呼他过来帮忙。有了吴璟尘的帮忙，梁兮尘很快睡在了自己的大床上，岳默歪歪倒倒地到客厅里找水喝，发现餐桌上摆满了吃食，火鸡、甜果饼、杏仁布丁、蛋糕、鱼肉沙拉、三文鱼和鳕鱼，还有红酒和甜酒，岳默的肚子开始不争气地咕噜乱响。

"怎么喝了那么多的酒？"

"这还都是控制的结果。"岳默对付着他的问话，心思早已在眼前的美食上面，在 K one 的时候，她光顾着陪梁兮尘干杯，点的小食都剩下了，她这会儿饿意十足，耳朵里根本听不清吴璟尘的问话，直接狼吞虎咽起来。

"你这几天去哪儿了？"岳默看着吴璟尘从厨房里端了碗汤出来。

"去了趟宁波。"吴璟尘如实回答，他将汤碗放在岳默面前。

"我不要喝这个，我要喝这个甜酒。"

"你喝多了。"

"今天过节嘛，难得开心，快去找两个酒杯来，就在橱柜的上层，第二层，你往里面找一找。"岳默醉意醺醺地指挥着吴璟尘，然后又将甜酒拿过来，暴力地将酒盖打开。

吴璟尘将酒杯拿过来，岳默给两人分别倒了半杯，又将一杯放在了吴璟尘面前，开心地举起杯庆祝，"圣诞快乐！"

"圣诞快乐！"

"我记得你之前说要去环中国旅行，打算什么时候动身？"岳默一饮而尽，又细品着嘴边残留的酒液，"嗯，甜的。"

"等你考完试吧。"吴璟尘又给岳默拆封了一袋三文鱼块。

"跟我还有关系吗？"岳默接过来，将鱼块一口送进了嘴里，"噢，你是想让我早点搬走是吧？我考完试就回家了，东西我会打包，一部分邮回去，还有一些先放在兮尘的房间。"

她见吴璟尘不说话，盯着她，又有些心虚，"万一我考上了呢，我还得回上海，有些东西不方便都带回老家。"

吴璟尘起身回了房间，很快，他拿出一份已经草拟好的协议回来，这是一份司机雇佣劳务合同。

"你要雇我当司机？"岳默看着合同，酒醒了一半。

"对，我的环中国旅行计划需要个司机。"吴璟尘接着说，"你是 13、14号考试，那咱们就 15 号出发。"

"等等，你为什么雇我当司机啊，你自己不是有证吗？"岳默故意把雇这个字说得很重。

"我没办法一个人完成自驾游中国，你刚考完试，正好可以找个兼职。"吴璟尘非常认真地说，"我会每天发工资的。"

"我不愿意，我好不容易考完试，我得休息。"岳默拒绝。

"看看我出的条件，你再决定。"吴璟尘指了指岳默手中的合同。

"一、乙方同意成为甲方的司机，按照甲方拟定的时间和路线驾驶，甲方愿给予乙方相应的报酬，每日 500 元。"吴璟尘给岳默讲解，"日薪结可以，一起结也行。"

"二、乙方须协助甲方进行路上风景的采集和拍摄，配合甲方的相关工作，甲方承担全部费用，包括加油费、过路费及相应的住宿费、餐饮费。"吴璟尘又解释，"简单说，就是配合我拍拍照片和视频。"

"三、乙方每天工作不多于八个小时，超出部分，按双倍工资计算。"

岳默点头，心里想着这协议拟得算是讲点儿良心。

"四、全部自驾游的时间计划 60 天，甲方会提前给乙方购买交通意外险，安全归来，甲方须一次性支付给乙方奖金 5 000 元。"

"听起来不错。"岳默合上了协议，又扔在了桌子上。

"那你同意了？"吴璟尘有些欣喜。

"不去。"

"为啥？"

"我得早点回家陪我爸妈过年。"岳默将蛋糕拿过来吃了两口，半晌又说，"比起赚钱，他们更需要我。"

吴璟尘有些失望，眼神里也失去了光彩，他收起合同转身走回了自己的房间。

"不过，如果你能答应我一个条件，我倒是可以考虑一下。"

"你说。"他又探出头。

"从现在开始，你每天负责我的英语复习，一天两个小时，直到我考完试为止。"

"成交！"吴璟尘突然有点开心。

更开心的是岳默，她上次从莫羽心理咨询工作室回来的公交车上，查过关于吴璟尘的资料。胡玫之前说过他是斯坦福大学的风云人物，她觉得或许在 google 上可以搜出点什么来，果不其然，关于 CHRIS WONG 的信息不仅跳了满页，还有图文报道。岳默点开了一个有大图的文章，上面通篇报道了 2009 年吴璟尘参加全美英文拼写竞赛的盛况，决赛中他击败了本土连任两届的状元，获得了全国第一名。图片上的吴璟尘正在读初中二年级，个子已经不矮，跟给他颁奖的外国官员比起来也只差了一个脑瓜尖，清瘦、稚嫩、面容棱角分明，即使他穿的是校服，在合影中也是显眼的，他拿着手捧花和奖杯，神色从容淡定。

这个计划其实在岳默的心里已经思忖几日，虽然只有半个月的时间，她也想放手一搏，吴璟尘成了她实现梦想的最后一棵救命稻草。

"一天开八个小时的车有点不合逻辑，万一我哪天身体不适，行程不就耽搁了？"

"我有驾照，以备特殊状况，当然，一切以你的身体状况为准，如果不适，我们就休息。"吴璟尘补充协议。

"带薪休息吗？"

"工资以总程天数计算。"

这样的回答没有再矫情下去的理由了，岳默又问："这是你工作室内容的一部分，还是你自己想要完成的旅行？"

"一份心愿。"

岳默有些不解。等她在劳务合同上签字画押后，吴璟尘收起了协议，"我答应过一个女孩要带着她一起回中国旅行。"

宁心和吴璟尘并排坐在钢琴室里，宁心说："其实中国很多美丽的地方我都没有去过，像云南、西藏、成都、三亚我都没有去过，大江大河大山大水，美味的小吃，想想都觉得特别美好，你去过这些地方吗？"

吴璟尘摇了摇头，他9岁跟随梁盛威来到美国后就没再回过中国。

"等我毕业了，我要空出来半年的时间，买辆房车，然后一个地方一个地方地去旅行，踏遍所有的山河，吃遍所有的小吃，到时候你和我一起吧，给我当司机。"宁心开心地看着吴璟尘。

"好。"吴璟尘应着，也只是应着。

"你答应了就得算数啊，男子汉一口唾沫一个钉，不许反悔。"宁心有些得意。

原来这样的环中国旅行是吴璟尘和宁心的一个约定，宁心因为他跳楼自杀，他为宁心完成曾经的承诺，也算是公平。想到这些，岳默心里突然有些异样，吴璟尘是爱宁心的，他只是受性单恋的影响而错失了这个爱人。

"房车？车呢？"岳默又问。

"已经订好了。"吴璟尘这几天除了去宁波看望宁心的父母外，他还去租了一辆房车。

圣诞节的第二天，梁兮尘收拾好行李和佟亚涛一起去了南京，她暂时接替韩明哲的工作处理他未完成的案件。律所里的人都知道了她继承了韩明哲的遗物，她也懒得和他们过多地解释两人的关系，索性由着他们传去吧。

岳默与吴璟尘签订的协议第二天开始生效，吴璟尘每天早饭后会给岳默辅导一个小时的英语，给她划定范围，并讲述当天要记的单词的方法，然后再出门办自己的事。

等吴璟尘离开后，岳默便在家里安心复习，像是上满弦的百米冲刺运动员一样。吴璟尘回来得早一些，他就会捎些外卖回来，回来得晚一些，他就会发信息给岳默，岳默便会自己弄些简单的饭菜来吃。晚上等吴璟尘回来，他会检查岳默的背诵成果，背得好会夸赞一下，没背下来，就再继续回炉讲述一遍。

就这么过去了一周，岳默感觉自己的单词量进步飞速而且也记得扎实，她心里一阵高兴，打算等梁兮尘回来后，请这兄妹俩吃顿跨年前的大餐。平时随便做些家常菜对于岳默来说没什么困难，但做跨年饭就有些麻烦，选材、腌制这些都是需要技术的，她记起了梁爸的书架上有一本古早的菜谱。

照着菜谱做总是没错的，她踩在桌子上踮着脚一排排地搜索过去，终于在书架的最上面一层翻到了这本泛黄的小开本菜谱。她有些开心，连忙快翻了几页，又从桌面上直接蹦到了地上，但她蹦下来的时候重心不稳，不小心碰到了放在书桌上的水杯，水杯里有半杯白水，水洒了满桌。

岳默扯过桌底的垃圾筒接水，她在里面发现了张涛留给她的那张名片，她从中拣出，看着名片上的抬头与张涛的名字，不记得它是怎么出现在垃圾筒里的。这会儿找到了名片，她才仔细地看清了张涛的身份，除了印象里的五金字眼之外，他最大的抬头是某某集团的董事长。

自从上次与张涛加上好友后，张涛几乎每天都会发一些早安晚安的问候图片，这种感情联络方式在一些中老年人间非常盛行。岳默一开始也会礼貌地回复个早安晚安或者是表情，到后来，她就不回了，也把张涛的微信设置到了免打扰一栏。她返回餐桌仔细地翻看了张涛的信息，才发现他昨天发了邀请她元旦过后一起吃饭的信息，他说他刚从东北回来，给她带了些哈尔滨的红肠和大列巴。岳默笑了笑，心里一阵暖意，连忙给张涛回了信息，并提前祝他元旦快乐。

她将菜谱拿进了厨房，研究片刻后，便按照菜谱上的提示忙活起来。咖喱牛腩和奥尔良鸡翅都不错，就买些牛腩和鸡翅；梁兮尘喜欢吃排骨，再加个红烧排骨，这个是她拿手的；还有，吴璟尘喜欢吃牛排，她又买了块牛排；自己喜欢吃明虾，买半斤；回头看看菜品搭配，全是荤的不行，她又顺道买了个拌制好的烤麸，再炒个水芹，仔细一数七道菜了，菜品从双不从单，索性再弄个东北家常凉菜，凑齐八道。

一通忙活下来，岳默转身望向餐桌，这菜量足可以当年夜饭了，即使梁兮尘、韩明哲都在，量也完全足够，岳默又想到了上一次乔迁时，韩明哲与江石喝交杯酒时候的样子，那两个人孩子一样地玩闹，她笑容又僵住了。

梁兮尘在南京的工作又出了岔子，她要跟佟亚涛在那里一起跨年了，她生无可恋地在电话里说，走了一个韩毛毛，又来了一个佟扒皮，这日子没法活了。岳默心里竟有些忐忑，上次圣诞夜与吴璟尘的互动她是酒壮怂人胆，但那次有梁兮尘在，这一次的跨年夜，就只有她和吴璟尘了。

吴璟尘到家的时候差不多是晚上 7 点多了，他的身上扛着一个大的包裹，见岳默出来迎接，他便欣喜地将包打开来给她一一展示，有摄影机、摄像机，还有一台无人机，然后他又从里面拿出来一台导航仪，将其打开来给岳默看，他说，这是他们这次要出行的规划及导航路线图。

路线图是一张电子的中国地图，移动的红线是他们要旅行的路径，岳默看着这曲曲弯弯的线路愣住了，"这是我们要走的路线？"

"没错，这台电子导航路线图可是我这段时间赶工出来的。"吴璟尘兴趣盎然地指着路线移动的点给岳默讲解，"我们从上海出发，先向南行驶，因为现在这个季节南方的天气比较好，越往南越热，第一站江苏，然后向下到浙江、安徽、福建、广东、海南，再从海南转到广西、云南、贵州、湖南、江西、山东、河北、辽宁、吉林、黑龙江，顺着这条线到内蒙古，然后到山西、河南、湖北，直接到陕西、四川、甘肃、青海，最后到新疆和西藏，然后我们飞回上海。"

"你这个走法，就是油门踩冒烟了也不一定能开到中原。"岳默起身将厨房里的最后一道罗宋汤端了上来，她盛出来两碗分放在餐桌的两头，"你让我消化一下，先趁热尝一尝这道汤，我新学的，俄式罗宋汤。"

岳默又接过电子导航路线图看，研究着自己即将要开始的苦乐之旅，一脸怅然。

吴璟尘接过岳默递过来的汤，一饮而尽，然后毫不吝啬地伸出了一个大拇指夸赞着："好喝，我刚好订了一口电炒锅，你这厨艺有用武之地了。"

"我跟你签的不是司机雇佣合同吗？怎么还有做饭呢？"岳默一脸诧异。

"不做饭咱俩喝西北风吗？"

"那要另收费的。"岳默也喝了几口汤，刚想再提点额外的要求，她手机的铃声响了起来。

来电的号码是陌生的，岳默并不想接，直接挂掉，但电话又接续地打了进来。电话里是一个男人的声音，他刚开始语速很快，岳默没有听清楚，以为是些银行保险或者是房产中介的推销电话，打算说句谢谢便挂断，但在她说完谢谢的时候，她突然听到了510邻居的字眼。

瞿清杨是从张大爷那里拿到岳默的手机号码的，岳默在电话里听明白了他的意思，胡燕琳的父亲因行贿受贿、暗箱操作征地竞标东窗事发，人已经被双规了，名下的所有房产都已被查封，他现在无法联络上胡燕琳，所以想问问岳默是否知道她的去处。

岳默的脑海里依稀记得那个豪华的订婚宴，一别如雨，她开始担心起胡燕琳来。她和胡燕琳的交往其实也不过三个月的时间，她对于她，她的家人，还知之甚少，放下电话后，岳默满脑子搜罗起关于胡燕琳的一切。

"胡玫的哥哥出事了吗？"吴璟尘在岳默放下电话后，关心地问了一句。

岳默点头，脸色有些难看，她顾不得与吴璟尘再吃什么大餐，脑袋里过电影似的回想着一个个片断，胡燕琳会在哪儿呢？

"记得胡玫说过她在上海有自己的房子。"吴璟尘又淡淡地说。

回想到上次与胡玫的聊天，岳默记起了一处高档小区的名字，她开心地拍了拍吴璟尘的肩膀，马上将这个信息告诉了瞿清杨。

"我就不陪你吃跨年饭了，找到燕琳我才能安心。"岳默回房间拿了件厚实的大衣。

"我跟你一起去，我们开车去。"

按照导航的指引，吴璟尘和岳默一路开到了一处高档小区。吴璟尘留在车库里等候，岳默便跟着瞿清杨来到了公寓的大门口，她在大门外已经听到了胡燕琳的哭声。

胡玫的住所在16层，100多平，装修偏简欧风格，清新雅致，岳默进入房间后跟胡燕琳的保姆打了招呼，她把她带进了胡燕琳的房间。胡燕琳已经两天没有进食，整个人比之前更显消瘦，她见岳默出现在眼前，眼泪断了线一样流下来，哭得更凶："我爸爸没了，我爸爸没了。"

胡父被调查的这段时间配合得本来不错，但是不知为何突然变了性情，在当天下午跳楼自杀。岳默不知道该说怎样的话来安慰胡燕琳，凡事有因有果，万物皆有轮回。

"是我害了他，如果我早一点听他的话，与陶家联姻，他可能就不会有事的。"

"不是你的错。燕琳，这件事跟你半毛钱关系也没有。"岳默深深地吸了口气，"即使是你们两家早些联姻，也解决不了什么问题，改变不了方向，纸永远是包不住火的。"

回到梁家已经是午夜，岳默整个人陷入了沉思，她翻来覆去睡不着觉，能清晰地听到洗手间冲马桶的声音，吴璟尘关门的声音，她很想找他聊聊，随便有个人聊聊也好。但是，她很快又放弃了这个想法，她不想去打扰别人的休息，折腾到了凌晨，虽然毫无尿意，她还是起身去上了趟厕所。

客厅里的灯是亮的，她看见吴璟尘正坐在沙发上，他穿着整齐，手里还端着杯牛奶。他也看见了她，脸上很快露出了一丝笑容，"我好像失眠了，你要是睡不着来陪我聊会儿天吧。"

"你怎么了？"

"不知道。"吴璟尘摇了摇头，将牛奶递给岳默，"这杯你喝，我再去弄一杯。"

岳默没客气，接过来一饮而尽。跨年夜的大餐没有吃好，这会儿她的胃也有了饿意，她望着餐桌上还摆放着自己一下午的劳动成果，又问吴璟尘：

"要不要吃点夜宵？"

吴璟尘点头，两个人分工合作，风驰电掣地将餐桌上的菜品一个一个放入微波炉，"叮叮叮"了十几分钟，一桌热气腾腾的大餐就满血复活了。

两个人碰了杯红酒，岳默喝了大半，终于将所有的不畅吐了出来，她感慨着，"人生啊，一场游戏一场梦，到最后，都不知道在争什么抢什么。"

"名利欲知，扰乱万物。"吴璟尘给岳默夹了两小块切好的牛排。

"很多人明白很多道理，却依然过不好这一生。你说，像燕琳爸爸这样的人，他赚的钱几辈子都花不完，为什么还要铤而走险呢？"

"人为财死，鸟为食亡，贪婪是人的本性，无止境啊！各人自有造化，为官的若不清廉便时时都会担心有一天会东窗事发。取财的若不义也会时时担心因财而消减福报。因果循环，自有定数。"

"可功名利禄是世人始终所追求的，有多少人可以乱花丛中过、片叶不沾衣呢？"岳默无奈地摇了摇头，"有的时候，我总在想人生的意义是什么。满足本能？吃喝拉撒？传宗接代？人为什么活着？然后我就想，我为什么要三番五次考研？是为了找个安稳的好工作，还是为了多赚点钱？或者为了找个条件更好的老公？但是，我又在想，这些也并不是我最终想要实现的，所以，好像一切又都没有什么意义。"

"人生本来就是没什么意义的，猫不思考猫生的意义，狗不思考狗生的意义，树作为树存在，草作为草存在，你觉得意义是什么，就是什么。"

"对，当我想不通的时候，我就是这么告诉自己的，别管人生有没有意义，做自己，就是全部的意义。不然，按照别人的正确答案小心翼翼地活了一辈子，到死的时候都不知道自己到底是谁，那也挺遗憾的。"岳默哈哈大笑。

吴璟尘吃好了眼前的牛排，又去一旁倒了些热水喝，又问岳默："你如果考上了研究生，后面毕业了想做什么？心理医生？"

"没想好。"岳默摇了摇头，"说实话，我只是在冯朗那做过助理，算是一份临时的工作，至于研究生毕业后出来做什么，先要等考上研究生再说。"

"如果考不上呢，我是说如果，是打算继续考还是先择业？"

"考完试先回老家待一段时间吧，看看情况，再决定是否继续再考，也或许，"岳默又抬眼看了眼吴璟尘，眼神里有些复杂，"回老家找份稳定的工作，我爸妈也希望我回家工作，可以在他们身边。"

翌日，岳默自然醒来的时候，吴璟尘已经出去了，餐桌上有他准备的早餐，微波炉里有热牛奶，岳默边吃着菜包子边看着他留的字条，心里暖洋洋的。

与张涛的会面约在了元旦过后的第三天，张涛带了很多的吃食给她，不只是红肠和大列巴，还有即食燕窝、高档维生素套盒，岳默推脱不掉便坚持由自己来请客吃饭，即使张涛不差这点钱，她也不能把这些好意当作是理所应当。

况且上次是张涛帮了她和吴璟尘的忙，她该好好地感谢他一番。张涛不喝酒，给两个人叫了柠檬水，他先是问了些岳默考研的状况，又说自己一个很要好的兄弟在该校任职，如果到时候考试成绩不理想他可以帮着想想办法。岳默表示感谢，又跟他聊了些关于家乡的风土人情，当问到吴璟尘的后续时，岳默才知道张涛误会了她与吴璟尘是男女朋友的关系，遂哈哈大笑。

这顿饭吃得还是很愉快的，张涛后来聊到他的家庭与妻子时又多少有些伤感，岳默心理咨询师上身，给他全盘分析了导致婚姻情感出现问题的原因，又给出了很多合理性的建议和意见，鼓励他可以慢慢处理解决，这使张涛非常受用。

接下来的几日，张涛又约岳默吃了顿饭，他声称要好好地感谢岳默的开导，让他这几天想明白了很多。岳默本不想再去会面，因为考试的日子所剩无几，但张涛说，再忙也要吃饭，他要好好地给她补一补，拗不过张涛的热情，岳默只好前去赴约。

张涛选了一家不错的日料餐厅，在岳默到达之前，他已经点好了一桌丰富的餐食，看着岳默落座，他便开始给岳默介绍起这一道道美食。这个是吞拿鱼鱼子酱、黑松露鹅肝，这个是北海道的蟹膏和蟹啫喱，这个是鳕鱼白子，这个海胆是早上从日本空运到餐厅的，还有这个，你一定要尝一下，烤金吉鱼配白松露，这个白松露是意大利产，很香，比黑松露口感要好，然后他又将刺身盆里的小青龙挑出，用毛巾握住小青龙尾巴，用力一拧，把头尾扒开，将虾身切成小块，虾黄取出来，将虾身蘸上了青芥和酱油夹到岳默碗里。

"尝一尝。别给你张大哥省，喜欢吃哪个我们再点。"

张涛慢条斯理地将一块鳕鱼白子放进嘴里咀嚼，笑着看岳默大快朵颐，眼神里充满着宠溺，"下次我带你去另一家也不错的日料试试，他们那边有一道更好吃的菜。"

"您很喜欢日料。"

"我喜欢它的新鲜。"张涛又开始给岳默一道道地夹着菜，接着说，"你最喜欢哪一道？"

"都很喜欢，我对美食来者不拒。"岳默哈哈一笑，"唯爱与美食不可辜负。"

"不知道哪个幸运的家伙可以娶到你。"张涛一笑，眼神里却有了迷离，他慢慢地将手搭向了岳默的手，凝视着岳默，又将手握紧，"不知道我有没有这个好运气呢？"

岳默正吃得愉悦，没想到张涛来了这一出，她本能地一惊，将手缩了回来，"张大哥……"

"我很喜欢你，岳默，我觉得你是个好女孩。"

"对不起，张大哥，我吃好了，我先走了。"岳默的脸颊绯红，烧得厉害。

"你别害怕，我没有恶意。"张涛解释说。

"可是，"岳默慌慌张张地拿起了背包，"我已经有喜欢的人了。"

张涛确实是一个年轻有为、多金多才的成功人士，岳默眼中的他仗义、善良、豁达，她以为他与那些传闻中的老板不一样，但这会儿，张涛的形象在她的心里已降为负分。不是因为张涛突然的表白，也不是因为他没经过她的允许而握住了她的手，而是她最不能够接受这种打着情感不顺的名义，在外面招惹是非的人。

"是我考虑不周，吓到你了，我向你道歉。"张涛的信息直到很晚才发送过来，岳默猜想，或许也是因为自己过度的反应让张涛乱了分寸，她字斟句酌地编辑了一段文字回复回去，"张大哥，谢谢你曾经对我的帮助，我很感激。但是我还是要表明我的立场，这个世界上任何单身的男子都可以喜欢我追求我，但是你不能，有老婆和孩子的人没有资格。"

信息发出去之后，岳默等到晚上睡觉的时候也没等到张涛的回信。她知道这句话一定刺激到了他，虽然残忍、无情，但是岳默心里一阵畅快，她不允许自己的世界里出现这种道德上的瑕疵，即使是张涛前脚离了婚后脚马上来追求她，她都会给予他足够的尊重。

这是上海有史以来最冷的一个冬天，气温比每年同时期低了四五度，岳默在房间里做复习题的时候，基本上要穿着厚厚的棉毛睡衣，她不太舍得整天整夜开着空调。

12日的晚上，梁兮尘从南京办好案子赶了回来，她在路上给岳默打电话说，让她放心全力备考，这两天她一定要做好后勤工作，要亲自给她壮行。梁兮尘说到做到，回到家后直接进了厨房，一顿捣鼓之后，一桌大餐很快摆满了餐桌。

梁兮尘询问了岳默吴璟尘的行踪，岳默便将吴璟尘要带着宁心去旅行的事全盘托出。

"你和他签协议了？"梁兮尘睁大了眼睛。

"签了，没有不签的道理。"岳默吃了口冒着热气的糖醋小排，又说，"他给的工资很合理。"

"合同呢？他没给你埋什么雷吧？我这么个大律师放在这你当摆设，你不知道签约之前让我过过目吗？万一他把你中途给卖了呢？"梁兮尘没好气地看着岳默。

"哎呀，这可咋办？万一把我给卖了你可咋办？"岳默学着梁兮尘的语气。

"你就贫吧！不过，你俩要是真能擦出点什么火花，我倒是乐意认你这个嫂子。最起码，梁盛威那有几十亿的资产可以继承呢。"梁兮尘一脸坏笑。

"你忘了你哥哥是个性单恋了吗？"岳默哈哈一笑，"一个人热恋，一个人失恋。"

岳默又向她打听起冯朗教授的案子，"李莫生真的是靳家的后代吗？"

"光凭他奶奶的一封信是当不了证据的。现在主要是要找到李莫生，一个大活人在靳家花园里失踪了，冯朗肯定是逃脱不了干系的。"

"反正凭我的直觉，冯朗教授不可能做出这样的事。"岳默两眼一横。

"如果法官全是凭直觉判案的话，律师就都可以回家抱孩子了。"说完，梁兮尘看见吴璟尘推门进了屋，便碰了碰岳默的手臂，"有人给你带了礼物。"

岳默顺着梁兮尘的声音转头看去，只见吴璟尘抱着个大箱子向她们走过来，然后又把它放在了靠墙的一边，一屁股坐在了沙发上。

"你这礼物看起来有点厚重啊。"梁兮尘蹲下身开始端详起这箱子上的图案，岳默突然一阵紧张，更不敢抬头看吴璟尘。

"什么礼物？"吴璟尘一脸懵，见两个丫头在研究那个箱子，便说，"是电炒锅。"

"就你这点情商我真担心你这辈子都找不着老婆。"梁兮尘感到扫兴，起身去厨房端出来最后一盘菜。

"像我这种人是不配得到老婆的。"吴璟尘一脸无所谓地回着。

为了这次的环中国旅行，吴璟尘事无巨细，岳默觉得，他们要是能开一艘船出去，他能准备出一艘船的装备来。不过，对这个未知的旅行，她还是有一点小兴奋的，这是她做梦都不敢期望的旅行，她憧憬着那美不胜收的高山草原大海，那一望无垠的戈壁滩，那雪山、日出与满天的繁星，而且只有她，和他，她不期待结果，只是过程也让人觉得美好。

兴奋持续到了夜间零点过半，她上了几次洗手间，回到床上，她又收到了吴璟尘的信息：早点休息，明天加油！

这八个字她看了又看，然后一阵傻笑，很快，她便进入了甜甜的梦乡。

第二十五章

　　如往年一样，考试这天岳默按照闹钟定好的时间起床，吃完梁兮尘准备好的早餐后又由梁兮尘开车送往考场。

　　研究生的入学考试每一场都是淘汰赛，四门科目的总成绩要过国家分数线，每一门科目的小项成绩也要过分数线，否则，便是满盘皆输。岳默每考完一门科目出来梁兮尘都会给她打气加油，这种鸡血式的加油法一直持续到最后一门专业课交卷铃声响起。

　　当梁兮尘冲过去拥抱岳默的时候，岳默头脑中竟一片空白，就好像这一切的事情与她毫无关联一样。

　　尽人事，听天命，余下的一切就都交给时间吧。

　　紧接着的行程便是和吴璟尘的环中国旅行。此去路途遥远，事事未明，想想自己的角色有如陪着唐僧去西天取经的孙猴子一样，岳默竟觉得有些可笑，环游世界本是她儿时最大的梦想，此刻却变成了一份苦力劳务，她的心里无论如何也轻松不起来。

　　出发的日子定于本月 15 日，但吴璟尘给她多放了一天假，出发的时间就改为了 16 日，岳默利用这一天的时间去了靳家花园。她是从梁兮尘的口中得知靳莫羽已经出院回家休养的，她想在自己离开上海的时候再去看望他一次。

再次回到莫羽心理咨询工作室，岳默突然感到有些陌生，不过是一个月的光景，让她恍如隔世。

大门外墙上的工作室牌子还在，她站在那里，旧时的画面又涌上心头。她看到了专业严谨的冯朗教授，看着他每一个亲切的眼神和微笑，看到了无赖的阮弥、木讷的裘索、连洗澡都嫌脏的林莹皓，她看到了每一张熟悉的面孔……心里一阵酸楚。

表小姨来开门，岳默说明了来意，她跟着她穿过了那一片小花园，推开了工作室的大门。小花园里的花已经全部凋零，就连古堡墙上的飘香藤也变成了细瘦的枯枝。大厅里的摆设还是老样子，落地钟像是欢迎她回来似的重重地敲了三记响声，她抬头望去，见靳莫羽正拄着拐杖站在旋梯上望着她，她扬了扬手，又朝向楼梯处走了几步。

"靳先生，听说您出院了，我过来看看您。"

靳莫羽点头，露出些许微笑，然后便转身向卧室走去。岳默是第一次有机会参观到靳家花园二楼房间里面的样子。那里面的家具普遍偏欧式，应该是靳明杰当年给阮小茹装修时设计的旧版，现在已显老旧，但干净整洁。

靳莫羽坐在一张有靠背的四角椅上，他面前的小茶桌上摆着几份点心，还有份干果，岳默回想起表小姨说靳莫羽吃零食的日常，嘴角不禁上扬起来。表小姨给岳默倒了茶水，又与靳莫羽交代了几句话后就关门出去了。

阳光从窗口打射进来，照得靳莫羽的脸上泛着一层暖光，岳默朝着他的方向小心地走近了几步，她是第一次这样清楚地端详他的脸。他的脸很小，白皙，眉毛不浓不淡，眼睛尤其好看，上次在医院里她只能看清他的眼睛时就这么觉得了，他的鼻子和嘴巴很小巧，虽然算起来他应该至少有三十七八岁了，但在他的脸上却找不到任何岁月的痕迹，就像是那种保养得极好的少妇一样。

他的气质与五官相比更胜一筹，可以说是贵气天成，是后天无法通过重金傍身学来的，即使他的穿着再朴素、发型不新潮，你只要望上一眼就能感受到他的出众。

"你好，我想我们应该是第三次见面了。"靳莫羽淡然一笑，伸手示意岳默就座。

第三次吗？那第二次是什么时候呢？岳默努力地搜罗着自己的记忆，或许那应该就是表小姨上次说起他们在这里小住的那段时间了。

"早就想与您正式地见上一面，您知道，严格意义上讲，您才是这个心理工作室的老板。"岳默并没有表现出异样的拘谨，而是显得有些老到。

"可是你现在已经离职，不再是这里的员工了，我很遗憾。"靳莫羽依然微笑着。

"如果有机会，我是说以后有机会的话，我还是会和冯朗教授有合作的。"岳默的这句话说得小心，而且她在仔细地观察着靳莫羽的反应，她这时心里的潜台词实际是，这个合作至少要等冯朗教授平安归来以后。

见靳莫羽并没有什么情绪上的波动，她又问："靳先生的伤恢复得怎么样？"

"都很好。"

"我明天就离开上海了，您这边有什么事需要我来做吗？"

靳莫羽摇头，"希望很快就可以听到你的好消息。"

岳默不知道还有什么话题可以继续聊下去，但在她离开上海之前，她确实还有一些疑问想问靳莫羽，关于他和冯朗的。她沉默半刻，又抬起头来看靳莫羽，想问的话还是没办法从嘴里表达出来。

"有什么想问我的吗？"靳莫羽好像是看出了她的拘谨。

"我相信冯朗教授不会有事的。"岳默先铺垫了一句，靳莫羽应和地点头，又继续地看向她，他很清楚这绝不是重点。

"我听说当初他为了救您连博士学位都没有拿？"

"他就是这样的一个傻子，"靳莫羽笑了，淡淡地说，"我17岁上高三那年，我母亲托人帮我找了个数学家庭辅导老师，那年他读研二，瘦瘦高高的，家里条件不好。那会儿，我父母在外面做生意，常常不在家，我就让他住在我家里，我吃什么他就吃什么。所以为了感谢我，他除了给我补习数学外，连带着英语和语文也一起补习。可我并不是个爱学习的人，经常拉着他出去玩，考试成绩自然也不会太理想。有一次，我被学校里的几个同学欺负了，他为我出头教训了他们，一个人打伤了四个。后来校长找到我父母那里告状并要求赔偿，我父母很生气，直接把他给辞退了。我当然不同意，跟父母大吵了一架，把他强行留了下来。"

岳默静静地听着，回想着冯朗讲给她听的那个故事。

"再后来，我父母让保姆监视我们的日常，他们通过一些莫须有的理由逼他离开，否则就要到中介机构投诉他。你要知道，在当时如果投诉成功的话，他以后就再也找不到家教的工作了。那个时候，他山东老家的父亲又被查出了重病，查出来时已经是晚期，他那段时间心力交瘁，加上我父母把我管教起来，我们一直到我高考结束都没再联系过。我那个时候几乎每天发一封邮件给他，可一直都没有收到他的回复，我当时就认为他是那种胆小怕事为了自己前途不念旧情的人，所以我很生气，高考结束后，就跟着父母去了美国读书。"

"你们之间有误会。"

"是，不知道我父母当时和他说了什么，他至今都没有提过。"靳莫羽说起这段往事的时候有些心酸，"直到他收到了我前女友的信。"

后面的故事，岳默就非常清楚了，她终于在靳莫羽这里将这个荡气回肠的故事填补完整，这里有救赎，也有成全。

离开靳家花园的时候，她给表小姨留了自己和梁兮尘的电话号码，告诉她自己要去环中国游，希望她这边有什么事情可以第一时间联系她。告别靳莫羽坐公车回家的路上，岳默又开始恍惚，她总觉得所有的这一切都不那么真实，那青铜大门里的故事仿佛来自另一个世界。

回到家后，岳默发现吴璟尘已经回来了，他把第二天出发所需的装备悉数装到了车上。这一会儿，他正在打包着自己的随身行李，见岳默开门进来，他马上又指挥着她把行李箱拿过来，"我检查一下你带的衣服够不够。"

"不够路上再买吧。"岳默并没有配合，她还在回想着冯朗与靳莫羽的故事，径直走到沙发旁坐下来，又倒了杯水一饮而尽。

"那样太浪费时间。"吴璟尘没有商量的打算，眼睛盯视着岳默，逼得她不得不回房间拎出自己的行李箱。

岳默的箱子展开来，牙刷牙膏、毛巾、拖鞋、帽子、围巾、手套、袜子都有了，保暖衣，还有轻便的羽绒服、超薄的防风衣和一件冲锋衣，以及防冻霜、墨镜、太阳帽、太阳镜、驱蚊水、风油精、润唇膏、护肤品、防晒霜，等等，岳默在此之前上网找了很多攻略和网友的建议，她已经一件件地配齐。

"你再多找几件 T 恤吧，休闲裤也再找一条，不要紧身的，宽松一些。"吴璟尘检查完岳默的行李后又指挥着。

"我就是个司机，司机穿啥还有要求？什么标配啊？"岳默不解，"你有这工夫还不如把车好好检修一下，我们可是要开两个月呢，这关乎安全问题，这才是重中之重。"

"身份证、驾驶证、护照也检查一下。"吴璟尘继续吩咐。

"我们还能开到外国去吗？"岳默从随身包里配合地拿出了身份证和驾驶证，递给吴璟尘检查。

证件检查好了，吴璟尘又拉着岳默到楼下试车，这辆房车女生开起来有些大，不过岳默并不觉得有什么不适应，打火、刹车、油门、推挡、试动力，再调一下座位的距离，待岳默下车后，吴璟尘又用力地踢了踢轮胎。

吴璟尘买的是锂电锅，餐具有两只小碗两只大碗，几个盘子，都是金属制的，后备厢还有大米、油、帐篷、睡袋、节能灯，有药箱和各种食物，比如肉干、肉罐头，还有各种零食，诸如巧克力、坚果、饼干等，岳默看到这些备货后倒吸了口冷气。

"你这也太夸张了，国内一般地方都会有便利店、饭店的，像这些东西哪里都可以买得到。"岳默说，"弄得我们像是举家搬迁似的。"

"有备无患，兵家常事。"吴璟尘一笑。

"你还带了渔具？"

"现钓上来的才美味呢。"

岳默突然觉得吴璟尘比陈清风还要细心，她记得小时候全家出去野游，陈清风也会准备很多东西，但是与吴璟尘比起来，她绝对甘拜下风。

16日清晨，梁兮尘起早为他们送行，她嘱咐着自己的亲哥哥和大闺密，"你们路上一定要注意安全。吴璟尘，岳默要是万一出了啥事，我可饶不了你。"

"呸呸呸！你应该祝我们一路平安才对。"岳默一把抱住了梁兮尘，感谢着她的一切。

"每天晚上记得 7 点报平安，听见没有。"

"遵命，一定准时报备。"

在与梁兮尘告别后，岳默正式以司机的身份上岗，吴璟尘在出发前又叮嘱她检查了一遍随身证件，然后默默地在心中说道："宁心，我们出发了。"

三个人的环中国旅行正式启程。

这句口号是他和岳默这趟旅行的初衷和任务，他们要带着宁心好好地游览祖国的大江大河。

岳默一脚油门，车子平稳地开出。

他们的第一站从苏州开始。吴璟尘的游记簿上，苏州有两处必去的地方，一处是拙政园，一处是寒山寺，选择去拙政园是因为它是中国四大名园之一，是江南园林的代表作品；而去寒山寺则是因为他在离开中国前学背过古诗中的那句"姑苏城外寒山寺，夜半钟声到客船"。

拙政园位于苏州城东北隅，全园以水为中心，山水萦绕，厅榭精美，具有浓郁的江南水乡特色。400 多年来，拙政园几度分合，或为"私人"宅园，或做"金屋"藏娇，或是"王府"治所，留下了许多诱人探寻的遗迹和典故。岳默此前和友人曾来过一次，所以这一次故地重游，她主要是为吴璟尘充当摄影师的角色。

吴璟尘似是对历史文化、自然景观颇为喜欢，他每看到一处新奇的景观都会停留研究片刻。

"王献臣要是知道自己的儿子如此冥顽不灵，棺材板估计都要盖不住了。"岳默不屑地说。

"生前不知身后事，千金散尽不复来。"

"境界还挺高。"

两个人从拙政园出来，在车上随便吃了些点心后又驱车去了寒山寺。寒山寺位于苏州市姑苏区寒山寺弄 24 号，始建于南朝萧梁代天监年间，初名

"妙利普明塔院"。历史上寒山寺曾是中国十大名寺之一，寺内古迹甚多，有张继诗的石刻碑文，寒山、拾得的石刻像，文徵明、唐寅所书碑文残片等。

寒山寺不大，岳默与吴璟尘用了不到一个小时的时间便在寺里转了一整圈。走到寒山和拾得的石刻像前。女解说员在讲着故事：相传唐太宗贞观年间有两个年轻人，一名寒山，一名拾得，他们从小就是一对要好的朋友。长大后，寒山父母为他与家住青山湾的一位姑娘定了亲，然而，姑娘却早已与拾得互生爱意。寒山知道了事情的真相后，决定成全拾得的婚事，于是离开家乡，独自去苏州出家修行。后来拾得也知道了真相，便去苏州找到寒山，并与他一起皈依佛门。

听完这个美丽的传说，两个人意犹未尽地走出山门，岳默突然学着寒山的口吻转身问吴璟尘："世间有人谤我、欺我、辱我、笑我、轻我、贱我、恶我、骗我，该如何处之乎？"

吴璟尘便以拾得的口吻认真答曰："只需忍他、让他、由他、避他、耐他、敬他、不要理他，再待几年，你且看他。"

说完，两人相视一笑，都在暗自称赞对方惊人的记忆力和恰到好处的配合。

晚餐之前，岳默和吴璟尘到了观前街。本来依着吴璟尘的意思是要在天黑前去往下一站的，但是在岳默的极力游说下，就决定在苏州停搁一夜。

这条古城商业街岳默此前就一直非常想来逛逛，但由于备考、工作及周末的时间要去蹭学院的课，所以一直未能成行，这次有机会前来，她自然不能放过。

这条街因古寺玄妙观而得名，建筑体量很小，它的色彩以黑、白、灰为主，形成低矮的建筑轮廓线。购物商场和老字号商店主要分布在前街主街，餐饮业集中在太监弄一带，而娱乐休闲场所则在乔司空巷一带。

两个人停好了车后直接奔松鹤楼而去，岳默点了碗卤鸭面和壮鸡面，吴璟尘则直接外加一份松鼠鳜鱼、清溜大玉和荷叶粉蒸肉。在吃的方面，吴璟尘是从来不含糊的，游美景、赏美食，那就要吃当地最地道的。岳默吃得满足，一扫昨夜的忐忑不安，开心地又跑去玄妙观东脚门口的黄天源糕团店买了些糕团。

接过糕团，她迫不及待地尝了一口，又转身对吴璟尘说："《红楼梦》第十一回曾写到的枣泥山药糕就是这个。"吴璟尘接过来尝了一口，可能是刚刚多吃了几口粉蒸肉的缘故，便也尝不出这糕团有何新奇，不作回应。

向回走着的时候，空气中突然飘来咿咿呀呀的小调，紧接着，弦琶琮铮抑扬顿挫，吴侬软语娓娓道来。

吴璟尘停住了脚步，循声而至。他发现这评弹是从一家书厅的门廊里传出来的，他兴致大开，当即付了票钱拉着岳默进去听赏。苏州人听评弹的习惯由来已久，一盏清茗袅袅、三两吴音绕梁，悠闲了几度春秋。这是一曲评弹名曲《白蛇传·赏中秋》，台上一男一女两位掌琴，弦乐叮咚清脆，曲调婉转悠扬，一说一唱间道出几多深情百转柔肠。

岳默在此期间拍了张照片发给梁兮尘报备，梁兮尘则发过来三个大拇指的表情包，表示羡慕与赞赏。

一曲作罢，吴璟尘与岳默返回房车上休息。房车的空间不大，但作为临时居所，对岳默和吴璟尘是足够了。她里间的大床与吴璟尘外间的下铺隔着洗手间、厨房和餐桌，这样的安全距离让她睡得安心。

回想着这一天的几个瞬间，睡前，她不免掀开帘子的缝隙向外张望，见熟睡中的吴璟尘已打起了轻鼾，她突然对接下来的旅行有了憧憬。

第二十六章

翌日清晨，岳默醒来，见吴璟尘已将早餐备好，餐桌上有牛奶、面包，还有煎蛋，她突然有了一种莫名其妙的幸福感。

"美好的一天又开始了"，她慵懒地伸了伸手臂，下床，去洗手间冲了个澡，等洗漱完毕用餐过后，两人再度启程。

"宁心，我们出发了。"吴璟尘默默地说。

上午时分，岳默已将房车开到了西湖边上。西湖南、西、北三面环山，东邻城区，南部和钱塘江隔山相邻，湖中白堤、苏堤、杨公堤、赵公堤将湖面分割成若干水面，步步入画，处处皆景。大抵外地游客来游西湖的都是夏秋两季为多，真正来赏这等清寒雪景的怕是没有多少，不过也是有一些奔着"断桥残雪""孤山霁雪"两个名目来的。

岳默和吴璟尘的运气好，因为杭城昨夜窸窸窣窣地飘了一整晚的清雪，瑞雪初霁，西湖银装素裹，白堤横亘、雪柳霜桃。

"你们北方冬天的雪一定更厚吧？"吴璟尘对着远处的断桥狂按快门，画面里，阳光充足的一面冰雪很快消融，桥慢慢地露出了斑驳的桥栏，但其两端却还在皑皑白雪的覆盖之下。

"当然啊，毛主席不是写过'北国风光，千里冰封，万里雪飘'吗？我记得小时候的雪，厚得会到我的腰。"岳默用手比画着，"我们东北孩子到冬天的游戏项目可多了，像堆雪人、打雪仗、坐冰爬犁，我爸还带我去滑冰、滑雪，我们在冰天雪地里吃着冰糖葫芦、冰糕、雪糕，超级美味，好想念啊。"说到自己的家乡，岳默简直意犹未尽，嘴巴里竟馋出口水来。

"滑雪吗？你会吗？"

"岂止会，很厉害呢。"

"被你这么一说，我突然很想改变环行路线，直接杀到东北去了。"吴璟尘悻悻地说，"等我们到了你老家，一起去看冰灯吧，我在美国的时候经常看到冰雪大世界的报道，我很好奇坐在冰房子里吃火锅是什么样子的，还有，我要去滑雪，你可以当我的滑雪教练。"

"没问题，不过我很贵的。"

"友情价吧。"

"好说。"岳默哈哈一笑，"我突然感觉我这一路可能还会有不少可以创收的项目呢。"

岳默和吴璟尘租了艘摇橹船，在老船夫一记响亮的"开船喽"的号子声中，船桨拨开水面向湖心岛驶去。远观白堤，岳默突然想起一首诗来，便吟道："望湖亭外半青山，跨水修梁影亦寒，待伴痕边分草色，鹤惊碎玉吸阑干。"这是南宋诗人王洧描写断桥残雪的一首诗，他曾写过《湖山十景》，其中还包括平湖秋月、南屏晚钟、苏堤春晓等，但岳默觉得他写这"断桥残雪"最为出神，再者就是接下来要去的"三潭印月"了。

三潭印月位于湖心岛内，两个人下了船上岛，沿岸而行。这个岛相传苏轼疏浚西湖后，在湖中水深处建成三座瓶形石塔，名为三潭，明令从苏堤到这里的水上不得种植菱芡，以防湖泥淤积。湖中有岛，岛中有湖，园中有园，曲回多变，是步移景新的江南水上庭园。岳默和吴璟尘在小岛上去了先贤祠、迎翠轩及曲桥等处后，又上了船，归了岸。

已近中午时分，他们赶去楼外楼，在岳默的推荐下，他们点了西湖醋鱼、叫花鸡、东坡肉和龙井虾仁，店老板还送了半坛宋嫂酒，吴璟尘不喝酒，岳默就自斟自饮了一杯。

饭毕，他们在茶店买了些龙井茶和糕饼、零食，继续启程。

这场雪景美得令人心醉，吴璟尘临时决定改变旅行线路，直赴安徽黄山。黄山的雪景可遇不可求，他们要赶在下午 4 点 30 分之前进入景区，然后在山顶酒店住下，于翌日早起看云海日出。

岳默在楼外楼的时候尝了些老板赠送的宋嫂酒，这会儿有些晕晕乎乎，索性跑到车里小憩，所以剩下大约三个多小时的路程由吴璟尘来开。

吴璟尘启动房车后，默默地看了眼后视镜，说道："宁心，我们出发了。"

车子平稳开启，吴璟尘一路沿天目山西路进入 G56 杭瑞高速，高速上往来的车辆并不多，一路的雪景绵延不尽。到达三阳服务区的时候，吴璟尘先去给车子加了些油，然后又去了趟公共洗手间，等他从洗手间出来的时候，发现车前站着一位年轻的女孩。她身上背着一个超大的旅行背包，见他走过来，她一脸迫切地像盯着猎物一样地盯着他问："师傅，您这车去哪儿？"

"黄山。"吴璟尘应了一声，直接拉门上车。

"那太好了。"女孩趴到了驾驶室外的车门处，"我也是去黄山，我们的车发动机坏了，司机师傅在等修理工来修，我算着时间在关园前肯定到不了，明天的日出就看不成了……"

吴璟尘并不想理会这个姑娘，他的旅程中只想有岳默和宁心陪伴，他不想节外生枝，所以直接摇起车窗将车启动。在他踩下油门之前，这个姑娘动作迅速地从车前小跑过来，没等他反应过来，直接拉开副驾驶的门就跳上了车。

"你到底要干什么？"吴璟尘皱起眉头，示意姑娘下车。

"搭我一程呗，求求你，我给你车费。"姑娘说着将身上的背包从背上卸下来，"我今天必须赶到黄山，你帮帮忙，帅哥，哥。"

"不行。"吴璟尘依然驱逐，"下车。"

"给你看，这是我的记者实习证，上海电视台的。"姑娘将自己的证件从背包里拿出来，递给了吴璟尘。

吴璟尘没有接，依然无动于衷，但是客气了许多，"麻烦你下车。"

"你这人怎么这么不通人情呢？我说过我的车坏了，我会付你车费的。"姑娘有些崩溃，却依然不下车。

"再不下车我找警察了。"吴璟尘命令着。

"了不起啊，"姑娘一脸的怨怼，嘴里嘟囔着，"铁石心肠，祝你一路不平安！"她气得扯起背包，用力地踢开了副驾驶的门，然后去寻找新的目标。

岳默本来正迷迷糊糊地小憩着，却被这姑娘一顿暴力操作给从车厢里震了出来，她打了个哈欠，定睛望去，便喜出望外地唤着姑娘的名字："阮弥，真的是你啊。"

见阮弥转过身来，她又大叫："我还怕自己认错了人。"

"岳默姐？"阮弥也认出了岳默，更是一脸惊喜，"你怎么在这？"

"你怎么在这啊？"岳默反问道。

阮弥将自己的车半路抛锚，到处找去黄山的车的过程跟岳默讲了一遍，然后又说："我现在在上海电视台当实习记者，我们小组要去黄山拍一个雪景的直播，我晚走了一天，所以这才着急搭车去黄山。"

岳默听明白了阮弥的描述，手一挥，"上车吧，跟我们一起走。"

"你的车？"阮弥看向房车，拍手大叫，"太好了，姐姐，这真是天无绝人之路，你是上天派来的天使吧。"

"上车聊，时间有点赶。"岳默看了眼腕表，又过去跟吴璟尘打了招呼，吴璟尘一脸未置可否，将房车开出了服务区，"宁心，我们出发了。"

岳默与阮弥再次见面异常兴奋，两个人聊了一路。上次分别之后，裴索的父母回来帮她处理了纠纷，并给她联系了国外的学校，裴索很快就办理了出国。刚开始的时候，阮弥和裴索还有些联系，但慢慢地，裴索就不怎么回她的信，也不怎么回消息了，慢慢地，阮弥也就不发了。

"只要她好好的，我就放心了。"阮弥一边参观着房车的装置，一脸羡慕，"姐姐，你这车太牛了，麻雀虽小五脏俱全，我以后退休了也要搞一辆。"

"用不了退休，"岳默给阮弥倒了杯果汁，"凭你的能力很快就可以实现的。"

阮弥接过果汁一饮而下，又道："就是你这个司机可不怎么样，太轴了，一点情面也不讲。"

岳默哈哈大笑，"我才是司机，他是车老板。还记得兮尘姐姐吗？他们是亲兄妹。"

"亲哥？"

"嗯。"

"你俩在谈恋爱啊？"阮弥将岳默递过来的果汁一饮而下，"这人除了脾气臭点，人长得倒是蛮帅的。"

"不是不是。"岳默红了脸，立马否认，"我们就是一般朋友，雇佣关系。"

车在 15 点 50 分的时候驶进了汤口镇停车场。吴璟尘将车停好后，几个人带着随身的装备前往换乘中心，坐巴士从南门进入景区。

漫山遍野的雾凇、冰挂、霜花、怪石很快呈现在眼前，岳默被这美景惊住了，忍不住感叹："真是五岳归来不看山，黄山归来不看岳，这哪里是雪景，简直就是人间仙境。"

皑皑冰雪铺遍峰峦，雪中的黄山如同一幅水墨画一样徐徐展开，雪在画中落，人在画中行，一阵山风吹过，片片雪雾飞扬，暮色下，犹如童话王国一般。

几个人一路经北海、西海、百步云梯、鳌鱼峰，到达飞来石，这块与《红楼梦》有关系的天外飞石赚足了众人的眼球，很多人围着这么块大石头拍来拍去。吴璟尘也在各个角度为这块石头留着影，他一路拍雾凇、拍怪石、拍雪景，也拍岳默和阮弥，等到达光明顶的时候，几个人已经累得气喘吁吁，好在一路有阮弥为伴，岳默觉得旅程中又多了份乐趣。

他们在北海宾馆订了两个房间，三个人到餐厅简单地吃了顿便饭后，阮弥就去找大部队了。

第二天凌晨 5 点 30 分的时候，闹铃响起，岳默硬撑着眼皮起来洗漱收拾，她非常期待这场梦幻中的雪中日出。

吴璟尘已经在大厅等她，他给她带了些饼干和水，因为早餐厅这个时候还没有开放。来到清凉台的时候，很多游客已经站好了位置，吴璟尘和岳默只好选择了一处稍高的地势。这个地方视角不错，就是攀上去费了些力气，吴璟尘先行爬上去后，伸下了一只手，岳默犹豫了一下，还是将自己的手递了过去。

一阵冷风袭来，岳默不禁打了个寒战，嘴里喃喃自语："真是高处不胜寒。"一拉一扯间，一只小瓷瓶从吴璟尘胸口的口袋里滑落下来，一蹦一跳地顺着岩石向下而去，吴璟尘一惊，差点松开了岳默的手。

岳默惊呼了一声，双脚直接插在了一处石缝处，眼看着那瓷瓶一路蹦蹦跳跳地在岩石上弹了几下，又滚落在她的脚边，她试着下探着腰去拾捡。

"别动，我来捡吧。"吴璟尘有点紧张。

"没事，你拉住我，我能拿到。"岳默一只手被吴璟尘拉着，然后慢慢弯下腰，另一只手一点点地去接近那个瓷瓶。尝试了几个回合后，岳默终于将小瓷瓶抓在手里。但见这瓷瓶晶翠小巧、质感高贵，瓶口处包裹着红绸，岳默好奇地翻转了下瓷瓶的底部，只见上面刻着一个"心"字。

她吓了一跳，忽又意识到了什么，这个"心"是代表着宁心么？她还没来得及问吴璟尘，手里的瓷瓶便被他一把夺了过去。

"这是，什么？"岳默的幽灵恐惧症再度来袭，她大致猜到了什么，"吴璟尘，你能告诉我这是什么吗？"

吴璟尘闭口不答，也不看岳默，他将小瓷瓶快速地送回到内里口袋，又向岳默伸出了一只手，"后面我再慢慢告诉你。"

岳默的心猛抽了一下，一阵钝痛袭来，恍惚间，她竟看见宁心站在她的面前，她幽怨的眼神，像是在质问她为什么要从她身边夺走吴璟尘。此时的恐惧症状已经侵袭到了她的腿，岳默用力地摇着头，已无法控制住浑身的颤抖，更没有了看日出的心情。

她想马上逃离开这里，去哪都行，她憎恨吴璟尘，憎恨他明知道自己的恐惧症，还与她签订了这样的旅行协议，这是欺骗！也是在这恍惚间，吴璟尘将她抱起，小心地带到了安全的地方。

当天际线露出第一缕阳光的时候，清凉台上发出了一片震耳欲聋的欢呼声，盛景在前，让人震撼。岳默抬头看向远方，见太阳已缓缓地冒出头，还来不及反应，只一瞬间，四溢的光便笼罩了苍穹。满天红云、满眼金波，无际的云朵如潮水般翻滚而来，浩浩荡荡，气势磅礴。

雪中的这番景色让所有人震撼，无法用任何语言去赞美它，它美得不那么真实，以至于刚刚的恐惧、不悦与阴霾，一扫而光。

"太美了。"吴璟尘怔怔地望着云海，又转眼看到了岳默脸上那桃粉色的光晕，"岳默，对不起，回头我会把所有的事一五一十说给你听，谢谢你陪我一起看云海。"

吴璟尘的脸在朝阳的映衬下，格外柔软好看，岳默的心却更痛了，虽然她知道，她不该与一个逝去的人计较什么。

当整轮红日浮出云层表面静默地挂在空中时，众人才意犹未尽地纷纷散去。岳默因小瓷瓶的事，一时半会儿还缓不过气，直接回房间简单收拾过后便下了山。一路上，她故意不搭理吴璟尘的问话，独自前行，她计划着等回到房车后再与吴璟尘谈论这个严肃的问题。

下山的路比上山的路要轻快一些，经百步云梯到达海心亭，从西海大峡谷南线徒步下山，经步仙桥到达谷底后乘坐地轨缆车返回天海，然后在后山取近道到达云谷索道白鹅岭站，再乘坐云谷索道下山。

到达汤口镇停车场的时候已近中午。

岳默一路都在思索着一个问题，她不能与一瓶骨灰日夜守在一起，幽灵恐惧症已经令她无法再继续前行，她要终止这份协议。

"我们谈谈吧。"刚进餐馆坐在餐桌前，岳默便开门见山。

"好。"吴璟尘也乖乖地坐在了餐桌的对面。

"我打算终止我们之间的协议。"岳默斩钉截铁地说，"确切地说，你在签订协议的时候隐瞒了关键的信息，所以导致协议无法继续履行，说说吧，你和宁心到底是什么关系？"

"宁心是个很好的女孩子，我和她还有胡玫认识的时候，我就对她很有好感，她很少打扮，但是与别人站在一起的时候，总能第一眼看到她。"吴璟尘没有直接回复岳默的问题，而是自顾自地讲述起自己与宁心的故事，"我们一起演出，一起唱歌，为了和她多待一会儿，我还跟她拜师学唱歌，那个时候，每天都很开心。"

岳默从未奢望过吴璟尘能将自己的故事与她分享，这会儿从他嘴里承认曾喜欢过宁心，她的心里竟有些不是滋味。

"后来，宁心喜欢上你，你就变了是吗？"

"不是变了。"吴璟尘有些苦恼地摇了摇头，"不知道为什么，自从她喜欢上我以后，我就开始感到厌恶，不想见她、不想接她的电话，甚至连她发的信息都不想回。可之前我明明是对她有好感的，我不知道我怎么了，为什么她喜欢上我了我就会讨厌她，我应该是被诅咒了吧，或者是，我就是他们嘴里说的渣男。"

"并不一定是这样的。"岳默摇头，"或许你是受原生家庭的影响，对自己有极强的保护机制，而对于感情，你会觉得自己不配，或无法得到他人的爱，担心进入一段恋爱后会受到伤害，情绪会被对方左右，所以宁愿选择放弃。"

"宁心那么完美，是我不配。"

"你也很优秀。"岳默没有触碰"性单恋"这个词，虽然短短的谈话已经让她确认了他的这个倾向，但是她还是不想让吴璟尘认同自己是个心理问题者，更或者说，她不希望以一个心理咨询师的角色出现在他的世界里，"但是你骨子里自卑。"

"宁心患上了抑郁症，她跳楼自杀，我有责任。"吴璟尘表情变得痛苦万分，"我虽然不确定我对她的感情是不是爱情，但是她因我而死。"

"她的父母说过，她初中就已经患上了抑郁症，所以她的自杀也不完全是你的责任。"岳默又说，听了吴璟尘一番诚恳的讲述，她心里已经完全没有了妒忌，吴璟尘爱而不能，宁心为爱而亡，这该怪谁呢。

"岳默，你还会和我一起完成旅行吗？"吴璟尘看着岳默，眼神里带着祈求。

"当然不能，这是原则问题，我有幽灵恐惧你是知道的，我不可能跟一瓶骨灰一起环游两个月。"

"你以为这个瓶子里装的是骨灰？"吴璟尘惊讶，又摇头，"不是的。"

"那你给我看看，里面装的到底是什么？"岳默伸手。

"现在还不能看，但我保证不是你想的那样。"吴璟尘欲言又止，沉默了片刻，吴璟尘继续说，"我们再签一个补充协议吧，如果我说谎，我会赔偿你三倍的违约金。"

岳默盯着吴璟尘看了片刻，她相信了他，只要那个瓶子里装的不是宁心的骨灰，他爱装什么装什么。两个人很快就草拟了补充协议，她为的不是多拿他三倍的违约金，而是他的承诺。

第二十七章

两个人点了臭鳜鱼、清蒸石鸡、问政山笋和徽州毛豆腐，又点了一份中和汤。四菜一汤的吃食开始成为两个干饭人的标配，虽然这样的饭量超出了他们的能力，但品尝最地道的美食美景才是旅行最大的意义。

吴璟尘还是有些吃不惯臭鳜鱼的味道，岳默却喜欢，它肉嫩刺少，口味醇实，越吃越香，几乎整条鱼都被她享用了，她又品了一杯黄山徽酒，酒壮怂人胆，早上那惊心动魄的恐惧感已慢慢消散殆尽。

两个人在车上小憩了一会儿，吴璟尘开着车从黄山出发一路南下，经京台高速到杭瑞高速转都九高速到达九江，于傍晚时分到达了庐山脚下。

这一路上基本是由吴璟尘驾驶的，岳默中午吃了一整条臭鳜鱼，到了晚餐的时候还不觉得饿，但吴璟尘点了一桌子的庐山美食，她见到笋衣烧肉、石鱼爆蛋、石耳清蒸鸡、庐山石鸡，外加一个汤时，又胃口大开，吃饱喝足，早早睡去。

第二天清晨起床，岳默先是上了个厕所，见浴室已被吴璟尘整理干净，不免咧嘴一笑，称赞自己道："这个补充协议签得好。"

庐山的景区是全天候开放的，他们吃完早餐收拾好行李后驱车前往庐山。庐山以雄奇险秀闻名于世，巍峨挺拔的峰峦，气势磅礴的飞瀑流水，在云雾的衬托下宛如仙境一般。

按照正常旅行的规划，他们刚从黄山下来是需要休整两天再继续登山的，否则人的体力跟不上，膝盖也受不了，但吴璟尘还是不想错过庐山，他临时的改线令岳默叫苦不迭。

"乌蒙山连着山外山，这苦力活的钱也是真的不好赚。"她一边爬山一边喘着粗气唱。

吴璟尘拨开云雾，向岳默会心一笑，"飞流直下三千尺，疑是银河落九天。不识庐山真面目，只缘身在此山中。这庐山自古以来都是文人墨客的向往之地，我们从小耳熟能详的名诗名句，怎么能不来领略一下这三山的风采呢？"

"这有什么区别呢？"岳默只觉得这是文人骚客的道场罢了，黄山归来还不看岳呢。

"区别还是有的，庐山玩的是文化，黄山看的是风光。"吴璟尘边走边向岳默介绍这庐山的雄伟，"相传古时有位名叫匡俗（我们俗称的吕洞宾）的先生在此结庐隐居，得道以后羽化成仙，他所进所居之楼幻化成山，因此这座山被称为庐山或匡庐山。"

"没想到你在美国长大，对中国的文化知道的还挺多。"

吴璟尘可不想承认这是他找了一晚上的搜索引擎才有的腹有诗书气自华的效果。

在庐山逗留了三个小时左右，到达了汉阳峰，又观瞻了"银河"三叠泉瀑布。下山的时候已近午时，两个人找了家饭店，点了份石鸡和鲜笋，吃好后回房车上睡了一个小时的午觉，继续前行，经福银高速，于两个小时后到达南昌。

南昌是江西省的省会，是座历史文化名城，两个人停好车后稍做整理便奔滕王阁而去。

滕王阁始建于唐代，与湖南岳阳楼、湖北黄鹤楼并称为"江南三大名楼"。登阁纵览，春风秋月尽收眼底，近可见仿古商业街迂回曲折，错落有致，西侧赣江、抚江浩浩汇流，远处长天万里，西山横翠，南浦飞云，长桥卧波，令人心旷神怡。

对于滕王阁，岳默所了解到的只有唐代诗人王勃的《滕王阁序》，"老当益壮，宁移白首之心？穷且益坚，不坠青云之志。"当吴璟尘对着苏东坡手书的《滕王阁序》看得入迷时，岳默直接跑去礼品区闲逛，见有一题着《滕王阁序》的仿古折扇分外雅致，一问价格，不贵，便买下来放进了随身包里。

两个人第二天离开南昌，经福银高速转沙厦高速直接南下到厦门，赶上最后一班船登上了鼓浪屿。

岳默和吴璟尘在岛上找了一家民宿住下，稍作休息后便外出游逛觅食了。鼓浪屿与厦门岛隔海相望，岛上海礁嶙峋，岸线迤逦，山峦叠翠，峰岩跌宕，夜晚的小岛在音乐声中弥漫着甜蜜的气息，情侣们三三两两惬意地逛着店，买着吃食，这样的氛围让人真想谈一场甜甜的恋爱。

过去几个月紧绷着的弦终于在这一刻完全释放，岳默感觉背上的千斤重担突然卸下了，她一阵子轻松快意。她想大哭一场，想拥抱这一刻的风，想让时间就这样静止吧，多好！她用力地嗅着黏湿的空气，感受着那里面好闻的味道和美妙的音乐。

沿街的小店品目众多，吃的喝的看的玩的，完全满足了岳默对于旅行生活的想象，她觉得这些小食远比什么大餐更能让她愉悦。一路买过去、吃过去，海蛎煎一份、马拉桑果汁两杯、烧仙草、麻糍、沙茶面、金包银、土笋冻，如果一个人可以像牛一样有四个胃，岳默非常不介意自己再多胖个十斤八斤，眼睛所到之处便是胃的忧伤。

她以前从未听说过这种叫作土笋冻的美食，它不是笋，而是一种蠕虫，含有胶质，是福建的一种特色美食，蘸着酱汁吃下去的口感异常润滑。吴璟尘坚决不吃，在岳默再三劝说之下，才知道这位吴先生是怕虫子的，怕虫子也是一种特定恐惧症，岳默也不为难他，自己一个人整整吞了一整份。

吃得满足过后，两个人一路向前游逛，不远处，一个花店里传出了年轻人的欢呼声。从门口处一个瘦削的男生口中得知，是店主人培育的昙花正在开放，不是一朵，而是 20 余朵，这等盛景可遇不可求。

"我们进去看看？很难得呢。"岳默看向吴璟尘，吴璟尘表示同意，便付了每人 20 元观赏费，跟着男子进了后院的花室。

花室不大，但装饰得分外清雅，几位看客正在等待着昙花的怒放。

"昙花一现，只为韦陀。肀名一生，只为成全。"

岳默记得中学语文老师课堂上讲过这个典故，在吴璟尘迫切的求知欲下，她给他讲了这个故事。

昙花原是天上的一位花神，她本是每天都开花的，后来，她爱上了每天给她浇水除草的青年，两个人的感情越发深厚。此事被玉帝知晓了，雷霆大怒，降罪于二神。先是把花神贬到了人间，由每天开花变为一年一次，而且只开一瞬间，然后又把青年贬到了灵鹫山出家，赐名韦陀，抹去了记忆。

很多年过去了，韦陀潜心修佛渐有所成，而花神以泪洗面无法忘怀，所以每年暮春的时候，韦陀下山为佛祖采集朝露煎茶，昙花就用尽集聚了一年的精气为他绽放，希望他可以记起她。

可是千百年过去了，韦陀年年下山来采集朝露，昙花年年默默绽放，都没有使韦陀记起当年的往事。直到有一天一名枯瘦的男子从昙花身边走过，他看到花神忧郁孤苦便停下来问花神："你为什么哀伤呢？"花神很是惊诧，因为凡人是看不到她的真身的，而在她看来，这名枯瘦的男子明明就是一个凡人，她便回说："你帮不了我。"

40年后，那个枯瘦的男子又从昙花身边走过，重复问了40年前的那句话："你为什么哀伤？"花神再次犹豫片刻，只是答道"你也许帮不了我"。枯瘦的男子笑了笑离开。再40年后，一个枯瘦的老人再次出现在花神那里，原本枯瘦的老人看起来更是奄奄一息。当年的男子已经变成老人，但是他依旧问了和80年前一样的话："你为什么哀伤？"昙花答道："谢谢你，你的一生问过我三次同样的问题，但是你毕竟是凡人，而且已经奄奄一息，你帮不了我，因为我是因爱而被天罚的花神。"老人笑了笑，说："我是聿明氏，我只是来了断80年前没有结果的那段缘分。花神，我送你一句话：缘起缘灭缘终尽、花开花落花归尘。"说完老人闭目坐下。

时间渐渐过去，夕阳的最后一缕光线开始从老人的头发向眼睛划去，老人笑道："昙花一现为韦陀，这般情缘何有错，天罚地诛我来受，苍天无眼我来开。"说罢，老人一把抓住花神，此时夕阳划到了老人的眼睛，老人随即圆寂，抓着花神一同去往佛国。花神在佛国见到了韦陀，韦陀终于想起来前世因缘，佛祖知道后准韦陀下凡了断未了的因缘。因为聿明氏违反了天规，所以一生灵魂漂泊，不能驾鹤西游，也不能入东方佛国净土，终受天罚永无轮回。所以，昙花一现，只为韦陀，聿明一生，只为成全。昙花又名韦陀花，也是因为昙花是在夕阳后见到韦陀，所以昙花都是夜间开放。

"昙花一现，只等有缘人。"吴璟尘看着岳默出神。

"是啊，缘起缘灭缘终尽，花开花落花归尘。"她淡淡地回道，又将脸转过去不看吴璟尘，心里一阵悲凉，呼吸也急促了些。

昙花在众人的期待下一点点地绽放开来，海带状的绿叶拗口间，花苞正在微微颤动，然后一点点地挣脱开花托的束缚，这是人唯一可以肉眼看得到的花的盛开，就像特技加速了它绽放的过程一样。花瓣像是慵懒的花神探出的手臂，挥舞着仙气飘飘的衣袖从睡梦中醒来，之后，成束的花蕊栩栩挺立，中间一根柱状雄蕊高高翘起……

花瓣层层开来，一朵朵美丽皎洁的白花在岳默和吴璟尘面前相继绽放，这种美妙的感觉不亚于攀上一座山，越过一条河。

人生百年，不过是品一盏茶，读一卷书，恋一处风景，看一朵花开。

第二天早晨，岳默闹了肚子，也许是土笋冻吃得太多引起了脾胃不和，上吐下泻折腾得厉害，吴璟尘给她找了些随身包里的止泻药，喂她吃下去后决定在鼓浪屿暂住一天。

接下来几天的旅程，大部分的时间都是吴璟尘在驾驶，岳默躺在车上休养生息，好在所经之处都是些大的城市，不用再去爬山和历险。在深圳和三亚逛了几天后，他们又去了万宁。选择万宁作为一个重要旅行点的原因是，它是中国唯一的海上冲浪基地，这里每年都有一届为期三天的冲浪节，吴璟尘到达三亚之后，就心心念念着冲浪和浮潜，岳默没想到他竟有专业的水准。

万宁位于海南岛的东南部，东临南海，地处热带和亚热带交汇处，它青山环绕、水质清澈、沙滩细腻，岳默裸脚踩在软沙上行走，感觉脚下一阵阵温暖袭来，就像是被拥抱着抚摸着，她喜欢这种感觉，喜欢被无条件地呵护与给予。

"你怎么不换衣服？"吴璟尘突然在后面叫住了她，岳默直接摆手，"我不玩，我连游泳都不会。"

"我教你，玩冲浪不一定会游泳的，你放心，很安全。"吴璟尘的表情非常诚恳，他在打消她的疑虑。

"不不不。"岳默死命地拒绝。

"相信我，我很专业的，我保证你的安全。"吴璟尘伸出一只手来拉她，她躲无可躲，只好硬着头皮被他抓去冲浪。

吴璟尘将绳圈套在了岳默脚上，告诉她，等浪来了，就直接趴在板上，"一定要放松。"

岳默照做，心想随便吧，反正总要经历第一次的。她见浪来，便头皮一硬直接趴上了冲浪板，吴璟尘在她后面轻轻一推，她整个人就滑向了岸边。到了岸边，冲浪板停住，她突然感觉非常刺激，就又尝试了几次，再接着，她试着站起来，见吴璟尘站在板上游刃有余的样子，她也有样学样，但是她只有样却没有技术，一个重心不稳，刚站上冲浪板就被浪拍到了海里。她吓得像是溺了水的猫一样拼命地到处乱抓，等她抓到赶来捞她的吴璟尘时，整个人的身体便像是八爪鱼一样盘在了他的身上，嘴里叽里呱啦地大叫。

"太难了。"

夕阳下，绯红色的余光洒在波光粼粼的海面上，一种出世的宁静。岳默和吴璟尘并排坐在游艇上海钓，岳默这会才明白出发时吴璟尘准备钓鱼竿的缘由，他是把一切可能想尝试和游玩的活动都提前筹划好了。

清风徐来，吹散了岳默的长发，这一刻，她不施粉黛的面色如朝霞映雪，看得吴璟尘出了神，不舍得移去眼睛，慢慢地靠近，靠近，岳默感觉自己被定了穴，心里扑通扑通乱跳。

"这一路让你受苦了。"在他的脸快贴到她的侧脸时，两个人的脸都红了起来。

"哪份工作是轻松的呢？"岳默故作镇定地回侃了一句，直感觉浑身像被汗冲洗过一般，她低下头整理了一下自己的头发。

"谢谢这一路上有你陪伴，真的很开心。"

"谢谢老板满意，"岳默用手给吴璟尘行了个夸张的礼，又说，"旅程结束后不要拖欠农民工的工资噢。"

"这个你放心，只要表现得好，还会有奖励，你要相信这一点。"

接下来，就再没什么话题了，静静地欣赏夕阳。

自从岳默和吴璟尘慢慢熟悉以后，她就感觉到了他的变化，虽然彼此间都觉得对方像是兄弟一样的存在，但是，他知道她不是，她知道他也不是。他在试着慢慢地表达情绪，在自我暴露着情感，在拉近着彼此的距离，这一切在岳默看来都是进步的表现。

别着急，我会陪着你一起改变的。

"我有一个不太成熟的 idea。"岳默转头看向吴璟尘，"我们这种形式的旅行其实可以做成一个 AI 软件，让没有时间精力，但很想旅行却没办法旅行的人通过软件达到身临其境的体验感。"

吴璟尘盯视着岳默，示意她继续说下去。

"你看，很多的上班族、老年人，包括残疾人，大部分人的美好愿望都是周游世界，但是，这样的美好愿望实现的可能性都很小，如果有了这样一个软件，可以通过戴上眼罩贴上芯片就可以想到哪儿就到哪儿，可以身临其境地去看每一处想看的景，可以拥抱大海、等待日出，可以给北极熊喂吃食，跟袋鼠赛跑，可以感受到走出的每一步路都是真实的，是不是就可以完成很多人不可能完成的心愿。"岳默说起来就滔滔不绝，"我们可以把这个软件叫作'流浪者'。"

"wonder。"

"对！"

"流浪者，非常棒的 idea，我很喜欢，回头我会和我的团队讨论它的可行性。"

"就这么说定了，到时候要分我股份的。"说完，岳默哈哈大笑，"其实之前，我一直有一个想法，想写一个旅游公众号，写城市游记，以每座城市为标准，不是只走一天两天，一个景点两个景点，是不管大城小城都要写，写专属于它们的美景美食、文化风俗，它们名字的由来，还会提供一些交通、医疗方面的信息，每一座城市都是一幅曼妙的画卷，旅行者只需要拿着这么一篇游记就可轻松出游。我算下来，全国县级以上的城市有 2 000 多座，写完了中国，可以再写亚洲、写欧洲，这个世界大着呢，一辈子都写不完。"

"这个创意好！到时候，我们可以虚拟现实连动，让喜欢旅行的人、不方便出行的人，都可以通过它们得到便利。"吴璟尘点头。

"你都说可以了，那肯定就可以，等我回去酝酿一下，过了年就开始开号运作。"岳默有些兴奋。

"打算叫什么名呢？"

"还没想好，"岳默摇头，"你有什么好的建议吗？"

"好记，大气，有诗意。"吴璟尘哈哈一笑，见海钓竿在上下浮动，两个人又开始活跃起来。

"动了动了动了，有鱼。"

从万宁离开，他们的下一站目的地是桂林。正值农历小年，岳默说在北方小年要吃饺子，所以临出发前，他们找了一家东北饺子馆，点了些招牌的东北菜。

路程过半，途经一处服务区时，岳默接到了陈清风的电话，她说岳英明下午手脚发麻去医院检查，突发性脑出血已经入院治疗，现在人正在监护室观察。这么突然的消息如同一记闷棍将岳默彻底打蒙，她无法按捺住内心的惶恐，她需要马上赶回去。

吴璟尘宣布暂时结束旅行，在安抚好岳默的情绪之后，又帮她搜索了附近各大机场的余票，这个时间也只剩下仅有的几张公务舱机票，他马上订了下来，一脚油门返程回海口。

"很抱歉，答应和你一起的旅行不得不终止了。"办了托运后，岳默与吴璟尘告别，然后准备去安检。

"真的不用我陪你回去吗？"吴璟尘认真地问，"没准我能帮上点忙。"

"不用了，放心，我会处理好的。"岳默看着吴璟尘突然有了一些不舍。

"别哭鼻子，余下的路程，我们以后可以慢慢再去，就按照你的城市游记走。"吴璟尘望着岳默，似乎也有些不舍，他定了定神，内心挣扎了一下，然后故作轻松地伸开手臂抱住了她，轻拍着安慰，"到了家给我报平安。"

"好。"岳默抽了下鼻子，"你自己路上也小心。"

"好。"

"机票钱我回头打给你。"岳默接过吴璟尘递过来的拎包，瞬间又悲伤起来，眼泪忍不住大颗大颗地从眼眶里涌出。

两个人挥手告别，走了几步，岳默突又想起什么，连忙从随身包里找出了那把在滕王阁买的折扇，她叫了吴璟尘一声，又跑过去将折扇递给了他，"送给你的，当时觉得好看就买下来了。"

"谢谢，一路平安。"

岳默搭乘午夜飞机赶回老家。心急如焚的她前半程几乎都处在木僵状态，所有的动作和行为都是应激的，她知道自己可能是出了些问题，但是凭借一个心理学专业学生的常识，她尽量让自己深呼吸着，以达到身心的缓松。

机舱外，缥缈的夜色无尽的黑，没有尽头也没有希望，无数种混杂的情绪又涌上心头，岳默突然又落起了泪，她不断地询问着自己，为什么要拼命地考研，为什么不留在父母的身边，如果岳英明真的出了什么事，自己连他最后一面都见不到，她为之努力奋斗满足一己私欲的这一切，又有什么意义。

她悲伤到了极点。

梦里，发了洪水，她背着一只大桶去水涡的中间救一个小孩子，可无论她如何努力，都游不到那个小孩的身边。筋疲力尽的时候，一个男子游向了她，他在水里只划动了几下就到了她的身边，两个人配合着一起游到了水涡中，将挂在树上的孩子救了下来。她开心到无以言表，用力地抱着男子转圈圈，很快，那个男子便抱着孩子又慢慢地消失在了她的视线。

她急得大喊，别走啊，可是喉咙处，像是有什么东西被堵住了，眼看着眼前的一切即将消失殆尽，她痛苦地挣扎起来……然后，她就醒了，她用力地咳了一下，一口脓痰里裹着几丝鲜血。

第二十八章

飞机到达机场的时候，夜色已转为黎明，岳默拉开了小窗板，眼睛瞬间被外面的光线照得眯晃，日出前的天边有着一层光边的浅青色，时间一到，扎眼的光就四射出来。

她活动了下手臂，一阵酸痛袭来，这一夜她过得疲惫不堪。等行李的时候，她顺便打开了手机，同一时间，十几条未读信息争先恐后地喷射出来。有落地城市的欢迎信息，有天花乱坠的营销信息，有梁兮尘的问候信息，还有一条银行打款信息，她仔细辨认，确定是自己的卡上多了五万元人民币。

她取回了行李，驻足，又依着入账的信息查询，才发现这笔钱是吴璟尘在她飞机起飞后打进来的。

她想了想，马上编辑了条信息过去询问，没等再发出第二条，吴璟尘的电话就打了进来，"到了？很准时！"

"到了，我刚打开手机，钱是你打过来的吗？"岳默直接问。

"协议签好的，一天 500 元，60 天，补充协议多加三成，按满勤给你发奖金。"

"可是……"

"未完成的行程先记在账上，欠着，等以后补齐。"吴璟尘有些霸道地说。

岳默清楚他这样做的意思，但光是头等舱机票的钱再加上这份满勤的"工资"对于她一个学生来说就过分贵重了。这一会儿，她不想和他去纠扯这个钱的来去，便脆生生地说："谢谢老板，您把这笔账先记好，后面我指定会还上的。"

突然又想起什么，她又追问："你昨天住在海口了吗？今天是否按原计划到桂林去？"

"我现在在机场，一会儿要登机回美国。"吴璟尘说道，岳默在电话里听到了对面机场服务人员的问询声，她突然一怔，"怎，怎么突然要回美国？有什么要紧的事吗？"

"工作室那边有两个组员出了点小状况，我正好现在闲着，可以回去处理一下。"吴璟尘一边配合着机场人员出示证件，一边回复着岳默，"你出机场了吗？"

"我已经在出租车上了。"

"好，路上注意安全，好好陪你父母，希望你爸爸一切平安。"吴璟尘上了飞机，"我已经登机了，回头再联系。"

"好，一路平安，到了美国发平安信息给我。"

"好，谢谢你的礼物，我真的很喜欢。"

岳默还想说点什么，但也不知道该说些什么了，停了片刻，她有些不舍地说了声："再见，等你回来。"

"再见，等我回来。"

陈清风自从把岳英明强行送进监护室后，心里就一直忐忑不安，加上她一直在等岳默航班到达的信息，所以整夜未眠。当岳默拖着行李箱站在她面前的时候，她提到嗓子眼的一口气终于松缓下来，抱着女儿一通大哭。

岳英明是在开车上班的途中感觉到自己左边肢体麻木的，一开始他还用手按摩了一阵，但这种麻木感并未减轻，而是慢慢地加重了，凭着他的果敢和直觉，他直接将车开去了就近的医院。

挂号、拍片、检查，结果出来，他的左丘脑部显示有一处出血点，虽然不大，但他第一时间给陈清风打了电话。

陈清风到达医院后与医生做了简短的交流，当即决定送岳英明去省医院治疗。一个小时的路程之后，岳英明被推进了省医院的 CT 检查室，这个时候，左丘脑的出血点已经扩大了一圈，他的症状由四肢麻木变得无法自行走路。医院床位有限，主治医生建议他回地方医院止血治疗，听到这样的诊疗方案，陈清风当即发飙，直接将岳英明送进了高价的监护室。

"本来是不想告诉你的，怕你担心，但是你爸现在这个样子我心里没底，不知道会发展到什么程度，我怕你会埋怨我。"陈清风大哭了一通之后，方才将自己所有的焦虑与恐惧释放出来。

"你做得没错，我回来了，什么就都不怕了。"岳默抱着陈清风，轻拍着她的肩，又问，"我爸什么时候能从监护室里出来？"

"观察一个晚上，如果病情稳定的话今天就应该可以出来了。"陈清风深呼了一口气，向监护室的方向张望过去，喃喃说道，"我估计你爸出来得狠狠地骂我一顿，那个监护室昨天晚上拉出去了两个人，他整晚上都会吓得睡不着觉。"

"你说，他不睡觉他能干什么呢？"

"应该会想你吧。"陈清风拍了拍女儿的手臂，"他不知道我把你叫回来了。"

　　岳英明早上很快被护士送出了监护室，有了昨天一晚上的监护和止血，他的状况已经稳定下来。当他见到岳默出现在医院的时候，眼睛里不自然地闪出些泪花，岳默给了他一个轻轻的拥抱，又说："岳英明同志，我得表扬你一下，在知道身体不舒服的情况下及时就医检查，为自己争取了宝贵的救治时间，给你一朵小红花。"

　　岳英明笑，他看见女儿站在面前，昨天一晚上的恐惧终于一扫而光。他这会儿已经有精力向岳默控诉陈清风了，控诉她不分青红皂白直接将自己丢进了24小时监护室，他吓得一整晚没敢睡觉，只顾着回想自己光荣的一生了。

　　"我就像是一个陪斩的。"岳英明这会儿还是有些愤怒，但陈清风并不生气，只是笑着说："医院没有床位不接收你我能怎么办，万一出了事故，你女儿可饶不了我。"

　　"岳英明同志，你昨天在那里一晚上都干吗了？"

　　"背诗啊。"岳英明一本正经地回答着女儿，"左丘脑出血一般会影响到肢体功能和记忆功能，肢体功能受损我能接受，但要是把我给搞傻了我可不干，我就拼命地背诗，后来我觉得《将进酒》《长恨歌》我全能背出来，我就知道我的记忆功能没有问题，我就不那么担心了。"

　　"你这胆儿不行啊。"岳默打趣道，又说："我问了医生，医生说你这出血量，输输液就基本搞定了，知道人家为什么不收你吗，纵观整个神经外科，你是症状最轻的患者。"

　　岳默在岳英明出来之前已经与主治医生沟通过，像岳英明这样的脑出血量多少都会有些后遗症的，因为脑部的神经细胞被淹死之后是不可逆的，越早康复训练可恢复功能的概率会越大，而且最佳时期是在三个月内。岳默从医生办公室出来后与陈清风又短暂地开了个会，他们打算等岳英明在这边输完液后直接转到本院康复中心。

"我和陈清风同志讨论了一下，等你这边输好液后，我们要去康复中心住上一段时间，那边有专业的康复医生，每天会帮助你训练恢复，这样后遗症对你的影响就会小很多。"岳默将所有的问题一五一十说给了岳英明。

"回家训练不行吗？"

"不行，像你这种出血量比较小的情况，三个月内好好地训练是可以恢复大半的。"岳默又说，"你现在的任务就是配合。"

"你陪着我吗？"

"放心，我和陈清风会一直陪着你的。"在岳默的心里，父亲岳英明一直都是山一样的存在，他是陈清风和她的底气，可这会儿，他像是一只落入平川的老虎一样。

转入康复中心的那一天刚好是除夕，这是岳默一家三口第一次在医院里过年。陈清风和岳默为了让岳英明感受到新年的气氛，此前就去商场买来了新衣新裤，给岳英明里里外外都换上了红色。年夜饭自然也不能马虎，岳默早上去饭店订了六个菜和一斤饺子，有鱼、有鸡、有岳英明爱吃的杀猪菜，有陈清风爱吃的肉丝炒蒜薹，母女俩忙忙活活、热热闹闹的，让躺在床上的岳英明感受到了幸福和温暖。

梁兮尘第一次自己一个人在上海过年。

这一年，父亲走了，韩明哲也走了。她本打算等岳默和吴璟尘的车开到云南时便飞过去与他们团聚，但计划永远没有变化快，她没想到岳默提前回了老家，吴璟尘也回了美国。

她在新年前去见了冯朗，冯朗这段时间消瘦了不少，他的案子还在审查中。靳莫生找到了，他一直被冯朗囚禁在靳家花园三楼最里间的那个卧室里，也是冯朗当初在靳家花园暂住时的房间。靳莫生最初去靳家花园闹的时候，冯朗做了很大的妥协，还给他开出了一笔不小的抚恤金，但是这个人贪得无厌，开口便要下了靳家花园一半的资产。他三番五次地来闹，偶然间让他撞见了靳莫羽，他丧心病狂地直指他是冒牌货，要拉着他去见官。

这样的恶劣行径令冯朗忍无可忍，他知道，如果这个人不处置好，以后就是一件甩不掉的狗皮膏药。在与靳莫生的争执中，他手里的木棒砸中了他的头，靳莫生的脑袋鲜血直流，很快，他便被关进了三楼尽头的那间卧室里，每日三餐由表小姨照顾。

靳莫生如愿地住进了靳家花园，以一种他不情愿的形式。那天，他不知道怎么挣脱开了身上的绳子，在被送餐的表小姨发现后，他一路逃窜到了二楼，刚巧遇到靳莫羽在二楼的走廊里，他本能地抱住了他。两个人打斗中，靳莫羽被靳莫生从窗口推下了楼，冯朗应声赶到，将靳莫生打晕后又关回了三楼的卧室。

"你后悔过这么做吗？"梁兮尘问冯朗。

"你后悔过爱上我吗？"冯朗不动声色，但是梁兮尘已经知道了答案。

"我现在不知道该说些什么，有什么需要我帮助的，我依然乐意帮忙。"

"如果可以的话，帮我去看一下他吧。"冯朗抿了抿嘴唇。

梁兮尘知道冯朗最放心不下的人是靳莫羽，过去的许多个新年，他们应该都是彼此陪伴，一起过的吧，正是这一刻，她决心留在上海陪靳莫羽过年。

"新年快乐。"梁兮尘站起身打算离开。

"新年快乐。"冯朗说，"谢谢你，兮尘。"

岳默在晚上 7 点的时候与梁兮尘通了一个电话，知道她正在靳家花园陪着靳莫羽和表小姨一起过年，便通过她向两位拜了年，并向她说了下父亲的病情和自己的打算，两个人相互道了新年快乐。

"吴璟尘给你打过电话吗？"梁兮尘问。

"给你打了吗？"岳默又将皮球踢了回去。

"我这个妹妹，在他眼里可没有那么重要。"梁兮尘打趣着，"有个事你可能不知道，你知道他为什么要计划这么长时间的环中国行吗？"

"一份承诺，他之前答应过宁心，要陪她游遍中国的。"这件事，吴璟尘应该只和她说过。

"不不，他是为了你。"梁兮尘说道，"我有一次和他聊天，聊到你，他问我你为什么一直坚持考研，我说你是为了梦想，我和他说，岳默有两个大的梦想，一个是助天下之人，一个是行天下之路。"

"不可能的。"岳默回想种种，又道，"他和我说了，是因为宁心，你知道吗？他还带了个刻着宁心名字的瓷瓶，因为这个我差点罢工。"

"瓷瓶？"

"对，一个淡青色的小瓷瓶，我一开始还以为里面装着宁心的骨灰。"

梁兮尘突然发出了一串笑声，笑罢又道："我知道了，那个小瓷瓶是我祖爷爷留下来的祖传之物，当时传给了我爷爷，又传给了我爸，再说了，你有点常识呗，这种瓷瓶怎么可能装骨灰，是想让逝者永生不得投胎吗？"

"可是，那个瓷瓶……"岳默的脑海里又出现了那个小瓷瓶底的那个"心"字。

"我们吴家的祖上有这么个传说，小瓷瓶是用来收集爱的种子的，收集满东南西北中五方的蒲公英种子，就可以用它来求爱，基本上他和他爱的人就会心意相通。我判断吴璟尘这次和你环中国游，是带着瓷瓶去收集蒲公英种子的，你们两个人呀，心里都喜欢着对方，却谁都不肯承认，浑身上下就缺了一张嘴，磨磨唧唧，按你们这种相处的速度，我都谈了十个冯朗了。"梁兮尘哈哈大笑。

难道这个"心"不是宁心吗？是自己误会了吴璟尘？岳默一直挨到晚上10点钟的时候也没等到吴璟尘的拜年电话，凌晨的时候，手机里闪进来几条各大银行、通信公司的问候，她一阵失望。

等到大年初一早晨醒来的时候，她依然没有等到他的问候，想着梁兮尘电话里那瓶蒲公英种子的事，她赖在床上冥想，自己是在哪个环节上出的问题呢？那个拥抱？或者是，哪句话？

扇子，是那把扇子吧，岳默又想，她临行前送给吴璟尘的那把《滕王阁序》折扇会不会让他七想八想地误会了自己呢？

这样的困扰持续了一整个星期。

这个星期里，岳英明一直在康复中心恢复训练，每天的任务基本上是输液、针灸、按摩和简单的手部康复训练。他的情绪基本稳定，甚至每天打那支促进神经恢复的进口针时，他都骗岳默说不疼，他的血压只是在早晨起来的时候会攀升一些，但是到了下午就基本会恢复正常。

大概过了一周以后，当岳英明被允许下床走路的时候，他才发现自己的腿脚不听使唤，一直保持的良好心态就彻底崩了。

平日里，岳英明是一个儒雅正派且好面子的人，当了一辈子的干部，他处处优秀突出。突然有一天，他需要重新学习走路，在别人怜悯的眼神注视下成为焦点人物，他一下子转不过念来，开始有了反抗的情绪，他拒绝康复医生的指导，甚至拒绝正常饮食，不再配合一切形式的治疗。

岳默知道，要想解决岳英明肢体上的问题，就必须先解决他心理上的负担。她开始给父亲担当起私人心理咨询师的重任，每天一个小时的心理辅导，让岳英明通悟人生，让他对人生的际遇释然，保持良好的心情，促进血液循环，缓解病情。

反反复复，这样的心理疏导持续了一周，岳英明也很快在康复医生的教导下开始慢慢走路。虽然刚开始他走得不稳，但他进步很快，三周后，在医生的建议下可以回家进行后续康复。

好消息还有一个，岳默查到了自己的考研成绩，这一次的英语分数整整提高了 14 分，总成绩提高了 31 分。很快，梁兮尘那边也代收了纸质的复试通知书，她在电话那头开心地大喊大叫，就好像是她考中了状元一样。

离开康复医院，岳默在家里又待了半个月，等岳英明一切恢复稳定后，她马上打包行李返回了上海准备复试。

当她再次踏上这个她一直向往并为之奋斗的城市时，她才有了实足的归属感，她与这里再也分不开了。

梁兮尘已经搬去了韩明哲买的那套房子，她给岳默留了房间，并告诉她以后不管是上学还是嫁人，那间房都是属于她的。但岳默还是想回梁家的老房子住，她说备考习惯了那里的环境，她要将这份好运气延续下去。

这一次回来，岳默似乎不再惧怕黑夜，她偶尔会去吴璟尘的那个房间里转上一转。有一天，她突然想起什么，又去书柜里翻找之前看过的那本书，那本《别相信任何人》还在，她急切地从中间翻出那张便笺。

她一个字一个字地读着，读到最后，她突然发现上面的 42 个字后面多了一行字。

我喜欢月亮

它静谧、明亮

可如果月亮奔我而来

那还算什么月亮

我想要它永远清冷皎洁

永远天穹高悬

明月本无心，行人自回首

　　岳默明白这最后一句话的意思，明亮的月亮本来没有想要故意吸引人的眼光，只是路过的人情不自禁地回头。笔迹应该是同一个人写上去的，可吴璟尘是什么时候写上去的呢？岳默的心突然跳得厉害，一种热切的渴望迫使她拿出手机来给吴璟尘发了条信息。

　　写些什么呢？她想了想，于是她编辑道："报告老板一个好消息，我的考研初试通过了，而且成绩还不错。"

　　这二十几个字她反复地检查了几遍，确认无误后点击发送。待信息发过去后，她又开始计算起对面的时间，美国时间应该是上午时分，如果吴璟尘看到了信息应该会回复吧，她想。

　　等待回复信息的时候，岳默又心不在焉地看了会儿书，看到后来，她困得实在撑不住了便沉沉地睡去。翌日清晨醒来，她仍然没有收到吴璟尘的任何消息，失望之余，她打算就此作罢。

　　复试在4月初，岳默再次踏入这个熟悉得不能再熟悉的校园时，她竟有些莫名的激动。这所她为之奋斗和向往的象牙塔，曾经多少次在她的睡梦中出现过，如今，她来了，她可以硬气地走在梧桐树荫下、徜徉在蹊霞小河边，可以不用再羡慕那些三三两两的小情侣，可以任意地嗅着这里的每一寸空气。

　　复试，紧张而有序，岳默跟随着流程认真地应对着，不管以后如何，这一刻，她为自己感到骄傲。

　　回家的路上，岳默给陈清风和岳英明打了通电话，向一直支持自己的父母报告了好消息，陈清风与岳英明喜极而泣，连连祝贺着女儿梦想成真；接着，她又给徐来阿姨打了通电话，感谢她无微不至的关怀；挂断电话，她犹豫着要不要告诉江石一声，说实话，这次考研英语成绩顺利通过，这里有江老师的一份功劳，思虑再三，她编辑了一条感谢短信发了过去。

晚饭与梁兮尘提前约了火锅，她还叫上了阮弥，上次黄山一别，她们说好了后面一起聚聚。她下了公交车，穿过马路，走入小区，她见到物业小哥向她微笑，便以同样的微笑相迎，她甚至走起路来都步步生风，她要把复试通过并获得 B 类奖学金的这个好消息当面告诉给梁兮尘，她想看到她夸张的赞美与爽朗的大笑，这是自己对她最好的感谢方式。

梁兮尘大包大揽了这个火锅晚宴，她在岳默回来之前便到菜市场买了各种新鲜的食材，无论岳默是否通过复试，她都要好好地慰劳她一顿大餐，过了，就好好地庆祝，不过，也为她的努力奋斗而叫好。

岳默一路小跑着上了楼梯，大房门没有锁，岳默轻巧地推门进去，她唤了声"兮尘"，便发现客厅里多了一个人。

她背对着门，岳默看不清她的脸，从背影判断，她应是个 50 岁上下的中年女人，她身材中等、体型匀称，她声音温和地在和梁兮尘说着话，不知她说了什么内容，只听梁兮尘突然暴躁地大吼着："你死了这条心，我不会和你走的！如今吴璟尘不在了，我们此生此世恩断义绝。"

"璟尘的事我很痛心，我也没有想到事情会发展到这个地步。"梁盛威无助地摇头，声音有了些哽咽。

吴璟尘不在了。

岳默浑身一阵痉挛，她停住了脚步，她不知道梁兮尘刚刚话里的"吴璟尘不在了"是什么意思，是她理解的那个意思吗，她感觉自己的心脏被狠狠地撞击了一下。

梁兮尘对面的女人便是兄妹二人的母亲梁盛威，作为美妆行业的老板，她比同龄人更显年轻，她皮肤保养得极好，眼角处连一丝皱纹都没有，岳默怔怔地望着她转过身来，她的模样与吴璟尘如出一辙。

"吴，璟尘，怎么了？"背后的冷汗如细针一样刺向岳默的每一个毛孔，她迫切地想要知道他的状况，一分一秒都等不了。

梁盛威仔细地端详着岳默，然后又重重地叹了口气，"这个回头让兮尘和你讲吧。"说完，她拎起了随身包走向门口。

"明天，麻烦你把吴璟尘的衣物带来，我会把他带到我爸那，他当年最希望我爸能把他留下来，这回就如了他的愿。"梁兮尘对着梁盛威的背影冷冷地说，她咧了几下嘴角，想哭，却最终强忍住了。

答案已经很明朗了，吴璟尘不在了，就是不在了。岳默感到浑身无力，一下子瘫坐在沙发上，悲伤的眼泪如开了闸的水龙头一样，止也止不住，她还想知道些什么，便大叫了一声："阿姨。"

然后又一字一顿地问梁盛威："他走的时候，留下什么话没有？"

梁盛威的脚步停在门口，缓缓地转过身来，两个人彼此眼神的交接中，她明白了年轻人的情感。她带着母亲的口吻说给岳默听，"他后来，一直在上呼吸机，已经说不出话，他手里始终攥着一把扇子，那把扇子上写着'滕王阁序'，我想，应该是对他很重要吧，我们后来把那把扇子给他带走了。"

"滕王阁序"，是她与他最后的诀别，也是她留给他最后的念想。明月本无心，行人自回首，岳默每读着一个字，心里都像是刀剜了一样，字字滴血。她眼前的吴璟尘对着她说："再见，等我回来。"可是，他没有回来。

"我是喜欢你的，吴璟尘。"

目光所及，皆是回忆，月光所至，皆是思念。

吴璟尘与岳默的"环中国行"因岳英明突发疾病而被迫中断，送走岳默之后，他又接到了工作室两个组员生病的消息，所以打算趁这个空回美国处理一下工作业务。

突如其来的流感传遍了美国的 48 个州，感染率与传播速度超出了想象。吴璟尘的两个组员被送往医院后，没出几天就因呼吸衰竭进了重症监护室，又在抢救了三天后双双离世。很快，吴璟尘的工作室成员全员感染病毒，吴璟尘跑前跑后安排组员住进医院救治，自己却耽搁了最佳的救治时间。病毒如风暴一样地复制起来，等他被送进重症监护室的时候，肺部已经感染了 50% 的面积。梁盛威连夜包机将儿子接回了纽约，上了 ECMO，在医院里抢救了两个多月后，他还是永远地离开了。

时代里的一粒尘，落在每个人身上，就是一座山，一座永远也跨不过去的山。

半山公墓，又多了一个新邻居。

吴璟尘这会儿如愿地来陪父亲了，他住在第 17 层台阶梁爸的墓碑旁，他的墓上刻着"长兄吴璟尘之墓"，与梁爸的碑文"慈父吴恒远之墓"相互映衬着，再往前两层，是韩明哲的家，韩明哲来得比吴璟尘早一些，以后这里会更加热闹了。岳默突然觉得，他们的世界才是大同的。

岳默来半山公墓前，特意去吴璟尘上次请她吃的那家牛排馆里打包了一份牛排，她把带有余温的盒子放在他的墓碑前，她凝视着他的照片，看着那双她一直不敢直视的眼睛，眼泪又不由得滚落。她的脑海里一幕一幕地重现着这几个月的相处片断，梁爸的葬礼、头七的车祸、绝望的 ICU、水煮牛排、可怕的密室逃脱、暴风雨里的救赎、机场的安慰、雇佣的司机师傅、昙花一现、"滕王阁序"……还有……还有那些来不及互表的心意和衷肠。

她做了个深呼吸，看着小瓷瓶底的那个"心"字，释然地笑了，"城市游记的公众号我已经注册好了，名字叫作'梁辰美璟'，梁兮尘、吴璟尘，你们都是我最美好的青春。"

图书在版编目（CIP）数据

月无啼 / 江祖著 . 一上海：文汇出版社，2024.6
ISBN 978 - 7 - 5496 - 4258 - 8

Ⅰ . ①月…　Ⅱ . ①江…　Ⅲ . ①长篇小说－中国－当代
Ⅳ . ①I247.5

中国国家版本馆CIP数据核字（2024）第091018号

月无啼

著　　者 / 江　祖
责任编辑 / 鲍广丽
封面装帧 / 王　翔
封面题字 / 王彦超
封面插画 / 阮思航

出 版 人 / 周伯军

出版发行 / 文匯出版社
　　　　　上海市威海路755号
　　　　　（邮政编码200041）
经　　销 / 全国新华书店
排　　版 / 南京展望文化发展有限公司
印刷装订 / 浙江天地海印刷有限公司
版　　次 / 2024年6月第1版
印　　次 / 2024年6月第1次印刷
开　　本 / 720×960　1/16
字　　数 / 240千
印　　张 / 19

ISBN 978 - 7 - 5496 - 4258 - 8
定　　价 / 68.00元